İNTİHAR NOTLARIM

Michael Thomas Ford

ON8 roman 1

İNTİHAR NOTLARIM
Yazan: Michael Thomas Ford

Yayın yönetmeni: Müren Beykan
İngilizce aslından Türkçeleştiren: Nazlı Tancı
Redaksiyon: Ali Ünal
Son okuma: Hande Demirtaş

Özgün adı: *Suicide Notes*

Eylül 2011 (2000 adet)

Grafik tasarım: Huban Korman
Kapak fotoğrafı © Shutterstock
Baskı öncesi hazırlık: Öznur Erman
Dizgi: Selin Sürğit
Renk ayrımı: Gezegen Grafik
Baskı: Gezegen Basım
[Seyrantepe Mah. Nato Cad. 19
Kâğıthane 34418 İstanbul (0212) 325 71 25]

ISBN 978-9944-717-87-8

ON8, bir Mia Organizasyon Restorasyon Yayıncılık Ltd. Şti.
kuruluşu olan Günışığı Kitaplığı'nın markasıdır.
Sertifika: 1206-34-12439
Profilo Plaza, Cemal Sahir Sok. 26/28 B3
Mecidiyeköy 34387 İstanbul
Telefon: (0212) 212 99 73
Faks: (0212) 217 91 74

www.on8kitap.com
on8@on8kitap.com
www.twitter.com/on8kitap
www.facebook.com/on8kitap

İNTİHAR NOTLARIM

Michael Thomas Ford

Türkçesi: Nazlı Tancı

ON8

BU KİTABI YAZMAMI SAĞLAYAN
ABBY McADEN'A,

KİTABIN DAHA İYİ OLMASINI SAĞLAYAN
LEXA HILLYER'E,

VE BAŞARMAMI SAĞLAYAN
SARAH SEVIER'E.

1. GÜN

Astronotların uzayda salınıp yeryüzüne döndükten sonra, burası onlara çürüyen bir et gibi koktuğu için midelerinin kötü olduğunu okumuştum bir yerlerde. Biz diğer insanlar, her gün soluduğumuz için bu iğrenç kokuyu fark etmiyoruz; hava bize normal geliyor, ama aslında içine saldığımız bir sürü çöp, kimyasal ve kirletici maddeyle dolu. Sonra, dünya birinin eski arabasıymış da, dikiz aynasına büyük boy bir çam kokusu asıyormuşuz gibi etrafa başka saçmalıklar sıkıp havanın daha iyi kokmasını sağlamaya çalışıyoruz.

Şimdi tıpkı o astronotlar gibi hissediyorum. Bir süre uzayda salınıp tertemiz oksijeni soludum ve Aydaki Yüz'le* konuştum. Sonra aniden her şey değişti ve yıldızlardan aşağı düştüm. Hep bir meteor olsam nasıl olurdu, diye düşünmüşümdür. Artık biliyorum. Düşüyor, düşüyor, düşüyor-

* Dolunayın yüzeyinde oluşan, insan yüzüne benzeyen şekil. (ç.n.)

sun; sonra bulutlar tarafından sarmalanıyorsun ve atmosfere girince de yanmaya başlayan vücudun karıncalanıyor. Ama o kadar hızlı düşüyorsun ki, yanma yalnızca bir saniye sürüyor; okyanus sana doğru hızla yaklaşıyor ve sonra gülüyor, gülüyor, gülüyorsun, ta ki başın da suyun içinde kalana, tamamen batana kadar. O zaman güvende olduğunu anlıyorsun; düşüşü atlattın ve yüzeye çıkarken mavi-yeşil suya milyonlarca kabarcık üflüyorsun.

Sonra başın dalgaları yarıyor ve iğrenç kokan havayı derin nefeslerle içine çekiyorsun. Annelerinin içinden çıktıklarında içeride, güvende oldukları yerde kalmış olmaları gerektiğini anlayan bebekler gibi ölmek istiyorsun. Ben şu anda oradayım. Bir uzay çöpü gibi okyanusta yüzüyor ve her nefes alışımda kusmamaya çalışıyorum.

Aslında gerçekten okyanusta değilim. Hastanedeyim. Beni buraya dün akşam getirdiklerini söylüyorlar, ama hiçbir şey hatırlamıyorum; kafam yerinde değildi. Aslında birinin, neredeyse ölü olduğumu söylediğini duydum. Ölümün eşiğinde, işte.

Bense gerçekten uzayda sağa sola uçtuğumu sanıyordum. En azından kısa bir süre için. Sonunda Mars'ta birilerinin yaşayıp yaşamadığını keşfediyor olduğumu düşündüğümü hatırlıyorum. Sonra sanki biri ayağımdan yakalayıp beni aşağı, yeniden dünyaya çekti. Dönmek istemediğimi haykırdığımı hatırlıyorum, ama uzayda sesiniz çıkmadığından, benim de sesim yutulmuş oldu.

Nerede bulunduğumu artık bildiğime göre, ölmemiş olmamın daha iyi olduğundan pek emin değilim.

Belki de ölüyüm. Yani, burası cehenneme de benziyor biraz. İnsanların beş saniyede bir gelip beni kontrol ettiği bir odadayım. İnsanlardan kastım, hemşireler; özellikle de Hemşire Goody. İnanabiliyor musunuz? Adı "iyilik timsali" anlamına geliyor. Kendi de öyle. İyi biri yani. Sürekli gülümsüyor ve bir şeyler isteyip istemediğimi soruyor. Bu durum gerçekten sıkıcı, çünkü tek *isteğim* beni yalnız bırakmaları, ancak görünen şu ki, burada yapmadıkları tek şey de o. Odaya o kadar çok insan girip çıkıyor ki, kendimi turistik anıt gibi hissediyorum. Bahse girerim Hemşire Goody kapı önünde dikilmiş, karnavallardaki ucube gösterisini izlemeye girsinler diye insanlara para verdirmeye uğraşan o adamlar gibi bilet kesiyordur. O adamlara çığırtkan deniyor sanırım. Hemşire Goody de bir çığırtkan. Kapımın önünde dikilmiş, çığırıyor.

İçeride ilginç bir şey olduğundan değil. Ne televizyon var ne oda arkadaşı (şimdi düşünüyorum da, bu aslında iyi bir şeymiş sanki). Dergi ya da kitap bile yok. Sadece yatağında yatan, kırıp dışarı atlayamayasın diye tellerle örülmüş bir pencereden dışarı bakan ben varım. Sanki benden önce biri camı kırmaya çalışmış, ama sonra vazgeçip tırnaklarıyla kazıyarak çıkmaya karar vermiş gibi, pervazın boyası yer yer dökülmüş.

Dikkat edince, odanın görünümünün eski olduğunu fark ettim. Duvarlar kirli beyaz, boyada yer yer çatlaklar ve tavanda insan yüzüne benzeyen kahverengi bir leke var. Şeytanın yüzü belki. Dediğim gibi, belki de burası cehennemdir. Bu durumda şeytanın beni izliyor olması mantıklı olur. O ve Hemşire Goody beni izliyorlar. İyi ve Kötü.

Komik. İyi ve Kötü. Belki de cehennemde değilim. Belki de o aradaki yerdeyim. Ne derler ona? Araf. "Doğru cennete ya da cehenneme git" kartı olmayan insanların gittiği yer. Sanırım, ölü bebekler de oraya gidiyor. Ölü bebekler ve ne yapılması gerektiği bilinmeyen insanlar. Benim gibiler.

Belki de araftayım ve İyilik Timsali ile Kötü benim için savaşıyor. Ya da nereye gideceğime karar vermemi bekliyorlar. Nereyi seçeceğim? Cenneti mi, cehennemi mi? İyi bir soru bu. Gerçekten. Sanırım cehennemi seçerim. Oradaki insanlar muhtemelen daha ilginç olur.

Düşündüm de, burası gerçekten cehennem kadar sıcak. Pencerenin altında, içinden ne zaman su geçse titreyen, büyük, eski, metal bir radyatör var. Sanırım, bir süredir gereğinden fazla çalışıyor. Burası zilyon yıldır vardır herhalde. Bina her an göçebilir. Hiç değilse o zaman yok olurum işte.

Yağmur yağıyor ve pencereden görebildiğim tek şey bir orman parçası. Mevsim kış olduğu için ormandan çok, ellerini havaya dikmiş bir grup iskelete benziyor. Yağmur damlaları camdan aşağı inerken iskeletler su altındaymış gibi görünüyor. Boğuluyorlarmış gibi. Ama iskelet olduklarına göre, çoktan ölmüş olmalılar, değil mi? Belki de yüzüyorlar yalnızca. Her neyse, bu iskelet ağaçlardan tırsıyorum. Burası gittikçe cehenneme benzemeye başlıyor. Belki de Goody'ye yanlış yerde olduğunu söylemeliyim.

Gerçekten yorgunum. Radyatör zangırdıyor, içerisi sıcak ve başım ağrıyor. Şeytanın yüzüne bakmaya devam ediyorum ve bana güldüğünü düşünüyorum. Goody'nin içeri girip şeytanı susturmasını diliyorum. Belki de benden vazgeçmiştir.

Neden bunu yaptığımı söyleyeceğimi umuyorlar, biliyorum. Bilginiz olsun: Yalnızca içimden geldi.

2. GÜN

Beterin beteri var.

Görünüşe göre gerçekten hastanedeyim. Arafta falan değil. Burasının cehennem *olduğuna* eminim. Çünkü yalnızca hastanede değil, deliler koğuşundayım. Bilirsiniz, kafasında on altı hayali arkadaşıyla yaşayan ve devamlı üstlerindeki var olmayan böcekleri toplayan insanları tuttukları yer. Kaçıklar. Manyaklar. En büyük ezikler.

Ben deli değilim. Olan bitende büyütülecek bir şey görmüyorum. Ama anlaşılan, biri bunun gerçekten büyütülecek bir şey olduğunu düşünüyor ki, buradayım işte. Eminim annemdir. Her zaman aşırı tepki verir.

Benden gizleyeceklerdi –deliler koğuşunda olduğumu– ama Goody, hemşire bankosundan bir şey almaya giderken, hasta çizelgemi yatağın yanında bırakınca durumu çözdüm. Biri ona, kimsenin görmesini istemediği şeyleri ortalıkta bırakmaması gerektiğini söylemeli.

Her neyse, birileri ortalıkta bir şeyler bıraktığında ve onun ne olduğunu öğrenmek istediğimde hep yaptığım gibi çizelgeyi alıverdim. Ve çizelgenin en tepesinde, PSİKİYATRİ KOĞUŞU yazıyordu işte. Önce başka birinin dosyası zannettim, ama sonra kendi adımı gördüm. Kendi adını ve PSİKİYATRİ KOĞUŞU sözcüklerini aynı kâğıdın üstünde görmenin, güne en iyi başlangıç biçimi olduğunu söyleyemeyeceğim.

Goody geri döndüğünde, beni dosyaya bakarken buldu ve yüzüne yapışmış gülümsemesi sonunda yok oldu. "Ona bakmaman gerek," dedi; sanki bu kuralı bilmiyor ve özür dilemem gerekiyormuş gibi.

İki saniye içinde dosyayı çekip almadan önce elimden geldiğince fazla okumaya çalışarak, "Burası deliler koğuşu mu?" diye sordum.

"İlaçlarını alma vakti," dedi.

"I-ıh," dedim. "Biri bana neden burada olduğumu açıklamadan önce almam."

"Bence neden burada olduğunu biliyorsun," dedi, yüzünde ne dediğini *anladığınızı* bilen insanların ifadesiyle.

"Ben deli değilim."

"Kimse deli olduğunu söylemedi," dedi Goody ve gülümsemesi geri döndü. Aniden yine mutluydu. Sanki sinyalinde kısa süre bir kopukluk olmuş da, artık olağan yayın programına geri dönmüş gibiydi.

"O dosya deli olduğumu söylüyor ama," dedim hemen. "Hem de büyük harflerle."

"İlacını al," dedi umursamadan. "İyi gelecek sana."

"Hayır," dedim. "Bunun ne ilacı olduğunu bile bilmiyorum."

Goody yine gülümsedi. Gülümsemesi sinirime dokunmaya başlamıştı. "Sakinleştirici," dedi.

"Beni uyuşturuyor musunuz? Neden? Neler oluyor ya?"

Goody bana doğru uzattığı kâğıt bardağı, yatağımın yanında duran tepsiye bıraktı. "Belki de Dr. Katzrupus'la konuşman gerek," dedi.

"Kart ne?" diye sordum. "Kartsalak mı? Ne biçim ad bu?"

"Katzrupus," diye yineledi. "Kendisini çağırayım."

İlk seferinde yanına almış olsaydı, bu problemi hiç yaşamayacak olduğumuz dosyamı da kapıp bir anda yok oldu. En azından şimdi yaşamıyor olurduk bu problemi. O gittikten sonra, içinde ilacın durduğu bardağa diktim gözlerimi. Kırmızı, yuvarlak bir ilaçtı; uçuçböceği gibi. Az kalsın ne etki yapacağını görmek için ilacı alacaktım, ama sonra, ihtiyacım olmadığı halde, Goody'nin buna ihtiyacım olduğunu düşündüğümü sanmasını istemedim.

Goody bir dakika sonra yanında bir adamla çıkageldi. Adam kısa boyluydu, üç hafta önce kestirmiş olması gereken darmadağınık siyah saçları vardı ve birkaç gündür de tıraş olmamış gibi görünüyordu. Doktor olmak için fazlasıyla genç gibiydi. Bu yüzden başta onun tıp öğrencisi falan olduğunu ve benim gerçek doktoru hak edecek kadar önemli olmadığımı düşündüklerini düşündüm.

Elini uzatıp, "Ben Doktor Katzrupus," dedi.

"Neden bu tımarhanedeyim?" diye sordum, elini sıkmayıp yalnızca gözlerimi dikerek.

"Bir tımarhanede değilsin," dedi, elini geri çekip gözlüklerini ittirirken. "Hastanedesin."

"Doğru," dedim. "Hastanenin deliler koğuşu."

"Burası psikiyatri koğuşu," dedi. "Buradasın çünkü seni rahatsız eden bir şeyler olduğu endişesindeyiz." Sanki yemekte ne yediğini anlatıyormuş gibi, gerçekten sakin ve normal bir tonda konuşuyordu. Ama nedense bu beni cidden rahatsız etti.

"Bir şeyler beni rahatsız ediyor olabilir," dedim, sesini taklit ederek. Sonra da güldüm. "Neden beni rahatsız eden bir şeyler olsun ki?"

Kartsalak'ın yüzünde, sanki ne diyeceğini bilemiyormuş gibi tuhaf bir ifade belirdi. Ona dik dik bakmaya devam ettim.

"Annemle babam buralarda mı?" diye sordum. "Çünkü buradalarsa, artık eve gitmek istiyorum."

"Birkaç test yapmamız gerek," dedi. "Ve hayır, annen ve baban burada değil."

Annemle babamın burada olmamalarının tuhaf olduğunu düşündüm ve hastanede çocuklarının yanında bulunmaları gerekirken nerede olduklarını sormak istedim ama sormadım. Onun yerine, "Testlerde pek başarılı değilimdir," dedim. "Özellikle sürpriz yazılılarda. Önce biraz çalışabilir miyim? Sınıfın çan eğrisini aşağı çekmek istemem."

Bir saniye için bana baktı. Sonra, "Öğleden sonra seni göreceğim," dedi.

O gittikten sonra Goody, vampir olduğuna yemin

edebileceğim bir adamla birlikte geldi. Tüp tüp, neredeyse on litre kan aldı benden. Dördüncü tüpten sonra gerçekten kendimi kötü hissetmeye başladım.

Sonunda, Sülük İnsanı ve İyilik Timsali, kan dolu tepsiyle birlikte gittiler ve bir kadın girdi içeri. "Ben Bayan Pinch,"* dedi. Yemin ederim uydurmuyorum. Buradaki adlarla ilgili sorun nedir anlayamıyorum. Bunun bir rüya olmadığından hâlâ emin değilim. Çünkü gerçek dünyada insanlar, Hemşire İyilik Timsali, Bayan Çimdik ve Dr. Kartsalak diye adlara sahip olmazlar.

Yatağımın kenarına bir sandalye çekip, "Sana birkaç soru sormam gerek," dedi Bayan Pinch.

Anlaşıldı ki, yılın kifayetsiz ifadesi "birkaç"mış. "Birkaç", sekiz bin altmış iki demek değilse tabii.

"Hiç Ecstasy aldın mı?" diye sordu Bayan Pinch, sırıtıp kafasını kuş gibi sallayarak. Sinir bozucu, gürültülü küçük bir kuş.

"Hayır," diye cevap verince, elindeki dosyaya bir çek işareti koydu.

"Metamfetamin?" diye sordu. Hemen cevap veremeyince, "Taş? Pudra? Çilek?" diye ekledi.

"Ne olduğunu biliyorum," dedim. "Ve hayır. Hiç kullanmadım."

Bir işaret daha yaptı. Ve her sorduğu sorudan sonra işaretlemeye devam etti: Kokain? Hayır. Çek. Alkol? Hayır. Çek. Ot, GHB, Snapper? Hayır, hayır, hayır. Çek, çek, çek.

Her şeye hayır diye cevap vermeye devam ettim çünkü

* İngilizce'de "çimdik".

hayatımda uyuşturucu kullanmadım, ama Pinch bana, onu odadan bir an önce çıkarmak istediğim için yalan söylüyormuşum gibi bakmaya devam etti. Bu yüzden sonunda, Evet, birkaç kez ot içtim, demem onu sevindirmiş gibiydi. Sanki bu gezegende hiç ot içmemiş bir insan türü yaşaması imkânsızmış gibi. Moron.

"Peki Uhu?" diye sordu.

Başımla onaylayınca, Noel ağacı gibi ışıldamaya başladı. Ta ki, "Zamk yerdim. Anaokulundayken. Kötü alışkanlık. Ama sonra vazgeçtim. Yemin ederim. Elma suyuyla pek iyi gitmiyordu," diyene kadar.

Daha fazla sinirlenmediği için hayal kırıklığına uğradığımı söylemeliyim. Belki de, sürekli delilerle konuşmak insana bağışıklık kazandırıyordur. Soru sorup çek atmaya devam etti. Bilimin tanıdığı tüm uyuşturucuları sayıp bitirdikten sonra, "Şimdi cinsellik üstüne konuşalım," dedi.

"Konuşmayalım," dedim, onun bana gülümsediği gibi büyük büyük gülümseyerek.

"Hiç–" diye başlıyordu ki...

"Cidden," diye sözünü kestim, "konuşmayalım. Bu sizi hiç ilgilendirmez."

"Yalnızca yardım etmeye çalışıyorum," dedi gülümsemeyi sürdürerek.

"Ama etmiyorsunuz," diye bilgilendirdim kendisini. "Yalnızca canımı sıkıyorsunuz. Lüften gidin artık."

Gözlerini bana dikti.

"Cidden," dedim. "Gidin buradan. Benim bir şeyim yok. Uyuşturucularla ilgili salak sorularınıza yanıt verdim ve size artık daha fazla bir şey söylemeyeceğim, çünkü bilmeniz gereken başka bir şey yok. O yüzden, ya şimdi gidin ya da ben uyurken burada oturun isterseniz, çünkü bu, size söyleyeceğim son şey."

Dosyasını bir anda kapatıp ayağa kalktı; "Doktoru çağırayım," dedi.

Anlaşılan o ki, hayır dediğinizde buralarda aynı şeyi yapıyorlar, sanki doktorlar ulusal muhafızmış gibi. Böylece bir kez daha, Doktor Kartsalak tarafından ziyaret edildim. Bu kez, yalnız kalabilmemiz için kapıyı kapadı. İyilik Timsali Goody ve Çimdik Suratlı'nın, doktorun söylediklerini duymak için kulaklarını kapıya yapıştırmış halleri geldi gözümün önüne.

"İşi kolaylaştırmıyorsun," dedi.

"Kusura bakmayın," dedim. "Sanırım, diğerleriyle pek iyi geçinmediğimi söyleyen anaokulu öğretmenim haklıymış."

"Sana yardım etmek istiyoruz."

"Biliyor musunuz, herkes bunu söyleyip duruyor," dedim ona. "Ama bana istemiyormuşsunuz gibi gelmeye başladı. Çünkü yardım etmek isteseydiniz, buradan çıkmama izin verirdiniz. Benim hiçbir sorunum yok."

"Kanıtlar aksi yönde," dedi Kartsalak.

"Ben iyiyim. Gerçekten. Bunu açıklayan bir şey imzalamamı ister misiniz? O zaman eve gitmeme izin verir misiniz?"

"Üzgünüm, böyle bir seçenek yok," dedi.

"Annemle babam peki?" diye sordum. "Onlar neredeler? Onlara eve gitmek istediğimi söyleyin."

"Annen ve baban burada biraz zaman geçirmen konusunda bizimle hemfikir," diye cevap verdi.

"Beni burada zorla tutamazsınız," diye açıkladım. "Burası özgürlükler ülkesi. İnsan hakları var. Özgür ifade, silah taşıma ve tımarhanede kilitli kalmama hakkım var!" Ne dediğimin farkındaydım. Yani, anayasayı okumuştum. Altıncı sınıftayken ve tam hatırlamıyordum ama yine de...

Kartsalak bir an için bana baktı ve sakince, "Psikiyatri Koğuşu'ndasın çünkü intihara teşebbüs ettin. İyi olduğunu düşünüyor olabilirsin, ama değilsin. Henüz bununla ilgili konuşmak istemiyorsan, tamam, bu senin kararın. Önünde konuşabileceğin kırk üç günün var. Başka sorun var mı?" dedi.

Tek yapabildiğim, orada bir iki dakika boyunca hiçbir şey yapmadan oturup beni izlemesini izlemek oldu. "Ne demek kırk üç günüm daha var?" diye sordum sonunda.

"Kırk beş günlük bir programdasın," dedi. "Bugün de dahil iki gündür yarı uyanıksın. Bu da kırk üç günün daha olduğunu gösterir."

"Nasıl bir program bu?"

"Sıkıntının kaynağını tanımlamak ve iyileşme sürecin üzerinde yoğunlaşmak için," dedi, bir broşürden okuyormuşcasına. "Benimle bire bir seanslara, diğer hastalarla da grup seanslarına katılacaksın."

"Diğer hastalarla mı?" dedim. "Hangi diğer hastalar?"

"Diğer gençler," dedi Kartsalak. "Yarın bazılarıyla tanışırsın."

"Neden? Birbirimizin şarkılarına mı eşlik edeceğiz?"

"Eğer istersen et," dedi. "Ama genellikle hastalar bir çember şeklinde oturur ve içlerinden biri konuşmaya karar verene kadar birbirlerine bakarlar."

"Benim konuşacak bir şeyim yok," diye ilan ettim.

"O zaman insanlara bakarak geçecek kırk üç günün var," dedi. "Üzerinde konuşmak istediğin başka bir konu var mı?"

"Çevre olabilir mi?" diye sordum. "Sera gazlarının Amazon ormanlarına etkisi belki? Ya da kutuplardaki buzulların erimesi sonucu meydana gelecekler? Üstünde duracakları bir şey olmadığı için kutup ayılarının boğulduğunu biliyor muydunuz?"

"Belki başka bir zaman," dedi. "Viziteye çıkmam lazım. Sen işbirliği yapacak duruma gelene kadar değerlendirmene ara vereceğiz."

"O konuda iyi şanslar!" diye bağırdım arkasından, o odadan çıkarken.

İntihar konusunda yanılıyordu bu arada. Bu yalnızca büyük bir yanlış anlaşılmaydı. Durumu birkaç gün içinde çözüme kavuşturup buradan çıkacağım. Belki uçuçböceği hapını da *alırım*. Madem kalıyorum, en azından güzel bir uyku çekeyim. Ve gerçekten, hapların üzerimdeki etkisini seviyorum. Bunu Pinch'e söylemeyi unutmayayım. Çok hoşuna gideceği kesin.

3. GÜN

Beş kişiyiz. Korku tünelini kastediyorum. Yani, beş çocuk. Birkaç kafası kırık yetişkin de var tabii, ama onlar kendi koğuşlarındalar. Deli Bebekler Koğuşu da yalnızca bize kalıyor. Şükran Günü'nde tüm çocukların kenardaki küçük masaya gönderilmesi gibi. Bize hindi budu yok. Yalnızca kimsenin istemediği hindi parçaları var. Sakatat falan.

Açıklayacak olursam: Onlardan dört tane, benden bir tane var. Onlarla bugünkü ilk grup terapisi seansımda tanıştım. Seansa gitmeyecektim, ama herkese ne kadar aklı başında olduğumu gösterirsem, buradan çıkmama izin vermek zorunda kalacaklarını anladım. Grup terapisi seansları topluluk odası dedikleri, kanepelerin, televizyonun, oyunlar ve diğer şeylerin olduğu büyük bir odada yapılıyor. Sanırım burası bütün delilerin, delilik yapmadıkları zamanlarda takıldığı yer.

Sert plastik sandalyelerde, bir daire oluşturarak oturduk. Sandalyeler, içeri giren biri için uyarı işaretiymiş gibi turuncuydu; trafik konisi turuncusu –TEHLİKE: DELİLER KONUŞUYOR. BAŞKA BİR GÜZERGÂHA YÖNELİN. Çirkin oldukları kadar, üstlerinde oturmak da rahatsız. Beşinci dakikada kıçım uyuştu ve rahat edebilmek için sürekli kıpırdanmak zorunda kaldım. Hiç yaptığım bir şey değildir oysa.

Kartsalak, "Çocuklar, bu Jeff," diye tanıştırdı beni ve hepsi bir ağızdan, "Merhaba Jeff," dediler. Ama sesleri, "Hımm, beyiiiin," diye mırıldanan zombiler gibi birbirinin aynı çıktı. Sesimi çıkarmadım. Burada arkadaş edinecek kadar uzun kalmayacağım ki.

Sonra, Kartsalak'ın dediği gibi, yalnızca birbirimize bakarak, bir çember şeklinde oturduk. Doktor, tırnaklarını yiyen, uzun saçlı, sıska, sarışın bir kızı işaret edip, "Alice, neden Jeff'e biraz kendinden söz etmiyorsun?" diyene kadar.

"Adım Alice," dedi kız. Hadi ya. "Hakkımda ne bilmen gerekiyor? Hımm, annemin sevgilisi, ben uyurken hep odama gelir, üzerime çıkardı, ta ki bir gece o uyurken ben onun odasına çakmak gazı ve kibritle gidene kadar. Ölmedi falan ama, ben biraz yandım."

Önce uyduruyor sandım. Sonra görebileyim diye kollarını kaldırdı. Ellerinden kollarına kadar derisi kırmızıydı ve yara içindeydi. Güldü. Sonra da öne eğilip yüzünü uzun saçlarıyla örttü.

Kız kolpa mı değil mi, emin olamadım. Tahminimce kibritlerle oynarken ya da onun gibi salakça bir şey yaparken kendi kollarını yaktı. Eminim, annesinin erkek arkadaşını yaktığını falan uydurdu. Yani bu hikâye çok daha ilgi çekici tabii, dolayısıyla buna sadık kaldığı için onu suçlayamam. Ben de kendimi yakmak kadar salakça bir şey yapsaydım, bu konuda yalan söylerdim.

Mesele şu ki, kendini yaktığını düşünmüyorum. Neden bilmiyorum ama, ona inanıyorum. Daha da tuhafı, bu beni korkutmuyor. Neden o adamı ateşe verdiğini anlayabiliyorum. Bu da belki beni onun kadar deli yapıyor. Kaldı ki, bu işi ben yapmadım; yalnızca bunu yaptığımı düşünebiliyorum. Belki de deli olanla olmayan arasındaki fark budur.

Alice başka bir şey söylemeyince, yanındaki kıza geçtik. Bu kız Alice'in neredeyse tam tersiydi: Şişman, kıvırcık kızıl saçlı, ay suratlıydı. Ona baktığımı görünce, sanki hastanede değil de, otobüsteymişiz gibi bana gülümsedi.

Çizgi filmlerdeki kuşlar gibi neşeli, cıvıl cıvıl, "Adım Juliet. Bone'un kız arkadaşıyım," dedi.

Bone'un kim olduğunu bilmek durumundaymışım, Bone *rap* yıldızı ya da aktörmüş, fotoğrafları boy boy dergilerde çıkıyormuş, ben de onu ünlü bir sevgilisi olduğu için kutlamak zorundaymışım gibi durakladı. Ben bir şey demeyince, yanımdaki çocuğa bakıp başını salladı. Bu çocuk, tüm konuşmalar süresince ayaklarına bakmıştı. Şimdi de yalnızca kafasını kaldırır gibi olmuştu.

"Bu Bone," dedi Juliet, yeni arabasını gösteriyormuş gibi cıvıldayarak. "Bir müzik grubumuz var. *Karşılıksız Seks ve Şiddet?*" diye ekledi, kendi de pek emin değilmiş gibi. "Bone gitar çalıyor. Ben de şarkı söylüyorum."

Yanımda duran Bone, iç geçirip kollarını göğsünde bağladı. Beyaz bir tişört giymişti ve benden yaşça pek büyük olmadığı halde çok fazla dövmesi vardı. Ailem, dövme yaptırmama asla izin vermezdi; haliyle onun bir sürü dövmesinin olması etkileyiciydi. Dövmelerine şöyle bir göz gezdirdim, ama pek ilginç değillerdi. Yanan kafatasları, motosikletli çıplak kızlar falan filan. Saçını boyuyordu kesin; çünkü doğal olmayacak kadar siyahtı ve gözlerini hiçbir şeye odaklayamıyormuş gibiydi. Gözleri de saçları gibi siyahtı. Bir çizgi roman kahramanına benziyordu.

"Hanginiz seks, hanginiz şiddet?" dedim.

Gülümsemesi kayan Juliet, "Ne?" diye sordu.

Çok küçük bir çocukla konuşuyormuşum gibi, "*Karşılıksız Seks ve Şiddet*," dedim tane tane. "Hanginiz hangisi?"

Juliet, sanki cevabı kendisine o verebilecekmiş gibi Bone'a baktı. Ama Bone ayaklarına bakmaya devam etti. Kız, olmayan bir şeyi siliyormuş gibi elini dudaklarının üstünden geçirdi. Başka biri, gülmeye başladı, ama durdu.

"Yaaa, aslında..." dedi Juliet, kafası karışık. "Bu yalnızca, yani... bir isim."

Birden, yalnızca bir saniye için başını kaldırıp, "O benim kız arkadaşım değil," dedi Bone. "Kız arkadaşım olduğunu sanıyor sadece. Grup falan yok. Onu tanımıyorum bile. Tamam mı?"

Juliet ona bakıp bir şey söylemeye hazırlanıyordu ki, Kartsalak araya girdi. "Neden devam etmiyoruz," dedi. Onu, turistleri küçük gruplar halinde tarihi mekânlara götürüp, sekiz milyon yıllık mumlara falan dokunmadıklarından emin olmaya çalışan tur rehberlerine benzettim. "Neden devam etmiyoruz?" gerçekten bir soru değil, çünkü başka seçeneğin yok. Bu yalnızca, "Defolun burdan! Mumları görmek isteyen bir ton turist var daha," demenin pasif agresif versiyonu.

Böylece Kartsalak bizi, Abraham Lincoln'ün köleleri serbest bıraktığı yatak odasından çıkarıp, iki yüz yıl öncekiyle aynı şekilde ekmek yaptıkları mutfağa götürdü. Yani aslında, bir sonraki insana, Juliet'in yanında oturan kıza bakıp başını salladı.

"Peki," dedi kız. "Benim adım Sadie. Burcum terazi. Güneşli günleri ve yavru kedileri sever, çevre kirliliğinin ve negatif insanların daraltı olduğunu düşünürüm. Hımm... ve de kendimi boğmaya çalıştım, ama adamın biri beni kurtardığı için ölmedim."

Sanki ona soru sormam için meydan okuyormuşçasına doğruca bana baktı. Gözleri, Kuzey Kutbu'nun buzulları gibi, gerçekten masmaviydi. Siyah, kısa kesilmiş, diken diken saçları, derisinin soluk bir rengi vardı ve bunlar gözlerini daha da mavi gösteriyordu. Onu tanımlamanın en iyi yolu, şeytani bir periye ya da en azından belalı bir periye benzediğini söylemek olur.

Sırada Bone vardı, ama tek söylediği, "Ben Bone," oldu ve ilgisi ayaklarına döndü. Kız arkadaşı olmayan kızla ilgili daha fazla konuşmasını ya da ayaklı bir çizgi film kahramanı olmanın nasıl bir şey olduğundan bahsetmesini umuyordum ama sanırım kendisi bizimle yeterince paylaşımda bulunduğunu düşünüyordu.

Sonra sıra bana geldi. Gerçekten bir şey söylemek istemiyordum, ancak Bone, sessiz ve gizemli tip rolünü çoktan kapmıştı. Ben de aynısını yaparsam onun gibi olmaya çalıştığım zannedilecekti.

"Ben Jeff," dedim. "Buradayım, çünkü burada olmam gerektiğini düşünüyorlar. Ama burada olmam gerekmiyor. Anlatacak pek bir şey yok."

"O zaman bandajlar neyin nesi?"

Sadie, başıyla kucağımı işaret etti. Kafamı eğince, gömleğimin yukarı kıvrık kolları altından gazlı bezin gözüktüğünü fark ettim.

"Önemli değil," dedim. "Yalnızca bir kesik."

"Peki," dedi Kartsalak. "Artık Jeff sizi daha iyi tanıdığına göre, bugün gerçeği söylemenin ne anlama geldiğiyle ilgili konuşmak istiyorum."

İşte o anda boyut değiştirdim. Aslında, etrafın solduğu ve seslerin çok uzaktan geçen uçaklar gibi geldiği bu ılık, sisli yere bir şekilde yerleştim. İnsanların konuştuğunu biliyordum, ama onları dinlemiyordum. Kimsenin söyleyecekleriyle ilgilenmiyordum. Yani, gerçeği anlatmak da ne? Üzerinde konuşmak için çok saçma bir şey. Gerçek, benim buraya ait olmadığım.

Sonunda uçak sesleri durdu ve grup çalışmasının bittiğini anladım. Herkes ayağa kalkıyordu. Kartsalak gelip, "Bugün pek katılım göstermedin," dedi.

"Pardon," dedim. "Aklımda bir sürü şey vardı."

"Ne gibi?" diye sordu.

Omuz silktim. "Erkek pop grupları çılgınlığının gerçekten geçip geçmediği gibi," dedim. "İnsanların bu çılgınlığın geçtiğini söylediğini biliyorum ama bence yanılıyorlar."

"Sana etrafı göstereyim," dedi. "Burası salon. Çalışanlardan biri olduğu sürece buraya gelebilirsin. Gün içinde burada genellikle dört kişi olur: İki hemşire, iki hastabakıcı. Gece de en az iki hemşire ve bir güvenlik görevlimiz olur."

"Güvenlik," dedim. "Ciddi bir şeye benziyor. *Karşılıksız Seks ve Şiddet* hayranlarını dışarıda tutmak için mi?"

Duymazlıktan gelip, daha fazla plastik sandalyeyle çevrelenmiş iki uzun masayı gösterdi ve, "Yemek de burada yeniyor," diye devam etti. "Şimdiye kadar odanda yemene izin verilmişti, ama bundan böyle yemeğini kattakilerin geri kalanıyla birlikte yiyeceksin. Yemekler hastanenin yemekhanesinden geliyor."

Salodan çıkıp, odama doğru giden koridorda yürürken, "Adeta büyük mutlu bir aile," diye görüş bildirdim.

"Hepinizin kendine ait bir odası var," dedi Kartsalak. "Erkeklerinki bu tarafta, kızlarınki diğer tarafta. Gözetim olmaksızın bir diğer insanın odasında bulunamazsın. Koridorun her iki ucunda da tuvalet ve banyolar var."

"Orada, gözetim olmaksızın birbirimizin yanında durabiliyor muyuz?" diye sordum. "Yoksa aynı anda işemeye iyi gözle bakılmıyor mu?"

"Sana her gün bir program verilecek," diye devam etti. "Buradayken okul çalışmalarını devam ettiriyor olacaksın. Okuldan kitaplarını ve ödevlerini alıp alamayacağımıza bakacağız."

"Okuldaki insanlara burada olduğumu söylüyor musunuz?" dedim. Müdür Matthews'un sabah konuşmasını gözümde canlandırabiliyordum. "Öğlen yemeğinde köfte ve makarna var. Ponpon kız seçmeleri ikinci ders saatinde spor salonunda yapılacak. Bu arada Jeff de tımarhanede."

"Onlara, senin bir süre okula devam edemeyeceğin söylenecek. Hepsi bu," dedi Kartsalak.

"Harika," dedim. "Ben de matematik sınavından yırtmanın en mükemmel yolunu bulduğumu sanıyordum."

"Daha önce de söylediğim gibi," diye devam etti Kartsalak, "hem grup seanslarına katılacak, hem de benimle özel seanslar yapacaksın."

"Bunlar da mı gözetim altında?" diye sordum. "Yani, siz bana uygun olmayan bir şekilde dokunmaya kalkarsanız falan?"

Kartsalak durup bana baktı. Bir kâğıt uzattı. "Bugünkü programın. Şimdi biraz boş zamanın var. Bu zamanı diğerlerini tanıyarak değerlendirmeni öneriyorum," dedi.

"Tabii," deyip, verdiği programı bakmadan katladım. "Müthiş çocuklara benziyorlar."

"Onlara bir şans ver. Şaşırabilirsin," dedi.

"Bu konuda size güveneceğim," dedim. "Eğer bu deli doktoru işi iyi gitmezse, kendinize Disneyland'de iş bakabilirsiniz. Rehberlik etme konusunda çok iyisiniz. Safari turunda çok iyi iş çıkarırsınız."

"Öğleden sonraki seansımızda görüşürüz," dedi teklemeden. "Ofisim, salonun diğer tarafındaki koridorun sonunda. Hemşirelerden biri seni oraya getirecektir."

O gittikten sonra, açıp programa baktım. Terapi seansım üç buçuktaydı. Duvardaki saate baktım. Saat daha on iki otuzdu. Bu da Muhteşem Kartsalak, kafamı açıp içinde ne olduğuna bakmaya çalışmadan önce, harcayacak üç saatim olduğu anlamına geliyordu. Hiçbir şey yapmadan geçirilecek üç saat.

"Saat birde el sanatları dersim var."

Kafamı kaldırınca, Sadie'nin yanımda durduğunu gördüm. Kendi kâğıdını sallıyordu. "Belki babama o hep istediği cüzdanı yapabilirim."

"Ben okçuluk dersi olmasını umuyordum," dedim. "Ama sanırım doğa yürüyüşü ve bayrağı yakala oynamak zorundayım."

Güldü. "İlaçlar Kampı'na hoş geldin. Burada kampçılar delidir ve danışmanlar senden ilaç almanı ister."

"Aslında bu kampçı buralarda pek uzun takılmayacak," dedim elimdeki programı buruştururken.

"Nasıl olacak o? Bir planın mı var?"

"Elbette," dedim, kâğıt topunu çöp kutusuna fırlatırken. "Gerçekten çok basit bir plan hem de: Ben deli değilim."

Sadie yine güldü. "Tabii," dedi. "Hiçbirimiz değiliz."

"Ciddiyim," dedim.

"Ben de," dedi. "Benim deli olduğumu mu düşünüyorsun?"

"Buradasın, değil mi?"

Başını salladı. "Sen de. Sence sen, yaptıkları tek hata mısın?"

Yüzüne baktım. Gayet ciddi görünüyordu. Sonra grup seansında kendini boğmaya çalışmasıyla ilgili söylediği şey geldi aklıma. Kesin deliydi ve ihtiyacım olan son şey daha fazla delilikti.

"Tuvalete gitmem lazım," dedim. "Sonra görüşürüz."

4. GÜN

İşte temel gerçekler: Adım Jeff. On beş yaşındayım. On üç yaşında, Amanda adında bir kız kardeşim var. Annem ve babam hâlâ evli ve dördümüz öteki milyarlarca şehre tıpatıp benzeyen gayet iyi bir şehirde, gayet iyi bir semtte, gayet iyi bir evde yaşıyoruz. Ebeveynlerimiz bize hiç vurmadı, bir rahip tarafından taciz edilmedim, okuldaki çocuklardan yaşıtım bir insanın ettiğinden fazla nefret etmiyorum, *death metal* dinlemem, şiddet içeren bilgisayar oyunlarına bağımlı değilim ya da zevk için küçük hayvanların kafasını kesmem.

Bunlar Kartsalak'la seansımız sırasında söylediklerimin tümü sayılabilir. Bu da dün karşısında sessizce oturup, bana gidebileceğimi söylediği âna kadar ona anlattıklarımdan çok daha fazlası. Ama bugün, elindeki kalemle bloknotuna vurarak bana bakmakla yetindi. Anlaşılan o ki, terapistler içinizi açmak için bu yöntemi uyguluyorlar. Olay şu ki, işe yarıyor. O bana ne kadar uzun baktıysa, ben de, sırf kalemi vurmayı bıraksın diye o kadar konuşmak istedim.

Ama kendimle ilgili konuşmak istemedim. Bu yüzden de gruptakilerden ve ne kadar tuhaf olduklarından söz ettim. Bu, Alice'in saçını çiğnediğini, Juliet'in hâlâ Bone'u sevdiğini, Bone'un da hâlâ ayakkabılarını sevdiğini öğrendiğim ikinci grup seansından sonraydı. Çok derin konulardı.

Belki hâlâ anlamamıştır diye düşünerek, "Ben buraya ait değilim," diye bildirdim Kartsalak'a. "Bu insanlar cidden delirmiş. Onlarla olmak benim için iyi bir şey değil. Bir şeyler kapabilirim."

Bir dakika boyunca bana cevap vermedi. Sonunda, eğer durmazsa kalemi alıp boğazıma saplayacağımı söyleyene kadar, pıt pıt pıt pıt vurmaya devam etti. Sonra kalemini cebine koydu.

"Neden buraya ait olmadığını düşünüyorsun?" diye sordu.

"Siz neden olduğumu düşünüyorsunuz?" dedim.

Yeniden gözlerini bana dikti, ama cevap vermedi. Adamın sürekli gözünü kırpmadan durabilmesi çok acayip. Ben de gözümü kırpmamaya çalıştım, ama gözlerim kurudu gerçekten. Sonunda yeniden konuşmaya başladım.

"Siz gerçek bir doktor musunuz?" diye sordum. "Yani diplomalı falan bir doktor musunuz?"

"Ben bir psikiyatrım," dedi.

"Yani gerçekten doktor değilsiniz," dedim.

"Bir psikiyatrist aynı zamanda tıp doktorudur. Bir psikolog tıp doktoru değildir," dedi.

"Yani bir psikologdan daha iyi olduğunuzu düşündüğünüzü söylüyorsunuz," dedim. "Hiç hoş değil. Eminim, onlar da çok çalışıyorlardır."

"İkisi birbirinden çok farklı," dedi.

"Hangi okula gittiniz?" diye sordum. "Gerçek bir üniversite miydi, yoksa Karayipler'deki o okullardan biri miydi?" Bir yerlerde, gerçek tıp okullarını kazanamayanların Karayipler'e gittiklerini okumuştum. Anlaşılan o ki, orada diploma almak için tek yapılması gereken dört yıl kumsalda oturup meyve kokteyli içmek.

"Lisansımı Chicago Üniversitesi'nde, doktoramı da Toronto Üniversitesi'nde yaptım."

"Kanada," dedim. "Yani yabancı bir ülkeye gitmek zorunda kaldınız." Başımı, büyük bir hayal kırıklığına uğramış gibi salladım. "Kusura bakma doktor. Özgeçmişinden pek memnun değilim. İkinci bir uzman görüşüne gereksinim duyuyorum."

"On yıldır gençlerle çalışıyorum," dedi Kartsalak. "Sana yardım edecek kadar donanımlı olduğuma seni temin ederim."

"On yıl mı?" dedim. Açıkçası şaşırmıştım. O kadar yaşlı olduğunu düşünmemiştim. "Ne yaptınız, üniversiteye dokuz yaşında mı başladınız? Ya da 'gençlerle çalıştım' derken, yaz kamplarını falan mı kastettiniz?"

Belki bana kaç yaşında olduğunu söyler diye düşündüm ama o, gözlerini dikip bakma işine döndü. Onu yok sayıp etrafa göz gezdirdim. Masasının dışında bir kanepe ve benim oturduğum sandalyenin yanında başka bir sandalye daha vardı. Bunlar salondakiler gibi plastik değildi; poponuzu acıtmayan gerçek deri sandalyelerdi. İçinde pek çok sıkıcı görünen kitabın olduğu bir kitaplık ve pembe çiçekli bir bitki vardı. Duvarlardan birindeyse, ağzında ölü bir kuş tutan siyah-beyaz bir köpek resmi asılıydı.

Aynı zamanda, içinde tel olmayan bir de penceresi vardı. Sanırım, deli doktorlarının camlardan atlayacağından korkmuyorlar. Ben denemeyi düşündüm ama, dördüncü katta olduğumuz için, deneseydim bacağımın kırılacağından emindim. O zaman hem deli hem de alçılı olurdum ki bu, durumu biraz abartmak olurdu.

"Ben onlar gibi değilim," dedim etrafa bakmaktan sıkılınca.

"Kim gibi değilsin?" diye sordu, neden bahsettiğimizi unutmuşçasına.

"Onlar," dedim kollarımı sallayıp. "Grubun geri kalanı. Gerçekten, onlara baksanıza, onlar deli."

"Neden böyle söylüyorsun?"

Tek parmağımı kaldırıp, "Biri adamın tekini ızgara yapmaya kalkmış," dedim. Sonra parmaklarımla saymayı sürdürdüm; "Biri diğerine âşık, ama diğerinin, kızın kim olduğundan ya da kendisinin nerede olduğundan haberi yok." Son parmağımı kaldırıp, "Ve biri de sebepsiz yere kendini göle atmış," dedim.

"Ve sen onlardan farklı olduğunu düşünüyorsun, öyle mi?" dedi.

"Şey, evet," dedim. "Siz düşünmüyor musunuz?"

"Bana ailenden söz et," dedi.

Dediğim gibi, ailem son derece normal. Yani, çoğu ailenin olduğu kadar. Bu da bazen kavga ettiğimiz, ama kalan zamanda iyi geçindiğimiz anlamına geliyor. O kadar sıkıcıyız ki, nedereyse Kartsalak'a anlatacak bir dram yazmaya karar veriyordum: Akşam yemeğinde pişirdiği yemeklerden şikâyet ettiğimizde annem kız kardeşimle beni kilere kapatır ya da babam her şeyde en iyi olmam için bana baskı yapar gibi. Ama babam her zaman kendisinin de matematiğinin kötü olduğunu, edebiyattaki başarımın, trigonometrideki başarısızlığımı karşıladığını söyler. Annem yemekleri genelde Çin Ejderi ya da Güney Sınırı lokantalarından alır, çünkü ne zaman yemek yapmaya kalksa ocak alev alır. Bu yüzden yemek, evde hiçbir zaman sorun olmamıştır.

"Onlar süper. Her şey süper," dedim Kartsalak'a.

"O zaman neden intihar etmeye çalıştın?"

Bu adam sabit fikirliydi ve sinirime dokunuyordu bu. Sorusu üstünde gerçekten düşündüğümü sanması için uzun süre bekledim. Sonra içimi çekip, "Tamam," dedim. "Sanırım size anlatabilirim."

Kartsalak sandalyesinde biraz dikleşti. Kalemini çıkarıp, tarihi bir konuşmanın her sözcüğünü yazmaya hazırmış gibi bloknotunun üstünde tuttu.

"Bunu yaptım çünkü..." dedim kararsız davranarak, biraz da gözlerimi kırpıştırıp her an ağlamaya başlayacakmışım gibi burnumu çektim. "Bunu yaptım çünkü... Paris Hilton'la aynı dünyada yaşamaya katlanamıyordum."

Bana bağırmasını bekledim, ama sandalyesinde oturup bir şeyler karalamaya devam etti. Bir dakika kadar sonra bana baktı. "Nedense Bayan Hilton'un, problemlerinin sorumlusu olduğundan şüpheliyim. Kendisi her ne kadar sinir bozucu olsa da, bildiğim kadarıyla şimdiye kadar ölüme sebebiyet vermedi. O yüzden neden bana gerçek sebepten söz etmiyorsun?"

"Bir sebebi yok," dedim. Sinirlenmeye başlıyordum, çünkü beni dinlemiyordu. "Yalnızca yaptım. Ben bir delikanlıyım. Gençler canları sıkılınca saçma işler yaparlar. Artık bunu aştım ve eve gitmek istiyorum."

Saatine bakıp bugünlük bitirdiğimizi söyledi. Oradan bir an önce çıkmak istiyordum; bu yüzden, bana ilaçlarımdan birini kestiklerini ve bu gece biraz sersem olacağımı söylediğinde, yalnızca başımı salladım ve ona bakmadan çıktım.

Elbette, Goody öğleden sonraki kâğıt bardağımı verdiğinde mavi haplar yok olmuştu. Birkaç saat iyiydim. Sonra biraz yorgun hissetmeye başladım. Şimdiyse, biri kafama binlerce tekme atmış gibi hissediyorum.

Hayata bakış açınızın şekere benzer bir ilaç tarafından kontrol edilebileceğini ve birkaç ilaç kombinasyonunun, siz aslında okul kafeteryasının ortasında çırılçıplak dikilip millet de sizin fotoğraflarınızı çekerken, güzel bir yerde tatilde olduğunuzu düşünmenizi sağlayabileceğini fark etmek gerçekten boktan bir his. Mecazi olarak yani. Ya da her neyse işte.

5. GÜN

Gecenin ortasında kendimi bok gibi hissederek uyandım. Aslında hiçbir şeyin olmadığı ama sürüp giden o kötü rüyalardan birini görüyordum. Rüyamda büyük bir evin içinde bir şeyden kaçıyordum. Sürekli merdivenlerden çıkıyor, koridorlardan geçiyor, bir çıkış arıyordum. Bütün o süre boyunca beni kovalayan şeye, nefesini duyacak kadar yakın ama onun ne olduğunu göremeyecek kadar uzaktaydım.

Ev yalnızca merdivenler ve koridorlardan ibaretmiş gibiydi. Oda yoktu. Saklanacak yer yoktu. Tek yapabildiğim koşmaktı. Sonunda dar bir merdivenden çıktım ve bir kapıya vardım. Beni Kovalayan Şey tam arkamdaydı ve yukarı doğru tırmanırken basamakları tırmalıyordu. Soluğunun sesi gittikçe arttı. Tek isteğim, yüzünü görmeden kaçabilmekti. Ama, kapı kolu elimde dönüyor dönüyor dönüyordu.

Sonunda kilitten bir ses geldi ve kapıyı açtım. İçeri koştum, ama oda yoktu. Yalnızca karanlık vardı. Sonra düştüm. Sanki yer erimişti ve o kadar hızlı düşüyordum ki, bağıramadım bile. Her şey siyah ve soğuktu, rüzgâr kafamda uğulduyordu.

En sonunda uyandım ve şeytanın tavandan bana bakıp sırıtan yüzünü gördüm.

Tekrar uyumaya çalıştım ama düşün düşün düşün, bir türlü aklım durmuyordu. Aslında özel bir şeyi düşünmüyordum. Yalnızca bir dizi sözcük ve bölük pörçük düşünceler. Sanki aklımda bin tane farklı kanal vardı da, birisi kanaldan kanala hızla geçiyordu. Hiçbir şey düşünmeden durdum, ta ki odamda bir dakika daha kalırsam gerçekten delireceğimi düşündüğüm noktaya kadar. Sonunda kalkıp ortak kullanım alanına gittim. Gece hemşirelerinden biri, sanırım adı Hemşire Moon* –Tamam belki de adı öyle değildi, ama gerçek adını bilmiyordum– koridora bakan duvarın önündeki bankoda oturmuştu. Bulmaca çözüyordu.

"Bir ihtiyacın mı var?" diye sordu. Sanki yukarıdan aşağı 32'nin ne olduğunu düşünürken onu rahatsız etmişim gibi, gergin çıkmıştı sesi.

Başımı hayır dercesine sallayıp, "Yalnızca oturmak istiyorum," dedim.

Kafasıyla kanepeyi işaret etti. İçeri girdiğimde fark etmemiştim, ama Sadie çoktan kanepeye kıvrılmış, televizyonda bir şey izliyordu. Işıklar yüzüne yansıyor, ancak televizyondan ses gelmiyordu. Bu kız tam bir ucube.

Beni görünce yanını işaret edip, "Otur," dedi.

Beni çağırdığı için değil, odama dönmek istemediğim

* İngilizce'de "ay".

için yanına oturdum. Bir kadın ve bir adamın eski tip bir salonda ayakta durdukları siyah-beyaz bir film izliyordu. Kadın üzgün görünüyor, adam ona bakmamaya çalışıyordu.

Sadie, kısık, üzgün bir sesle, "Ne demek gidiyorum, Reginald?" dedi.

Ne demek istediğini anlamak için ona baktım. Tam karşıya bakıyordu.

"Sana söyledim, Daphne. Peru'ya, kayıp şehir Quezelacutan'ı aramaya gidiyorum," dedi, sesi kısık ve öfkeli.

Başımı ekrana çevirince, film için diyalog yazdığını anladım. Kadın kendini adamın kollarına atınca, Sadie, "Beni de götür!" deyip hıçkırık sesleri çıkardı. Kendimi tutamayıp biraz güldüm.

"Şşşş. Bu bir dram. Gülemezsin," dedi Sadie.

"Pardon," dedim.

"Sen Reginald ol," dedi.

"Sorun değil. Bu senin programın," dedim.

"Hıyarlık etme. Yapıver," dedi Sadie.

İçimden tartışmak gelmedi, ben de yapıverdim. Filmde adam kendini kadından sıyırmaya çalışıyordu. "Seni Peru'ya götüremem, Daphne," dedim çabucak, düşünmeye çalışarak. "Teknede yer yok."

"Ama ben küçüğüm," dedi Sadie. "Pek yemek yemem. Bak, ne kadar sıskayım."

"Hayır, Daphne," diye yanıtladım. "Peru kadınlara göre bir yer değil, sıska olanlarına bile. Sıtma olup öleceksin."

"Ama Peru dilini biliyorum!" diye haykırdı Sadie. "Bayan Piffingham'ın Kızlar Okulu'nda öğrenmiştim."

Tesadüf, Reginald da heyecanlı görünüyordu. "Neden bana hiç söylemedin?" dedim.

"Hakkımda bilmediğin daha çok şey var, Reginald," dedi Sadie, filmdeki kadın, adamın kollarından sıyrılıp elini ağzına götürürken.

Reklamlar başladı. Sadie bana bakıp sırıttı. Başımı sağa sola salladım. "Sen gerçekten delisin," dedim.

"Eğlenceli, değil mi?" dedi Sadie. "Her zaman yaparım. Benim öykülerim gerçeklerinden daha iyidir. En azından ben öyle düşünüyorum. Gerçek öyküleri aslında hiç dinlemem. Ama benimkilerin daha iyi olduğundan neredeyse eminim." Yeniden televizyona baktı. "Uyuyamadın, ha?"

Başımla onayladım. "Kafamda yirmi üç kişi yaşıyormuş gibi," dedim.

"Yalnızca yirmi üç mü? Şanslısın." Önce Hemşire Moon'a bakıp, sonra bana doğru eğildi; "Sana Mucize İlaç'ı vermeyi bıraktılar," diye fısıldadı.

"Neyi?"

"Mucize İlaç. Buraya ilk geldiğinde, korkmaman ya da kendine zarar vermemen için içirirler. Bunları yapmayacağından kesin emin olduklarında ilacı keserler. Uslu çocuk olmuşsun demek. Bana bir hafta boyunca vermişlerdi."

"Keşke hâlâ o ilacı kullanıyor olsaydım," dedim. "Durum beter."

"Bu, senin hatırlamanı sağlamaya çalıştıkları bölüm," dedi Sadie. Bileklerime baktı. "İşe yarıyor mu?"

Fark etmeden, pijamamın kollarından birini yukarı sıyırmış, bileğime sarılı bandajı ovalıyordum. Durdum ve pijamamın kolunun geri düşmesine izin verdim.

"Geçecek," dedi Sadie televizyona dönerken. "Aklındakiler. Yavaş yavaş geçecek."

Cevap vermedim. Yalnızca oturup televizyon izledim. "Sen hatırlıyor musun?" diye sordum bir süre sonra.

Başını salladı. "Süzülüp gitmek istedim," dedi sesi rüyada gibi. "Yeterince çaba sarf edersem, suyun altında nefes alabileceğimden emindim. Denizkızı gibi."

"Ama gerçekten ölmek istedin mi?" diye sordum.

Güldü. "Belki evet. Belki hayır. Önemli olan bu değildi. Sonra atlayıp beni kurtardı zaten." Mavi gözleriyle bana baktı. "Seni kim kurtardı?"

Omuz silktim. "Sağlık görevlileri galiba."

Başını hayır dercesine salladı. "Hayır, onlar yalnızca görevlerini yaptı. Önce birinin seni kurtarmış olması gerek. Sağlık görevlilerini kim aradı?"

"Annemle babam," dedim.

"O zaman seni kurtaranlar onlar," dedi Sadie.

Hiç böyle düşünmemiştim. Sadie haklıydı. Ama bu kurtarmak mıydı? Burnunu sokmak değil miydi daha çok? Sadie, "Peki, neden *yaptın?*" diye sorduğunda bunu düşünüyordum.

Omuz silktim. Film oyununu oynarken küçük bir ânı paylaşmış olsak bile, fazla konuşmak istemiyordum. Hem, söyleyecek pek de bir şey yoktu zaten.

"Sorun değil. Bana söylemek zorunda değilsin. Yalnızca televizyon izleyelim," dedi.

Öyle yaptık. Konuşmadan, sesi kısık televizyona baktık. Bir süre sonra gerçekten yorgun olduğumu fark ettim. Sadie'ye iyi geceler dileyip odama gittim.

Sadie'yi ve kendini boğmaya çalışmasını düşündüm. Merak ettiğim şu: Nasıl oluyor da, intihar etmeye çalışan insanları biri mutlaka kurtarıyor ve intihar eden kişiye, akşam planlarını mahvettiği için diğerlerinden özür diletiyor? Herkes benden bir şey için özür dilememi istiyormuş gibi hissediyorum. Ama özür dilemeyeceğim. Özür dileyecek hiçbir şeyim yok. Her şeyi mahveden onlar. Ben değilim.

Kurtarılmayı ben istemedim.

6. GÜN

Yedinci sınıftayken sosyal sorumluluk dersinin bir parçası olarak mektup arkadaşım vardı. Sanırım bunun amacı, dünyanın diğer köşelerinden çocukları tanırsak, birbirimizle aynı olduğumuzu görmemiz, büyüyüp de ülkelerimize başkan olduğumuzda birbirimizi bombalamayı istemememizdi. Her neyse, bana Kenya'daki Masai kabilesinden bir kız düşmüştü. Orada posta servisi olduğunu bile bilmiyordum. Ona, kaykay yapmaktan hoşlandığımı, resim yaptığımı ve *Thieving Magpies* ve *Fun While It Lasted* dinlediğimi anlatan bir mektup yazmıştım. O da cevabında ailesinin toprak bir kulübede yaşadığını, inek beslediklerini ve ineklerin kanını sütle karıştırıp içtiklerini, cumartesi günleri köyde birinin televizyonunda *Vampir Avcısı Buffy* ve *Acil Servis*'i izlemek için yirmi beş kilometre yürüdüklerini yazmıştı. İngilizce'yi böyle öğrenmiş.

Vücudunun kırmızı çamurla kaplı olduğu bir fotoğrafını göndermiş, Amerika'da herkesin sarışın ve yüzme havuzu sahibi olup olmadığını sormuştu. Mektuplarındaki pulların dünyada gördüklerimin en iyisi olduğunu düşündüğümü ve o çok ilginç ben çok sıkıcı olduğum için kendimle ilgili pek çok şey uydurduğumu hatırlıyorum. Babamın ünlü bir kâşif olduğunu ve annem rol aldığı için sürekli Broadway müzikallerine gittiğimizi yazmıştım. Nerdeyse bir okul yılı boyunca birbirimize yazdık. Önce hangimizin cevap yazmayı bıraktığını hatırlamıyorum. Büyük ihtimalle bendim. Sanırım ona söyleyecek yalanım kalmamıştı.

Bugün Kartsalak'la seansım sırasında bunu düşünüyordum. Çünkü ona kendim hakkında bir şey anlatayım diye uğraşıyordu, ben de ona bir sürü yalan atıyordum. Bunu bir oyuna dönüştürdüm. Yalan Oyunu'na.

"Neredeyse bir haftadır buradasın," dedi. "Ne hissediyorsun?"

"Hımm," dedim. "Burayı seviyorum."

Gözlüğünü burnunun tepesine itti. Şimdi fark ediyorum ki, bunu gergin ya da heyecanlı olduğu zamanlarda yapıyor. "Öyle mi?" diye sordu.

Başımla onayladım. "Tabii. Kesinlikle dört yıldızlı bir mekânınız var. Beş yıldıza yükseltirdim, ama havuz benim için biraz fazla soğuk ve oda servisi ısmarladığım kulüp sandviçi getirmekte biraz yavaştı. Şikâyet ettiğimden değil. Yalnızca bilmeniz gerektiğini düşünüyorum."

Kartsalak bloknotunu bıraktı. "Jeff," dedi. "Bu ancak, sen benimle konuşmaya başladığında işe yarayacaktır."

"Konuşuyorum," diye hatırlattım kendisine. "Bakın, ağzım oynuyor ve sözcükler çıkıyor, değil mi? Buna konuşmak derler."

"Sen zeki bir genç adamsın. Bu zekâyı kendin için kullanamaman çok yazık."

Nereye varmaya çalıştığını biliyordum. Ters psikoloji taktiği uygulamaya çalışıyor, yapamayacağımı düşündüğünü söyleyerek bana bir şeyler yaptırmaya çalışıyordu. Bu kesinlikle psikolojinin ilk dersiydi ve buna kanacağımı düşündüğüne inanamıyordum. Bunun üzerine, cidden eğlenmeye karar verdim.

"Haklısınız," dedim. Sesime bunu gerçekten kastediyormuşum gibi bir hava vermeye çalışmak, sandığınızdan daha zordu. "Biraz korkuyorum galiba."

Kartsalak bloknotunu yeniden eline aldı. Parmağı doğruca gözlüğüne gitti. Bir atılım yaptığımızı düşündüğünü görebiliyordum. "Neden korkuyorsun?" diye sordu.

Sanki duygularımı açığa vurmak benim için çok zormuş gibi, gerçekten derin bir iç çektim. "Her şeyden," dedim. "Her şeyden korkuyorum."

Bu onu bayağı gaza getirdi. Kalemi, kâğıdın üstünde sağa sola uçarken, deliler gibi başını sallıyordu. "En çok neden korkuyorsun?" diye sordu.

"Sanırım, yalnız kalmaktan," dedim. "Bilirsiniz, beni anlayacak kimse olmamasından."

Kafasını kaldırdı. "Kimsenin seni anlamadığını mı düşünüyorsun?"

"İnsanlar anladıklarını *sanıyorlar*. Ama anlamıyorlar.

İçimde bambaşka bir ben var, ama kimse onu görmüyor." Göğsüme dokunup iç çeker gibi yaptım.

Yüzündeki ifade paha biçilmezdi. Keşke yanımda bir kamera olsaydı. Kartsalak bütün hikâyeyi yedi. Yalnızca bir kez izlediğim bir televizyon filmini aynen canlandırdığımdan habersizdi. Ama kendime haksızlık etmeyeyim, yeni bir şeyler de *katıyordum*. Yani, tamamen *Nicole'ün Problemi* filmini araklamıyordum.

"İçinde kim var, Jeff?" diye sordu Kartsalak.

Cevap vermeden önce biraz bekledim. Yalnızca onun bileceği bir sırrı açıklıyormuşum sansın istedim. Sonra öne eğilip, "Bir balerin," diye fısıldadım.

"Affedersin," dedi Kartsalak. "Kim dedin?"

"Balerin," dedim biraz daha yüksek sesle. "İçimde bir balerin var."

Arkasına yaslanıp bana baktı. Hızla konuşmaya başladım. "Evet. Beş altı yaşlarımdayken annemler beni *Fındıkkıran*'ı izlemeye götürmüştü. Gördüğüm en muhteşem şeydi."

Balede olduğumu hatırlıyormuşum gibi, gözlerimi kapadım. Hatta biraz gülümsedim bile. "Şeker Perisi'ni oynayan kadın güzel bir kostüm giymişti," dedim. "Ondan gözlerimi alamamıştım. Onun yerinde olmak istemiştim."

Gözlerimi açıp Kartsalak'a baktım. "Sonra annemlere Şeker Perisi olmak istediğimi söyledim. Bana yalnızca güldüler. Ama gerçek bu. Onun yerinde olmak istiyorum."

Tekrar öne eğilip, "İçimde hapis," dedim hafifçe, sanki kadın bizi dinliyormuş da, ondan bahsettiğimi duyarsa kızacakmış gibi. "Dışarı çıkmak istiyor."

Bizim Kartsalak kalemini bloknotuna vurmaya başladı. "Bana balerin olmak istediğin için kendine zarar verdiğini söylüyorsun, öyle mi?" dedi.

"Evet," dedim. "Bu onun suçu. Bunu bana o yaptırdı. Şeker Perisi tarafından ele geçirildim." Bunu kanıtlamak için de Şeker Perisi'nin dans ettiği zamanlarda çaldıkları müziğe biraz benzeyen tuhaf bir şarkı mırıldanmaya başladım. Yani, *Fındıkkıran*'ı izlemiştim. Herkes izlememiş midir zaten?

Kartsalak uzun süre bir şey söylemedi. Bir şey söylediğindeyse sesi, öfkelenmemek için gerçekten çabalıyormuş gibi çıktı. "Benim aptal olduğumu mu düşünüyorsun, Jeff?"

Başımı sağa sola salladım. "Hayır," dedim. "Aptal olamazsınız. Kanada'da okudunuz. Duyduğuma göre, onların bizden çok daha iyi bir eğitim sistemi varmış. Neden, aptal gibi mi hissediyorsunuz?"

"Burada kendilerini iyi hissetmeyi çok isteyen insanlar var," dedi bana cevap vermeyip. "Benim işim onların bunu yapmasına yardım etmek. Yoksa sırf sen bir sorunun olduğunu itiraf etmek istemiyorsun diye, oturup saçma bir hikâye uydurmanı izlemek değil."

Şok olmuş numarası yaptım. "Ne demek istiyorsunuz?" dedim. "Size şimdi söyledim: Şeker Perisi vücudumu ele geçirdi. Beni öldürmeye çalıştı! Bir şeyler yapmanız lazım. Şeytan çıkarma falan. Ya da peri çıkarma."

"Zamanımı boşa harcıyorsun," dedi Kartsalak. "Bugünlük seansımız bitti."

"Ya yeniden kendime zarar vermem için uğraşırsa?"

diye sordum endişe içinde. "Ya da başka birine zarar vermem için uğraşırsa? Salonda kontrol edilemez biçimde ayakucu dönüşleri yapmaya başlayabilirim ve böyle yaparsam neler olacak bilemiyorum. Bir şekerleme katliamı yaşanabilir."

"Bitirdin mi?" diye sordu Kartsalak.

"Duruma göre değişir," dedim, normal halime dönerek. "Eve gitmeme izin verecek misiniz şimdi?"

"Kırk beş gün buradasın," dedi. "İstersen boşa harcayabilirsin, ama hepsini burada harcayacaksın."

Buna öfkelendim. "Ben sizin zamanınızı boşa harcıyorum sanmıştım," diye laf çarptım.

"Öyle," dedi. "Aynı zamanda hem kendininkini hem de, sen burada olduğun için burada olamayan, gerçekten yardım almak isteyen birininkini harcıyorsun. Bu konuda düşünmeni istiyorum. Yarın görüşürüz."

Kafasını eğdi. Bunun, benim gitmem için bir işaret olduğunu biliyordum. Ben de odadan çıktım. Oradan çıkmaktan mutluydum da. Beni burada tutan kendisiyken, zamanını boşa harcadığım konusunda bana vaaz verdiğine inanamıyordum. Yalnızca normal olduğumu söylese, buradan çıkacaktım. Eğer bir manyak benim yerimi bu kadar çok istiyorsa, yerimi ona vermekten büyük mutluluk duyarım. İnsanların bana kıyak yaptıklarını düşünmelerinden daral geldi.

7. GÜN

Bu sabah, Sadie'yi salonda bir mektup yazarken buldum. Kime yazdığını sorunca, en yakın arkadaşına olduğunu söyledi. "Senin yakın arkadaşın yok mu?" diye sordu. "Yani, her şeyi anlattığın biri yok mu?"

"Pek yok," dedim. "Arkadaşlar konusunda çok iyi değilimdir."

Bana tuhaf tuhaf baktı, sonra saati fark etti. "Katzrupus' u görmem gerek," dedi mektubunu katlarken. "Sonra görüşür müyüz?"

"Tabii," dedim. "Biraz ödev yapacağım. Anlaşılan o ki, deliler evine tıkılı olmak seni bir kurbağanın üreme sürecini öğrenmekten alıkoymuyor."

Bu da başka bir yalandı. Ödev değil, en iyi arkadaşım olmadığı konusu. Aslında biri var. Adı Allie. Yalnızca Sadie'yle, onun hakkında konuşmak gelmedi içimden.

Evet, o bir kız. Allie bir kız. Biliyorum, bir erkeğin en

yakın arkadaşının kız olması biraz tuhaf, ama öyle.

Onu ilk kez, yedinci sınıfta müdür sekreteri Bayan Pennyfall sosyal bilimler dersine getirdiğinde görmüştüm. Allie, ortalığı ateşe vermek istiyormuş gibi baktı sınıfa. Bir tek benim yanım boş olduğu için yanıma oturmak zorunda kaldı. Bütün ders boyunca başı eğik, defterinin kapağına bir şeyler çizdi. Sürekli onun ne çizdiğini görmeye çalıştım, ama bir yandan da ona baktığımı düşünmesini istemedim.

Sonunda defteri biraz ittiğinde ne yaptığını görebildim. Defterin kapağının tamamı mükemmel küçük yarasalarla kaplanmıştı. Sanki sürü halinde defterin ortasından fırlayıp, hortum gibi yayılıyorlardı. Gözlerimi onlardan alamadım ve Allie de bunu fark etti. Defterin üstünü sosyal bilimler kitabıyla kapadı.

Dersten sonra onu koridora kadar takip edip, yarasaların ne kadar müthiş olduğunu söyledim. Bana bakıp, "Arkadaşa ihtiyacım yok, tamam mı? Yeterince sorunum var zaten," dedi.

"Her neyse," dedim. "Ama sana etrafı gösterecek birine ihtiyacın var. Yoksa yanlış insanlarla konuşmak gafletine düşersin ve tüm sosyal hayatın kayar."

Bir an için bana bakıp güldü. İşte böyle başlamıştı. Birlikte öğlen yemeği yedik ve ertesi gün sosyal bilimler dersinde yine yanıma oturdu. Onun da benim sevdiğim bazı şeyleri sevdiğini keşfettim –bilimkurgu filmleri, lunaparklardaki hız trenleri ve birkaç şey daha– ve onu, hayranları ne derse desin *Yıldız Savaşları*'ndan çok daha iyi, şimdiye kadar yapılmış en iyi film olan *Üçüncü Türle Yakınlaşma-*

lar'ı izlemek için bize davet ettim. O da kabul etti ve ondan sonra birbirimizin en yakın arkadaşı olduk.

Allie'nin hikâyesi şuydu: Anne babası boşanmış ve annesi de bizim şehre taşınmış; çünkü dediğine göre burası, Allie'nin babasından, kızının istediğinde babasını görmesini çok da zorlaştırmadan yeteri kadar uzak kalabileceği bir yermiş. Oysa Allie babasını görmek istemiyordu, çünkü annesini aldattığı için çok kızgındı ona. Bu yüzden boşanmışlardı. Allie'nin annesi, kocasının, en yakın arkadaşıyla birlikte olduğunu keşfetmiş ve bunu affedememişti.

Neyse, Allie, babasını yalnızca zorunlu olduğu zamanlarda, iki yılda bir Şükran Günü'nde ya da babası bir ilişkileri varmış gibi davranıp da yazları onu, Allie'nin onu sevmesi için sürekli çabalayan ve Allie'nin de bu yüzden nefret ettiği yeni karısıyla tatile çıkmaya zorladığında görüyordu. Kadının adı Kati'ydi –e'siz– ve Allie'de kusma isteği uyandıran, "Beni büyük ablanmışım gibi düşün," gibi şeyler söylüyordu.

Dediğim gibi, bazıları en yakın arkadaşımın bir kız olmasını tuhaf buluyor. Bazen ben de bunun tuhaf olduğunu düşünüyorum. Çoğu insan bizim sevgili olduğumuzu sanıyor ve belki olabiliriz de. Ama bu fazla gençlik filmi gibi olur, anlıyor musunuz? Bir çocuk ve bir kız yakın arkadaştırlar, ama ikisinin de sevgilisi yoktur ve bir gece birbirlerine bakıp –bam– tüm o süre boyunca aslında birbirlerine âşık olduklarını anlarlar. Herkes mutludur ve birlikte okul partisine giderler.

Sırf milletin neden bu kadar heyecanlandığını görmek

için Allie'yle birlikte bir kez okul partisine –sekizinci sınıftaki yaz partisine– gitmiştik. Annelerimiz olayı büyütmüş, bizi güzel şeyler giymeye zorlayıp fotoğraflarımızı falan çekmişlerdi. Annem hâlâ o fotoğraflardan çerçevelettiği birini oturma odamızın duvarında asılı tutuyor. Allie her geldiğinde o fotoğrafa bakıp, "Saçım, kafamda bomba patlamış gibi duruyor. Bu fotoğrafı indiremez misiniz?" diye soruyor, ama bence fotoğrafın orada asılı olması da içten içe hoşuna gidiyor.

Allie'yle ilgili en muhteşem şey, onunla her konuda konuşabiliyor olmam. Keşke burada, bu insanlar ve onların saçma problemleriyle birlikte yaşamaktan ne kadar nefret ettiğimi onunla konuşabilsem. Eminim, hepsine gülerdi.

Sanırım bunları Sadie'nin yaptığı gibi bir mektupta yazabilirim, ama bu aynı şey olmaz. Hepsini ona yüz yüze anlatmayı bekleyeceğim.

Sadie geri geldiğinde hâlâ Allie'yi düşünüyordum. Bir saat geçmiş olmasına şaşırdım.

"Nasıl geçti?" diye sordum ona.

"Biliyorsun, seanslarımız hakkında konuşmamamız gerek. Gerçekten, gerilememe yol açabilir. Bunun sorumlusu olmak ister misin?" dedi.

"Bu riski alıyorum," diye cevap verdim.

Koluma vurdu. "Ruh sağlığımı ciddiye aldığın için teşekkür ederim," dedi. "Aslına bakarsan, babam hakkında konuştuk."

"Babana ne olmuş?"

Sadie iç geçirdi. "Yani, onun beni gerçekten sevmediğini düşündüğümü ve belki de onun dikkatini çekmeye çalıştığımı."

"Çalışıyor muydun?"

Sadie yiyip bitirdiği tırnaklarına baktı. "O sırada ortaçağ mimarisi hakkında bir konferans vermek üzere dünyanın bir ucunda olduğunu düşünürsen, öyle bir amacım olsaydı, onun dikkatini çekmek için daha iyi plan yapardım sanki. Ölmediğimi öğrenince, eve dönmek için bir hafta daha bekledi, çünkü İspanya'da gerçekten görmek istediği bir kale vardı."

Ona inanıp inanmadığımdan pek emin değilim. Ortaçağ mimarisi konusunda ders veren bir baba mı? Bu tam benim uyduracağım tipte bir şey. Ama Sadie'nin bir yalancı olup olmadığını bilemiyorum. Deliler söz konusu olduğunda bunu söylemek pek kolay değil.

"Onun gerçekten seni sevmediğini mi düşünüyorsun?" diye sordum.

Omuz silkti. "Birinin gerçekten seni sevip sevmediğini anlayabilir misin ki?"

Cevap vermeyince bana doğru baktı. "Gerçekten, nasıl anlayabilirsin?"

Bu konuda bir iki dakika düşündüm. "Sanırım, onlar sana aksini söyleyene kadar seni sevdiklerini varsayıyorsun," dedim.

Sadie başını hayır der gibi salladı. "Daha iyi bir anlama sistemine ihtiyacın var."

"Belki de sormalısın," diye önerdim.

"Sormak durumunda kalırsan, cevap muhtemelen negatif olacaktır. Annenle baban seni seviyor mu sence?"

Başımla onaylayıp, "Tabii," diye cevap verdim. "Seviyorlar bence. Belki yorulmuş olabilirler, ama beni seviyorlar."

"Sana bunu söylüyorlar mı?"

"Bazen," dedim. "Babamdan çok annem söylüyor, ama genelde öyle olur zaten."

Sadie uzun süre bana baktı. Sonunda, "Şanslısın," dedi.

O andan beri bunu düşünüyorum. Şanslı mıyım? Ölmediğim için şanslı mıyım? Buradaki çocuklarla karşılaştırılınca, hayatım o kadar da kötü olmadığı için şanslı mıyım? Belki de öyleyim, ama öyle hissetmediğimi söylemeliyim. Öncelikle, bu cehennemde kısılı kaldım. Ayrıca, hayatınızın bir başkasınınki kadar berbat olmaması, kötü olmadığı anlamına gelmez. Hislerinizi diğer insanlarınkiyle karşılaştıramazsınız. İşler böyle yürümez. Mükemmel hayat gibi gözüken –hatta iyi gibi gözüken– şey, o hayatı yaşayan insana göre mükemmel ya da iyi olmayabilir.

Tanrı'm, buranın havasına girmeye başladım. Kartsalak gibi konuşuyorum. Ona Allie'den bahsetsem ne düşünür acaba? Büyük ihtimalle ona âşık olup olmadığımı sorar.

8. GÜN

Bugün İlaçlar Kampı'ndaki ilk haftamın sonu. Parti vermek yerine, annemler sürpriz yapıp beni görmeye geldi. Ya da onlara böyle söylendiği için geldiler. Her neyse, olağan beyin tırtıklama seansım için Kartsalak'ın ofisine girdiğimde orada oturuyorlardı. Önce halüsinasyon gördüğümü ya da annemle babama benzeyen iki insanın kendi seansları için orada olduğunu ve onların seansını böldüğümü sandım. Ama bunlar onlardı. Kanepede oturuyorlardı.

Beni görünce annem ayağa kalkıp bana doğru yürümeye başladı, ama sonra durdu. Belki de Kartsalak ona, sanki ben vahşi bir hayvanmışım da beni korkutacak ani hareketler yapmaması gerektiğini söylemiştir diye düşündüm, çünkü annem bir ona bir bana bakıp duruyordu. Sonunda yalnızca, "Merhaba Jeff," deyip, yeniden babamın yanına oturdu.

Bir şey söylemeden, kanepenin karşısındaki büyük koltuğa oturdum. Yani, seni son gördüklerinde neredeyse ölü olduğun için sağlık görevlilerini aramak zorunda kalan ailene ne söyleyebilirsin ki? "Bugün okul nasıldı?" gibi normal bir diyalog değil. Zaten daha önce de paylaşımcı tarafımız pek yoktu. Birbirine sarılan insanlar değiliz biz.

Hepimiz yüzyıllar gibi gelen uzun bir süre sessiz kalınca, Kartsalak, "Jeff, annenle babana söylemek istediğin bir şey var mı?" diye sordu.

Onlara söylemek istediğim bir şey var mı, diye düşündüm. Vardı. Öncelikle: Neden ölmeme izin vermediniz? Neden o aptal partiyi yarım bırakıp eve erken geldiniz? Neden beni delilerle dolu bu yere kapattınız?

Ama aslında şöyle dedim: "Herkese ne söylediniz?"

Annem ellerini ovuşturup, "Amanda'ya hastanede olduğunu söyledik," dedi. "Nedenini söylemedik."

"Dört yaşında değil, on üç yaşında," dedim. "Sormuş olmalı." Kardeşimi tanıyordum. Herkes hakkında her şeyi bilmek zorundaydı. Okuldaki hangi kızın ilk âdet döneminin ne zaman olduğundan kimin kimi dansa çağırmayı düşündüğüne kadar size her şeyi anlatabilirdi. Annemle babama neler olduğunu sormamış olmasının imkânı yoktu.

Annem, gözlerini yere dikmiş olan babama doğru bakınca babam, "Kardeşine bazı... sorunların olduğunu söyledik," dedi.

Güldüm. Amanda'ya gerçeği söylememelerinin nesi bana komik gelmişti bilmiyorum, ama komik gelmişti işte. Ve ona söyledikleri şey konusunda yalan attıklarını da biliyordum. Ona başka bir şey söylemiş olmalıydılar. Kardeşimin, benim neyim olduğunu düşündüğünü merak ediyordum. Kanser mi? Beyin tümörü mü? Öğrenmek için can atıyordum.

"Diğer insanlar?" diye sordum. "Okula ne dediniz peki?"

"Onlara bir süre okula devam edemeyeceğini söyledik," dedi babam. "O kadar."

"Arkadaşlarımdan hiçbiri arayıp ne olduğunu sormadı mı?"

"Amanda onlara hasta olduğunu söylüyor," dedi annem.

"Hasta," diye tekrarladım. Demek hasta olduğumu düşünüyorlardı. Zavallı Jeff, hasta ve hastanede, doktorlar nesi olduğunu bulmak için uğraşıyorlar. İnsanların bana acıdığı fikri sinirimi bozdu.

"Peki ya Allie?" dedim, kendimi de şaşırtarak.

"Aramadı," dedi annem.

Cevap vermedim.

Kartsalak annemlere, "İkinizin Jeff'e söylemek istediği bir şey var mı?" diye sordu.

"Seni seviyoruz," dedi annem.

Başımı salladım. Dediğim gibi, duygusal anlar bana göre değil.

"Ve eve gelmen için iyileşmeni istiyoruz," diye ekledi babam.

Gerisiyle sizi sıkmayacağım. Zaten pek bir şey de yok. Doktorun bizi konuşturmadığı anlar dışında susarak kırk beş dakika boyunca orada oturduk. Sonra annemin sarılmama kuralını çiğnediği ve babamın sırtımı sıvazladığı tuhaf ayrılık ânı geldi. Sonra da gittiler. Kartsalak kalmamı söyledi ve annemleri uğurladıktan sonra gelip bana nasıl geçtiğini sordu.

"Beni uyarabilirdiniz," dedim.

"Neden?" dedi. "Onları görünce tehdit altında gibi mi hissettin?"

"Hayır," dedim. "Yalnızca bunu beklemiyordum, o kadar."

"Utandın mı?"

"Son görüştüğümüzde ulusal bir yarışmayı birincilikle bitirmiyordum ya da galibiyet golünü falan atmamıştım," dedim.

"Allie kim?" diye sordu.

Adını söylediğim için kendime lanetler yağdırıp, "Kim?" dedim, onu duymamış gibi. Tabii ki bu konunun üzerine atlayacaktı.

"Allie," diye tekrarladı. "Ailene Allie'nin seni arayıp aramadığını sordun."

"Anladım, Allie. Okuldan bir arkadaşım."

"Bana ondan söz et."

Omuz silktim. Normal davrandığımı umarak, "Anlatacak bir şey yok," dedim. "Bir süredir arkadaşım olan bir kız."

"Ama sana ne olduğunu önemseyip önemsemediğini bilmek senin için önemli," dedi; soru sorar gibi değil de, bir gerçeği söyler gibi.

Ona cevap vermek istemedim, ama bir şey söylememi bekliyordu.

"Çıkıyor gibiydik," dedim sonunda. "Tanrı'm, kız kardeşimden de meraklısınız."

Kartsalak bloknotuna bir şeyler yazdı, ama konuşmadı. Bana inanıp inanmadığını kestiremiyordum. Seansımızın bitmesine ne kadar kaldığını düşünüyor ve çok kalmamış olmasını umuyordum.

Aklımı okuyormuş gibi kalemini bıraktı. "Bugünlük bu kadar," dedi. "Yarın daha fazla konuşacağız. Ve annenle baban bundan böyle haftada bir gelecekler. Seni uyarmadığımı söyleme."

Oradan olabildiğince çabuk çıktım ve günün geri kalanında bir tuhaf hisettim kendimi. Tam olarak neden olduğunu bilmiyorum. Belki de önceleri buradan çıkmanın çocuk oyuncağı olacağını düşündüğüm için. Ama sanırım yanıldım.

9. GÜN

9. gün, daha çok 100. yıl gibi. En kötüsü buraya alışmaya başlıyor oluşum. Delilere yani. Özellikle Sadie'ye. Kendini nasıl öldürmeye çalıştığını düşünüyorum sürekli.

Kulağa çok tuhaf geliyor: "Kendini öldürmek". Birini öldürmeye çalışıyormuşsunuz gibi geliyor kulağa, ama işte o biri sizsiniz. Birini öldürmek yanlıştır, ama intihar etmenin yanlış olduğunu sanmıyorum. Bu, benim hayatım, değil mi? Eğer istersem sonlandırabilmeliyim. Bence bu bir günah değil.

Ama herkes bununla kafayı bozmuş durumda. Düşünün. İdam mahkûmlarını, daha sonra öldürebilmek için ölümü bekledikleri sırada canlı tutuyorlar. Mahkûmları, zamanı geldiğinde yargılayabilmek için intihar etmesinler diye gözetim altında tutuyorlar. Hiç anlamlı değil. Birini ölüme mahkûm etmek doğal* ama insanların bunu kendi-

* ABD'nin pek çok eyaletinde ölüm cezası halen uygulanmaktadır. (ç.n.)

lerinin yapması değil, öyle mi?

Size ne düşündüğümü söyleyeyim: Kendinizi öldürmeye çalıştığınızda insanlar sinirleniyorlar; çünkü bu, onların sizin hayatınızı birazcık bile kontrol edebilmesini engelliyor. Hayatınızı "olması gerektiği gibi" değil de, kendi istediğiniz gibi sonlandırmanızdan hoşlanmıyorlar. Ya olması gereken şey intiharsa? Hiç böyle düşünüyorlar mı?

Yüksekten attığımı biliyorum. Yalnızca, burada hapsolmaktan ve insanların beni duygularım hakkında konuşturmaya çalışmasından bıktım. Bugün grup seansında olduğu gibi. Kartsalak bizi ikili gruplara ayırdı ve beş dakika boyunca, birimizin, diğerinin kendi duygularını hareketlerle ifade etmesini izlemek zorunda kaldığı denyo bir alıştırma yaptırdı. Konuşmamıza izin yoktu; yalnızca bedenlerimizi ve yüz ifadelerimizi kullanabiliyorduk. Tam beş dakika. Sonra rolleri değişip karşımızdakine aynı şeyi yapma şansı veriyorduk.

Ne yazık ki, eşim Juliet oldu. Hep yaptığı gibi, Bone'la eş olmaya çalıştı, ama Kartsalak, Bone'dan Alice'le çift olmasını istedi. Ben Sadie'yle eş olmak isterdim, ancak tek sayı olduğumuz için o, Bone ve Alice'in grubuna katıldı. Buradaki işlevsel sözcük tabii ki, "tek".

Her neyse, Juliet bu işe ancak benim kadar heyecanlanmış görünüyordu. Bana, tabakta kalan son sandviç, zeytinli ekmek arası şekermiş ve onu yemekten başka bir şansı yokmuş, yoksa açlıktan ölecekmiş gibi bakıyordu.

Ben, "Sen başla istersen," diye önerince, önce başlamaktan mutlu oldu. Büyük bir şok. Bu kız, dikkatleri kendine çekebilmek için yaşıyor. Gerçekten. Hiç bu kadar kendine saplantılı birini görmemiştim.

Bir sandalyeye oturdum ve orada bir süre durmasını izledim. Nasıl hissettiğini düşünüyor ya da moda girmeye çalışıyordu herhalde. Sonra, bir kafesin demir parmaklıklarını tutuyormuş gibi ellerini yukarı kaldırdı. Yüzünde üzgün bir ifade belirdi, bana bakıyor, ama beni görmüyordu. Demek istediğimi anlıyor musunuz? Ve birkaç dakika öylece durdu.

Dört ya da beş yaşımda, annemle babamın beni hayvanat bahçesine götürmeleri geldi aklıma. Ayıları görmek istediğimden, o tarafa gidip ayılara bakan diğer insanlarla birlikte durmuştuk. Kahverengi, bir çeşit bozayı olduklarını hatırlıyorum. Herkes onları işaret ediyor ve aralarında konuşuyor, ayılar da büyük plastik toplarla oynuyor ya da havuzda oturuyor ve ayılar ne yaparsa öyle şeyler yapıyorlardı. Bir tanesi hariç. Çimlerde oturmuş insanlara bakıyordu. Gerçekten bize değil, uzakta bir şeyi görmeye çalışıyormuşçasına bizim ötemize bakıyordu. Onun ne kadar üzgün göründüğünü, bu yüzden ağlamaya başladığımı hatırlıyorum. Annemle babam korktuğumu düşünüp beni uzaklaştırmışlardı, ama korkmamıştım. Üzülmüştüm. Bir grup salak insan ona bakarken ağılında oturmak ve başka bir yerdeymiş gibi davranmak zorunda olan o zavallı ayı için üzülmüştüm.

Juliet de böyle, nerede olmak istediğini görebiliyormuş ama bir şeyin içinde kısılı kaldığı için oraya gidemiyormuş gibi görünüyordu. Bir süre sonra, sanki birine bir şey vermek istiyormuşçasına elini görünmez parmaklıkların arasından uzattı. O şeyi bir hediye gibi avucunda tuttu. Uzanıp almak istedim, ama yalnızca izlememiz gerektiğini hatırlayınca yapmadım. Onun yerine gözlerini izledim. Arkamda bir şeye odaklanmıştı. Dönüp ne olduğuna bakınca, Bone'un arkası dönük durduğunu gördüm. Alice'i izliyor, Juliet'in ona uzandığını görmüyordu.

Artık Juliet için üzülmüyordum. Bone mu? Seninle ilgilenmeyen bir insana âşık olmak, ne kadar acınası? Juliet bize yeme bozukluğu olduğu için burada olduğunu söylemişti. Bundan pek emin değilim. Yani, o kadar zayıf biri değil. Sadie'ye, Juliet'in tuvalette yemeğini çıkardığını duyup duymadığını sordum, duymadığını söyledi. Biz de Juliet'in daha bize anlatmadığı başka sorunları olduğuna karar verdik. Henüz anlatmadı. Eminim anlatacak. Ama cidden hiç umurumda değil. Asıl büyük sorununun, Bone'a duyduğu aşk olduğu ortaya çıkarsa, buna gerçekten fena kızarım. Acayip zaman kaybı.

Juliet'i Bone'a bakarken yakaladıktan bir dakika sonra Kartsalak rolleri değişmemiz için bizi uyardı ve Juliet hiçbir şey söylemeden oturdu. Ayağa kalkıp, ne yapacağımı bilmeden öylece durdum. Kendimi inanılmaz aptal hissettim. Juliet'in bir şey yapmamı beklediğini biliyordum, ama aklıma bir şey gelmiyordu. Önce onun yüzünü, ardından ayının yüzünü, sonra Juliet bir ayı maskesi takmış ya da ayı Juliet maskesi takmış gibi iki yüzü birlikte görüyordum.

Sonunda, aklıma yapacak bir şey gelmediğini, çünkü

ne hissettiğimi gerçekten bilmediğimi fark ettim. Bütün hafta bu konuda pek düşünmemiştim. Bu konuda konuşurken bile, gerçekten düşünmüyorum. Birileri istediği için bir şeyler söylüyorum. Sadie'yle birlikte geçen akşam izlediğimiz filmdeki kahramanlardan biri gibi hissediyorum. Bu rolü oynuyorum, ama sözcükler başka birine ait, çünkü ses kısık ve söylediklerim duyulmuyor.

İşte o anda öfkelendim. Beni buldukları için annemle babama öfkelendim. Bu işi doğru yapamadığım için kendime öfkelendim. Bana Juliet'in önünde aptal aptal durmak gibi denyo egzersizler yaptırdığı için Kartsalak'a öfkelendim.

Juliet beni izlerken öylece duruyordum ve tüm bunlar bir kasırga gibi içimde fırıl fırıl dönüyordu. Dışımsa donmuştu. Hareket edemiyordum. O yüzden, Kartsalak bize durmamızı söyleyene kadar beş dakika öylece durdum.

Sonra işler daha da kötüleşti. Eşlerimizle birbirimize bakarken ne gördüğümüz hakkında konuşmalıydık. Juliet'e, hapsedildiğini hisseden bir insan gördüğümü söyledim, ki bu barizdi. Ben onun ne yaptığını anladığım için değil, çok iyi bir aktrist olduğunu düşündüğü için hemen heyecanlandı. "Şunu nasıl yaptığımı beğendin mi?", "Bunu nasıl yaptığımı beğendin mi?" diye sorup durdu. Harika yaptığını söyledim, çünkü ona ne kadar iyi olduğunu söylemeyi sürdürdükçe, sıra beni konuşmaya hiç gelmeyebilirdi.

Ben de gayet iyiydim. Kartsalak iki dakikamız olduğunu duyurduğunda benim hakkımda tek kelime bile konuşmamıştık. Tam bu işten sıyrıldığımı düşünmeye başlamıştım ki, Juliet bana bakıp hızla, "Sen bir şey saklıyorsun," dedi.

Beni bir şeyi çalmakla suçladığını düşünerek, "Hayır saklamıyorum," diye cevap verdim.

"Evet, saklıyorsun. İçinde kimsenin görmesini istemediğin bir şey var."

Ve zaman doldu, grup çalışması bitti. Juliet, Bone'un ne yaptığına bakmak için koşturdu hemen, ben de orada öylece oturdum. Sadie gelip yanıma oturdu.

"Juliet'le pantomim nasıl geçti?" diye sordu.

Juliet'in bana söylediklerini düşünmemeye çalışarak, "Uyuz," diye cevap verdim.

Küçük bir kahkaha attı. "Kâğıt oynamak ister misin?"

"Ne hissettiğimiz konusunda konuşmak zorunda mıyız?"

"Tabii ki hayır," dedi Sadie. "İçinde neler olduğuna dair bir kelime bile edersen, kendime başka bir poker arkadaşı bulurum, ona göre."

İşte buna ihtiyacım var: Beni rahat bırakacak insanlara.

10. GÜN

Bu gece yine uyuyamadım. Neden bilmiyorum. Küçük mavi haplar olmadan da yaşamaya epey alıştım ve kâbus falan görüyor değildim. Yalnızca uyuyamadım. Her şeye rağmen Allie'ye o mektubu yazabileceğimi ya da Hemşire Moon'a çapraz bulmacasında yardım edebileceğimi düşünerek salona gittim. Ama Sadie oradaydı. Kanepeye oturmuş dergi okuyordu.

"Sen hiç uyumaz mısın?" diye sordum.

Elindeki dergiyi bırakırken, "Döllenen yumurtaların yalnızca yarısının bebeğe dönüşebildiğini biliyor muydun?" diye sordu. "Bu bebeklerden de yalnızca yüzde sekizi doğuyor, gerisi düşük oluyor." Parmak hesabı yaptı. "Bu da döllenmiş yüz yumurtadan yalnızca kırk bebeğin doğduğu anlamına geliyor."

"Bunlar pek yüksek ihtimaller değil," dedim.

"Kusurlu doğanlar da buna dahil değil üstelik," diye

ekledi. "Onlar da yaklaşık on. Yani sonuç olarak kusurlar olmadan doğma ihtimalimiz yalnızca yüzde otuz."

"Sanırım bu, kusuru nasıl tanımladığına bağlı," dedim.

Başını evet der gibi salladı. "O yönden bakarsan normal doğma ihtimalimiz sıfır. Bir düşün: En başından beri olasılıklar aleyhine çalışıyor. Herhangi birimizin buraya kadar ilerleyebilmesi olağanüstü."

"İntihar etmeye çalıştığın için kendini daha da kötü hissetmene sebep oluyor, değil mi?" dedim.

Sadie omuz silkti. "Hiç böyle düşünmemiştim. Ama bir şekilde hissettiriyor sanırım," dedi.

"Denediğine pişman mısın?" diye sordum.

Pencereden dışarı baktı. Kar yağıyordu. Lapa lapa değil, yalnızca birkaç kar tanesi vardı. Evde olsam, okulun tatil olması için kar fırtınasına dönüşmesini umardım. Ama kilit altında olduğunuzda, kar fırtınaları pek bir şey ifade etmiyor.

"Pişman olup olmadığımı bilmiyorum," dedi Sadie. "Eğer intiharı denememiş olsaydım, muhtemelen odamda oturmuş, korkunç hissederek kötü şiirler yazıyor olacaktım hâlâ."

"İnsanların çoğu, bunun daha kötü olduğunu düşünmez bence."

"Belki de değildir," dedi. "Peki ya sen, sen yaptığından pişman mısın?"

"Beni durdurdukları için pişmanım," dedim ona.

"Hayatının nesi kötü?" dedi. "Bana anlattıklarından, ailen o kadar kötüymüş gibi görünmüyor."

"Değiller," diye itiraf ettim. "Sorun onlar değil."

"Ne o zaman?"

"Benim," dedim. "Sorun benim."

"Senin neyin var?"

"Bir şeyim yok," dedim. "Yalnızca karmaşığım."

Sadie gözlerini devirdi. "Herkes kendisinin karmaşık olduğunu düşünür. Ama aslında olabilecek sadece bir iki arızan vardır. Sende hangisi var? Özgüven eksikliği? Başarısızlık korkusu? Kurban psikolojisi? Bu konuda bana güven. Üç deli doktoru ve buraya yaptığım birkaç ziyaret sonunda bu konuların uzmanı oldum."

Bunu söylemesine şaşırmıştım. Daha önce de hastanede yattığını bilmiyordum. "Buraya ilk gelişin sanıyordum," dedim.

"İkinci," dedi. "İlk seferde pekiştiremediğim için beni geri gönderdiler. Ama şimdi benden değil senden söz ediyoruz. Konuş."

"Daha iyi bir fikrim var. Hadi biraz televizyon izleyelim," dedim.

Televizyonu açıp kanallarda gezindim. Anoreksik bir kızın ya da hafızasını yitirip şeytani bir ikizi olduğunu unutan kadının ya da sonunda onların sapığı haline gelen tüyler ürpertici bir dadı tutan ailenin olduğu aptalca bir film göstermesi garantili bir kanalı açtım. Bazen turnayı gözünden vurup, tüm bunların olduğu bir film yakalardınız. Anoreksik ve hafızasını yitirmiş bir ikizin psikopat bir dadıyı işe aldığı bir film, inanın bana kaçırılmaması gereken bir filmdir.

"Diyalog oyunu oynamak ister misin?" diye sordum.

"Hadi başla," dedi, ben de sesi kıstım.

Ana karakterleri anlayana kadar bir süre sessizce oturup filmi izledik. Karakterlerden biri genç kız, diğeri de annesiymiş gibi gözüken daha yaşlı kadındı. Bir restoranda oturmuş, aşırı yağlı hamburgerler yiyip, bir konuda tartışıyorlardı.

"Ben anne olacağım," dedi Sadie. "Alison, benden bir şey sakladığının farkındayım," dedi, annevari bir sesle.

Alison, Allie'nin gerçek adıydı ve bir saniye için Sadie' nin bu ismi özellikle seçtiğini düşündüm. Ama Allie hakkında bir şey bilmesine imkân yoktu. Yalnızca garip bir tesadüftü.

Sinirli bir genç kız gibi davranmaya çalışarak, "Bir şey sakladığımı da nereden çıkardın?" dedim.

"Günlüğünü bulup okudum," dedi Sadie.

"Bunu nasıl yaparsın!" dedim.

"Yapmak zorundaydım, Alison," diye devam etti Sadie. "Ve yaptığıma da memnunum. Yoksa öğrenemeyecektim..."

"Neyi?" diye sordum. "Ne öğrendin?"

"Chris'i," dedi Sadie. "Evet, artık Chris konusunu biliyorum."

"Sana söyleyecektim," dedim.

Başını salladı. "Beni hayal kırıklığına uğrattın, Alison. Bana nasıl söylemezsin? Ben senin annenim. Eğer bir erkekle görüşüyorsan, benimle bu konuyu paylaşıyor olmalısın."

"Chris bir erkek değil," dedim, ağzımdan çıkan sözcüklere kendim de şaşırarak.

Sadie dönüp bana baktı. "Ne?" dedi.

"Chris erkek değil," diye yineledim. "Chris... bir kız."

Sadie kıkırdadı. Gerçek sesiyle, "Bunu tahim edemedim," dedi. "Güzel, olay örgüsünde bir kırılma. Yalnızca hamile kalacak zannetmiştim."

"Yani, genç lezbiyen senaryosuyla yanlış yola sapmazsın," dedim. "Yeter mi?"

Sadie başıyla onayladı. "Sanırım, bu filmi tamamladık. Zaten biraz yorgunum. Yatacağım. Sen?"

"Ben biraz daha oturacağım," dedim. "Yarın görüşürüz."

Sadie gittikten sonra, orada oturup televizyona baktım. Sesi hâlâ kısıktı. Kadın ve kızı arabaya binmiş bir yerlere gidiyorlardı. Hâlâ tartışıyorlardı. Ses çıkarmadan oynayan dudaklarına baktım. Onları izledikçe, çoğu insanın da aynı böyle olduğunu düşündüm. İnsanlar dudaklarını oynatıyorlar, ama ağızlarından önemli bir şey çıkmıyor. Yalnızca konuşuyor, konuşuyor, konuşuyorlar.

Kartsalak da bunu yapmamı istiyor: Konuşmamı. Ama ona söyleyip durduğum gibi; konuşacak bir şey yok.

11. GÜN

Ah ya, bugün çok garipti; ucube gösterilerine son noktayı koyan bir ucube gösterisi. Kahvaltıda başladı. Bugün, her hafta bir kez olduğu gibi, krep günüydü ve herkesin karnı bayağı doymuştu. Krepler için heyecanlanmak son derece kız işi biliyorum, ama yağda yumurta ve yulaf ezmesiyle karşılaştırıldığında, krepler büyük olaydı.

Sosis de vardı. Bütün olayı da sosis başlattı. Hepimiz yemek yiyip kendi işimize bakar, şurup ve şekerin heyecanıyla kavrulurken, Alice birden eline bir sosis alıp sallamaya başladı. Sosisi yukarı aşağı sallıyor, yalnızca kendisinin duyabildiği bir müziği çalan orkestrayı yönetiyormuş gibi görünüyordu. Deliler Koğuşu'nda Sosis Senfonisi olmalı.

Sonra konuşmaya başladı. "Bu küçük domuzcuk yanmış," dedi. "Bu küçük domuzcuk yanmış. Bu küçük domuzcuk uf-uf-uf olmuş, tahtalı köyü boylamış." Sonra güldü; boğuluyormuş gibi tuhaf bir gülüştü.

Yanında oturan Juliet, kolunu Alice'e dolayıp onu sakinleştirmeye çalıştı. Ama Alice bağırdı. "Dokunma bana! Küçük domuzcuğa da dokunma! Seni yakarım!" deyip biraz daha kıkırdadı.

Kesinlikle çok tuhaftı. Diyorum size. O noktada zaten hemşireler gelmiş, Alice'i sakinleştirmeye çalışıyorlardı. Ama hemşireler ona dokundukça, kız daha çok bağırıyordu. Bağırmaya da devam etti. "Bu küçük domuzcuk yanmış! Uf-uf-uf! Uf-uf-uf!"

Hepimiz yalnızca oturup onu izledik. Yani, başka ne yapabilirdik ki? Gözümüzün önünde aklını kaçırıyordu. "Uf-uf-uf! Uf-uf-uf!" Gerçekten yanan ve acı içindeki bir domuz gibi ses çıkarıyordu.

Hemşireler sonunda, gelip onlara yardım etmesi için hastabakıcıyı aramak zorunda kaldılar. Hastabakıcı, Alice'in ellerini arkasında sabitledi, ama Alice aynen bağırmaya devam etti. "Uf-uf-uf!" Artık sesi, ağlarken gülüyor, tamamen aklını yitirmiş gibi çıkıyordu. Onu odadan dışarı sürüklediler. Kafasını sürekli sağa sola salladığı için saçı darmadağınıktı. "Tahtalı köye kadar," diyordu çığlıklarının arasında. "Tahtalı köye kadar."

İşin en tuhaf yanı, o gittikten sonra herkesin, hiçbir şey olmamışçasına kreplerine dönmesiydi. Sanırım kendileri de deli olduğundan bu, büyük bir olay gibi görünmemişti. Belki de her zaman olan bir şeydi. Ama benim başıma ilk kez geliyordu.

Karşımdaki Sadie'ye, "Bu neydi şimdi?" diye sordum.

Omuz silkti; "Kim bilir," dedi. "Koptu."

"Bir anda mı?" dedim.

"Tabii," dedi, bu konuda her şeyi biliyormuş gibi. "Geçen sefer, çocuğun teki bir sabah kalkıp kendini Noel Baba zannetmeye başlamıştı. Odasından yastık kılıfına doldurduğu bir sürü şeyle çıkıp, Noel sabahıymış gibi millete dağıtmaya başlamıştı."

Sadie'nin yanında oturan Bone güldü. "Mükemmelmiş," dedi.

Bone'a bakıp, "Tuhaf," dedim. Onun neden burada olduğunu bilmediğimi bugün fark ettim. Ona sorabilirdim, ama gerçekten bu konuyla ilgilenmiyorum. Zaten, şu anda da yeteri kadar tuhaf işler dönüyor. Kendini kendine saklayabilir.

"Her neyse," dedi Sadie. "Nasıl olsa onu ilaçla uyuşturacaklar ve olan biteni unutacak." Eline bir sosis alıp bana doğru sallamaya başladı. "Uf-uf-uf!" dedi. "Uf-uf-uf."

Bone kıkırdayıp ona katıldı: "Uf-uf-uf."

Önce Alice'le dalga geçmelerinin acımasızlık olduğunu düşündüm. Ama sonuçta orada durmuş, bizi dinliyor değildi. Belki de delilerin olaylarla başa çıkma yolu buydu. Bilemezdim.

Yalnızca Juliet gülmedi. Olduğu yerde oturup krepini dürtükledi. Yüzünde, gerçekten hiçbir şey düşünmemeye çalışıyormuş gibi anlamsız bir ifade vardı.

Daha sonra, grup seansında Kartsalak, olanlar hakkında konuştu.

Juliet ona, "Alice iyi mi?" diye sordu. Salak bir soruydu. Tabii ki iyi değildi. Juliet deliydi. Ama Kartsalak onun ne duymak istediğini biliyordu, bu yüzden, "Alice iyi olacak," diye cevap verdi.

İyi? Nasıl iyi olabilir? Annesinin erkek arkadaşı kim bilir ona neler neler yaptıktan sonra adamı yakmıştı, bir akıl hastanesindeydi ve kendini uf-uf-uf olup tahtalı köye giden domuzcuk zannediyordu. Bu, iyi olmamanın sözlükteki tam karşılığıydı. Başımı sağa sola salladım.

"Alice için endişeleniyor musun, Jeff?" diye sordu Kartsalak.

Hakkını vermem gerek, iyi bir soruydu. Yani, Alice ve ben arkadaş değildik, ama onun adına kötü hissediyordum. Sonuçta, onun deli olması kendi suçu değil, öyle değil mi? Başından bir sürü kötü şey geçmişti. Neyse işte, dediğim gibi, arkadaş değildik.

"Yalnızca hastalığının bulaşıcı olmadığından emin olmak istiyorum," dedim ona.

Gözlüğünü yukarı doğru itince, bana sinir olduğunu anladım. "Bence bu sorunun cevabını biliyorsun," dedi.

"Aslında iyi bir soru," dedi Sadie. "Ya Alice'in beyninde virüs gibi bir şey varsa?"

Ciddi mi diye merak edip Sadie'ye baktım. Göz kırptı.

"Alice'de virüs yok," dedi Kartsalak.

"Ama beyninin tuhaf çalışmasına sebep olan virüsler *var*, değil mi?" diye sordu Sadie. "Deli dana gibi."

Kartsalak iç geçirip, "Evet var, ama burada kimsede o virüsten yok," dedi.

Yalancıktan hapşırıp, "A-ha!" dedim. "Sanırım bende

bir şeyler var." Sonra domuz sesi çıkarıp, "Sanırım, bu Deli Domuz!" dedim.

"Uf-uf-uf," dedi Bone. Kartsalak ona doğru baktı. "Uf-uf-uf," dedi Bone tekrar, "Sanırım, bana da bir şeyler oluyor."

Sonra Sadie başladı. Yalancıktan hapşırıp, Bone'la birlikte, "Uf-uf-uf," dedi. İkisi de gülmemek için kendilerini zor tutuyordu; ben de.

Juliet ayağa kalkıp, "Susun!" diye bağırdı. "Kesin sesinizi!"

Sesimizi kestik. Daha önce hiç böyle bağırmamıştı, bu da bizi çok şaşırttı. Beynindeki süper güçleri kullanarak kafalarımızı patlatmaya çalışıyormuş gibi gözlerini bize dikmiş, ellerini yumruk yapmıştı; tüm vücudu titriyordu.

"Onunla dalga geçmeyi bırakın," dedi gayet yumuşak. "Yapmayın artık. Hiç komik değil." Sonra oturup gözlerini yere dikti.

Belki de haklıydı. Hadi ama. Birinin küçük domuzcuğun uf-uf-uf olduğu ve tahtalı köye gittiği hakkında bağırması komikti düşününce. Tabii ki, Alice için üzülüyordum, ama ciddileşmenin de anlamı yoktu. Bazı şeylere gülmek gerek.

Her neyse, ben Alice gibi değilim. Diğerleri gibi de değilim. O yüzden, delice bir şey yaptıklarında biraz alaycı davranıyorsam kusuruma bakmayın.

12. GÜN

Alice gitmişti. Bone bize bu sabah kahvaltıda anlattı.

Mısır gevreği lokmalarının arasında, "Onu *Morning View*'a gönderdiler," dedi. "Hemşirelerin bu konuda konuştuklarını duydum."

"*Morning View* da ne?" diye sordum.

"Hiçbir zaman iyileşemeyecek delileri gönderdikleri yer," dedi Bone. "O hayat boyu böyle artık. Sanırım, kendini uf-uf-uf yapıp bir hücreye gönderttı."

"Kaldı dört kişi," dedi Sadie.

Ona baktım. "Ne?"

"Kaldı dört kişi," diye tekrar etti. "Ninnideki gibi."

Şarkı söyleme sesine geçti:

"On küçük asker yemeğe gitti,
Biri boğuldu, kaldı dokuz kişi.
Dokuz küçük asker geç saate kadar uyumadı,

Biri fazla uyudu, kaldı sekiz kişi.
Sekiz küçük asker cennete tırmanıyordu,
Biri düştü, kaldı yedi kişi.
Yedi küçük asker odun kesiyordu,
Biri kendini kesti, kaldı altı kişi.
Altı küçük asker arı kovanıyla oynuyordu,
Birini eşekarısı soktu, kaldı beş kişi.
Beş küçük asker kiler kapısına tırmanıyordu,
Biri içeri düştü, kaldı dört kişi..."

Durdu. "Hepsi ölene kadar devam ediyor," dedi, kızarmış ekmeğinin üstüne yağ sürerken. "Ama şimdilik dört kişiyiz."

"Kalan dördüne ne oluyor?" diye sordu Bone.

Sadie ekmeğinden bir ısırık alıp sırıttı; "Göreceğiz," dedi.

"Siz hastasınız."

Juliet'ti bu. Birkaç sandalye ötede oturuyordu, tabağındaki pastırmalı yumurta soğuyordu. Yemeğine hiç dokunmamıştı. Bize doğru bakıyordu ve birden ağlamaya başladı.

"Neden bu kadar kötü olmak zorundasınız?" dedi.

Sadie, ona cevap vermeden önce ekmeğini tabağına koyup peçeteyle ağzını sildi. "Belki de böyle başa çıkabiliyoruz," dedi.

Juliet başını sallayıp, "Hepiniz korkuyorsunuz," dedi. "Sonunda Alice gibi olmaktan korkuyorsunuz."

Fark etmeden, "Ben korkmuyorum," deyiverdim. Herkes dönüp bana baktı. "Benim sonum Alice gibi olmayacak," diye tekrarladım.

"Zaten onun gibisin," dedi Juliet. Masanın üstünde duran ellerime bakıyordu. Aslında, hâlâ bandajlı olan bileklerime bakıyordu. "Henüz farkında değilsin."

Ellerimi kucağıma koydum. "Alice'i deli olmaktan hiçbir şey alıkoyamayacak, onu biliyorum," dedim.

"Seni ne alıkoyacak?" diye sordu Juliet.

Doğruyu söylemek gerekirse, Juliet'ten biraz tırsmaya başlamıştım. Başlangıçta onun, yalnızca olayları kendi kafasında kuran biri olduğunu düşünmüştüm. Yani, Seks ve Şiddet olayı ve Bone'a olan aşkı sebebiyle. Ama artık daha değişik sorunları da olduğunu düşünüyorum. İnsanların içini gördüğünü düşünüyor gibiydi. Tuhaf fikirler atıyordu ortaya ve bunlara gerçekten inandığını görebiliyordunuz.

Ama, benim hakkımda yanılıyordu. İstediği kadar gözlerini bana diksin, içimi asla göremeyecekti; çünkü içeride bir şey yoktu. Herkes Alice'in kaçık olduğunu görebilirdi. Onu bunun için suçluyor falan değilim, ama öyleydi. Diğer yandan ben, yalnızca tek bir kötü gün geçirmiştim ve şimdi herkes bana bunun hesabını soruyordu.

"Onu dinleme," dedi Sadie. "Bence sırada o var." Juliet'e bir bakış attı. "Bu nasıl olacak Juliet? Nasıl gideceksin oraya?"

Juliet ayağa kalkıp sandalyesini masaya çarptı. O dışarı fırlarken, Sadie ve Bone güldüler. Bir saniye sonra ben de güldüm.

"Bu fıstığın kafası çoktan gitmiş," dedi Bone.

"Gerçekten," diye onayladı Sadie. "Neden burada olduğunu merak ediyorum. Bulimiya hikâyesi saçmalık."

"Bana anlattı," dedi Bone. "Bu şekilde, paylaşınca falan onu seveceğimi zannetti herhalde." Gözlerini devirdi.

"Eee?" dedi Sadie. "Anlat hadi ya. Küçük Bayan Juliet'in üstündeki lanet nedir?"

"Uyuşturucu bağımlısı," dedi Bone.

"Hadi canım," dedi Sadie.

Bone kafasını salladı. "Öyle dedi. Eroin ve diğer uyuşturucuları kullanıyormuş. Birkaç kez de aşırı doz almış."

"Vay be," dedi Sadie. "Aslında bayağı şaşırdım. Kendini kesmek gibi kız işi bir şeylere takık olduğunu düşünüyordum." Bana döndü, "Üzerine alınma," dedi.

"Bir hiyerarşi olduğunu bilmiyordum," dedim.

Kaşlarını çattı. "Nasıl yani?"

"Hiyerarşi. Bir şeyin diğerinden daha delice olması gibi."

"Aa, tabii ki var," dedi Sadie. Sandalyesinde arkaya doğru yaslandı. "Önce, sıradan depresif bozukluğu olanlar gelir. Bunların bini bir paradır ve genellikle çok sıkıcıdırlar. Sonra bulimik ve anoreksikler gelir. Bunlar yapacak daha iyi bir şey bulamayan kızlar olsalar da birazcık daha ilginçtirler. Sonra en iyilere doğru gelirsin: Kundakçılar, şizofrenler, manik depresifler. Onların ne yapacaklarını hiçbir zaman kestiremezsin. Sonra uyuşturucu bağımlıları gelir. Onlar en trajik olanlardır, çünkü büyük ihtimalle buradan çıkar çıkmaz kullanmaya yeniden başlayacaklardır."

"Uyuşturucu bağımlıları, deliler zincirinin en tepesinde yani," dedim.

Sadie başını hayır anlamında sallayıp, "I-ıh," dedi. "En tepede intihar var."

Ona baktım. "Neden?"

"Herkes deli olabilir," diye cevapladı. "Bu çoğunlukla devrelerinde bir şeyin yanlış olmasından kaynaklanır. Ama intihar tamamen başka bir olaydır. Yani, insan kendini tarihten silecek kadar nasıl kendinden nefret ediyor olabilir?"

"Belki o da devrelerden kaynaklanıyordur," diye fikir belirttim.

"Belki de bazen öyledir," diye bana katıldı Sadie. "Ama bazen bundan daha fazlasıdır."

"Bilemiyorum," dedi Bone. "Kendini öldürmekte çok özel bir şey görmüyorum." Biz cevap vermeyince, kafasını kaldırıp bize baktı. "Daha önce denediğim için değil. Yalnızca fikir yürütüyorum."

"Yalnızca fikir yürütüyorsun, çünkü hiç denemedin," dedi Sadie. Bir süre sessiz kaldı, gözleri sanki çok geride kalan harika bir şeyi hatırlıyormuş gibi daldı. "Nasıl olduğunu bilemezsin," diye devam etti. "Üzerinde düşünmekten yapmaya geçmenin; o kararı vermenin nasıl olduğunu bilemezsin. Çoğu insan bunu yapamaz."

"Yani sen yapabildiğin için birincilik ödülünü almayı mı bekliyorsun?" dedi Bone. Güldü. "Delisin."

Sadie ona baktı. "Evet, aynen öyleyim," dedi ve o da güldü. "Ama bu ödülü Jeff'le paylaşmak zorunda kalacağım."

Bana bakınca, "Ne?" dedim.

"Sen de kazandın," dedi. "Sen de kendini öldürmeye çalıştın."

Herkesin bunu düşündüğünü biliyordum. Yani, nasıl düşünmeyeceklerdi ki, böyle bandajlı falan? Ama Sadie'nin bunu yüksek sesle söylemesi şok ediciydi. Başımı hayır dercesine salladım. "Ben yalnızca aptalca bir şey yaptım."

Sadie başını diğer yana çevirdi. "Tabii ki," dedi.

Benimle dalga mı geçiyor, anlayamadım. Galiba dalga geçmiyordu. Ve ödülü benimle paylaşmak da istemiyordu bence. O, buranın Kaçıklar Kraliçesi olmak istiyordu. Belki de benim, ne kendi ne diğerleri gibi olmadığımı biliyordu.

Ben onun, kendi küçük askerinden biri değilim.

13. GÜN

Bir gün sonra yeniden beş kişi olmuştuk. Dışarıda sıra halinde deliler varmış da, biri gidince diğeri geliyormuş gibi. Denyoların, kendilerini içeri alsın diye, elindeki listeyle kapı ağzında dikilen güneş gözlüklü bir geri zekâlıya yalvar yakar oldukları, sözde o popüler barlardan biri gibi. Ama buradaki adam gerçekten güzel insanları içeri alıyordu yalnızca. Bizim durumumuzda ise, sanırım güzel olmayanları.

Her neyse, yine beş kişi olmuştuk. Belki de dört buçuk.

Açıklayacağım. Bugünkü grup seansında yeni biri vardı. Bir kız. Önce, yedi sekiz yaşlarında olduğunu sandım, ama on iki yaşında olduğu anlaşıldı. O kadar küçük ve sıska ki, küçük bir çocuk gibi görünüyor.

Adı Martha. Sandalyesinde oturmuş, oyuncak bir tavşana sarılıyordu. Kollarını tavşanın göbeğine sarmış, çenesini uzun sarkık kulaklarının arasına yerleştirmişti. Bütün seans boyunca hiçbir şey söylemedi. Kartsalak da bize onun adını söyledi, o kadar.

Ama seansımız sırasında Kartsalak'a onu sordum.

"Konuşamıyor mu?"

"Konuşabiliyor," dedi. "Yalnızca şu anda konuşmuyor."

"Neden?" diye sordum.

"Onun durumunu seninle tartışamayacağımı biliyorsun," dedi Kartsalak.

"Hadi ama," diye teşvik ettim onu. "Hakkında hiçbir şey bilmezsem, ona kendini nasıl aileden biri gibi hissettirebilirim ki?"

"Sadie'yle çok zaman geçirdiğini fark ediyorum," dedi.

"Ne yapıyorsunuz, bizi mi gözetliyorsunuz sürekli?" diye sordum. "Hemşireler bizi gizlice filme mi alıyor yoksa? Hemşire Goody'nin saçında gizli kamera mı var?"

"Seni izliyormuşuz gibi mi hissediyorsun?" diye karşılık verdi.

Bu da bir başka terapist hilesidir; konuşmaya devam edesin diye soruna soruyla cevap vermek. Konuyu aynen ona çevirmeye karar verip, "Sizce neden bizi izliyormuşsunuz gibi hissediyor olabilirim?" diye sordum.

Ben bunu uygulayınca, Kartsalak birazcık güldü. "İzlemediğimizi biliyorsun," dedi. "Sizi izlemiyor, göz kulak oluyoruz."

"O sizin büyüklüğünüz," dedim. "Zaten burada yapacak pek bir şey de yok ki."

Ukalalık yapmamı umursamayıp, "Bugün öfkeli görünüyorsun," dedi. "Öfkeli misin?"

O sorduğu anda, öfkeli olduğumu anladım. Pek fark etmemiştim ama öfkeliydim. Şimdi daha da öfkeliydim, çünkü öfkeli olduğumu benden önce o fark etmişti.

"Bir şeyim yok," dedim.

İkimiz de bir şey söylemeden bir süre oturduk. Tüm seansı böyle bitirebileceğimi düşünmüştüm, ancak Kartsalak'ın aklında başka şeyler vardı.

"Sadie sana birini hatırlatıyor mu? Bir arkadaşını mesela?" diye sordu.

Nereye varmaya çalıştığını biliyordum. Allie'yi bilmek istiyordu. Allie'nin adını onun yanında andığım için kendime zarar verebilirdim.

Neyi ima etmeye çalıştığını anladığımı bilsin diye, "O Allie gibi değil," dedim.

"Ne farkı var?" dedi.

"Öncelikle, Allie psikiyatri koğuşunda kapalı değil," diye belirttim.

"Aralarındaki tek fark bu mu?" diye sordu Kartsalak.

"Allie yüzünden burada olduğumu düşünüyorsunuz, değil mi?" dedim.

"Bence kendine zarar verdiğin için buradasın," dedi.

"Ama siz bunu Allie yüzünden yaptığımı düşünüyorsunuz."

"Öyle mi?"

"Hayır."

"İkiniz yakın mısınız?"

"İşlevsiz aile dinamiklerimizden söz edemez miyiz?" diye önerdim. "Ya da yakınlık kurma korkumdan?"

"Allie senin kız arkadaşın mı?" diye sordu.

"Lütfen, Allie hakkında daha fazla konuşmayalım!" diye resmen bağırdım. "Bu konudan uzaklaşamaz mısınız?"

Kartsalak aptal bloknotuna bir şeyler karaladı. Belki de Allie hakkındaki aptalca sorularından vazgeçmiştir diye düşünüyordum, ama vazgeçmemişti.

"Allie ve sen cinsel anlamda yakın mıydınız?"

Bu onu ilgilendiririrmiş gibi. Onu tokatlamak istedim. İtiraftan nefret ediyorum, ama neredeyse bizim Kartsalak'ın fena biri olmadığını düşünmeye başlamıştım. Ancak bana bu soruyu sorar sormaz, onun yaşlı, sapık bir adam olduğunu anladım. Yani yalnızca otuz beş yaşında falandı, ama yaşlı bir sapık olmak için yeterli yaştı. Tek isteği, işi pişiren gençler hakkında konuşmaktı.

"Sapık mısınız?" diye sordum. "Biraz porno falan izleyemez misiniz? Yoksa insanların seks hayatları hakkında konuşmaları mı hoşunuza gidiyor?"

Sorumu yanıtlamadı. Yanıtlamasını beklemiyordum. Onu yakalamıştım ve muhtemelen utanmıştı. Utanmalıydı da. Sonuçta bunlar özel konulardı.

"Size beni hiçbir şeyin rahatsız etmediğini daha kaç kere söylemem gerekiyor?" dedim.

"Eğer seni hiçbir şey rahatsız etmiyorsa, o zaman neden kendini öldürmeye çalıştığından söz etmek de çok zor olmamalı," dedi Kartsalak. "Bunu yapabilir misin?"

"Tabii," diye lafı yapıştırdım. "Eğer söz etmek isteseydim ederdim, ama istemiyorum. Size değil."

"Başka bir terapist istediğini mi söylüyorsun?" diye

sordu. "Yardımı olacaksa, bunu halledebilirim."

Az kalsın halletmesini söylüyordum. Sonra, tüm o aptalca soruları en baştan yanıtlamak zorunda kalacağımı düşündüm. O anda ne kadar rahatsız edici olursa olsun, Kartsalak'ı birazcık eğitmiştim. Yeni bir terapistim olsaydı, her şeye yeni baştan başlayacaktım.

Sonunda, "Hayır," dedim. "Yeni birini istemiyorum."

"Onur duydum," dedi Kartsalak.

"Ama Allie ya da seks ya da sizi ilgilendirmeyen hiçbir konuda konuşmayacağım," diye uyardım onu. "Bilin diye söylüyorum."

"Öyleyse, ne hakkında konuşmak istediğini düşün. Yarın kaldığımız yerden devam ederiz," dedi.

Ayağa kalkarken, "Sabırsızlanıyorum," dedim. "Ah, bir de, saç tıraşı olmanız gerek."

Odadan çıkmak için arkamı dönerken, uzanıp saçına dokunduğunu gördüm. Kapıyı arkamdan kaparken, Jeff'e bir puan, diye düşündüm.

Döndüğümde salonda yeni kız, Martha vardı. Kanepeye oturmuş, o tavşanı hâlâ kucağında tutuyordu. Camdan dışarı, kara bakıyordu.

Odama gidecektim, ama bir şey beni Martha'nın yanına gitmeye zorladı. Yanına oturduğumda bana bakmadı bile. Ona bir şekilde merhaba demek istedim. Deliler evinde ilk birkaç günün kolay geçmediğini biliyorum.

"Tavşanını beğendim," dedim.

Martha, tavşanın kulaklarını ovamalayı bırakıp bana döndü.

"Adı var mı?"

Başını evet anlamında salladı, ama bir şey söylemedi.

"O senin en yakın arkadaşın, değil mi?" dedim, tekrar başını salladı.

"Benim de en yakın arkadaşım var," dedim. "Adı Allie ve ben ona her şeyi anlatıyorum. Sen de tavşanına her şeyi anlatıyor musun?

Martha başını sallayıp, sanki koruyormuş gibi tavşana sarıldı.

"Eminim, iyi bir dinleyicidir," dedim. "Eğer istemiyorsan, bir şey söylemek zorunda değilsin. Burada birlikte oturabiliriz yalnızca."

Yüzünü tavşanın kürküne gömdü, ama gülümsediğini görebiliyordum. Yaklaşık bir saat öyle oturduk. Ben havadan sudan konuştum, o da öylece oturup beni dinledi. Bir şey söylememesini dert etmedim. Yalnızca yanında biri olmasından mutluydu bence. Tek arkadaşının peluş bir oyuncak olması, insana kendini biraz yalnız hissettirebilir.

14. GÜN

Bugün bandajlarım çıktı. Çıkarılacağını bilmediğimden, temiz kalp Hemşire Goody, kahvaltıdan sonra beni muayene odasına çağırıp makasını çıkarınca küçük bir şok geçirdim. Bandajı açınca dikişleri görmek daha büyük bir şok oldu. Ne göreceğimi düşündüğümü bilmiyorum –yarabandı falan belki– ama bileklerimde, demiryolu rayları gibi siyah zigzaglar vardı. Ya da hayvanların bıraktıkları ayak izleri gibi. Ayakları çamurlu bir fare, kolumda yürümüş gibiydi.

Dikişleri de aldı. Artık deriye kaynadıkları için biraz acıdılar. Ama Goody makası ve cımbızıyla bir usta olduğundan dikişleri hızla alıverdi. Artık kırmızımsı yara izlerim var. Goody zamanla kaybolacaklarını söylese de, bence hep kalacaklar.

Kaybolmalarını istiyor muyum, bilmiyorum. Muhtemelen kulağa çok saçma gelecek ama canım acımış olsa da, bir yanım, nasıl hissettiğimi unutmak istemiyor. Eğer acıyı unutursam, en başından bu işe kalkışmanın aptallık olduğunu da unutabilirim.

Bir seferinde annem, çocuk sahibi olmanın böyle bir şey olduğunu söylemişti. Beni doğurması on altı saat falan sürmüş galiba. Bir de temmuz ayının ortasıymış ve yılın en sıcak zamanında süper şişman olmak onun eğlence anlayışına uygun değilmiş. Sonuçta, çocuk sahibi olmanın insanların dediği kadar eğlenceli bir deneyim olmadığını söyleyerek, babama bir daha asla çocuk doğurmayacağını belirtmişti.

Anlaşılan, ne kadar acı çektiğini unutmuş, çünkü iki yıl sonra kız kardeşim doğdu. Gerçi bu sefer, en şişman halini kışın yaşamak için önden plan yapmış. Böylece göbeğini saklayabilecek birçok giysi giyebilecek, her an sıcakta olmayı dert etmeyecekti. Doğum sancıları başladığı anda ona avuç dolusu ağrıkesici vermelerini sağlamış. Amanda'nın doğması, annemin bana kendimi kötü hissettirmeye çalıştığı her an hatırlattığı gibi, yalnızca iki saat almış. Ben de böyle zamanlarda, kimsenin ona hamile kalmasını söylemediğini hatırlatıyorum.

Çocuk sahibi olmayı intihar etmekle kıyaslıyor değilim. Yalnızca bazı şeylerin ne kadar acı verdiğini unutmanın, size aynı şeyi yeniden yaptırdığını söylemek istiyorum. Bu da öyle çok akıllıca bir şey değil.

Hamile kalmak zorunda olan taraf ben olmasam bile çocuk isteyip istemediğimden emin değilim bu arada. Fazla riskli görünüyor. Ya düpedüz kötü bir çocukla ortada kalırsanız? Ya da aptal? Onu başkasına veremez ya da tezgâh açıp satamazsınız. Uzun bir zaman boyunca onunla kalakaldınız demektir.

Artık çocuğun üç kollu ya da geri zekâlı olup olmadığını anlamaya yarayan testler bulunduğunu biliyorum, ama her şeyi de test edemezsiniz. Deliliği, örneğin. Ya da kötü müzik ya da giyim zevkini ya da bunun gibi şeyleri. Çocuğunuzun, birlikte takılmak isteyeceğiniz biri olup olmayacağını bilemezsiniz. Yalnızca şansınıza güvenmek zorundasınız. Bu da bana büyük bir kumarmış gibi görünüyor.

Hemen çocuk yapacağımdan değil tabii. Daha on beş yaşındayım. On beş yaşında çocuk sahibi olan insanlar olduğunu biliyorum, ama ben onlardan değilim. Hayatımı olduğundan daha beter hale getirmek istemiyorum. Bir de çocuk almayayım. Bu konuyu çözdüğümüze sevindim.

Dikişlerimden çocuklara nasıl geldim bilmiyorum. Bazen aklım tuhaf yerlere gidiyor. Belki de hâlâ kullandığım ilaçlardan. Ama Kartsalak bunların yalnızca antidepresan olduğunu, çok da ağır olmadığını söylüyor. Mucize İlaç kadar değil.

Her neyse, Sadie'ye dikişlerimin alındığını göstermeye gittim. Geçen gün onlardan bahsettiğinde hafif koptuğumu biliyorum; ama o, dikişlerimi büyük bir mesele haline getirmeyen tek insan ve bu bence gayet hoş bir şey.

Sadie, yara izlerime dokunup dokunamayacağını sordu, ben de sorun olmayacağını söyledim. Birer köpek yavrusuymuş gibi, elleriyle onları çok yumuşak bir şekilde okşadı, yaraları yeniden açmaktan korkuyordu sanki.

"Benim hiç yara izim yok," dediğinde sesi hüzünlü gibiydi.

"Boğulmak üzere olduğun ânı hatırlıyor musun?" diye sordum. Bu bir süredir merak ettiğim bir şeydi, ama sorabileceğim bir şey olup olmadığından emin değildim. O benim yaralarıma dokunuyorken, sanki, her şeyi söyleyebilmeye uygun bir an olduğunu fark ettim.

"Her şeyin yeşil ve sessiz olduğunu hatırlıyorum," dedi. "Önce –hava bittiğinde– göğsüm yandı. Sonra acı yok oldu, her yer gerçekten sessizleşti. Kendimi uçuyormuş gibi hissettim. Ondan sonra hatırladığım şey, çimlerin üstünde yatıyor olduğum. Sam ağzıma hava üflüyordu ve bir sürü insan bana bakıyordu."

Sam'in kim olduğunu sordum, onu kurtaran adam olduğunu söyledi. Onu üstünde giysileriyle göle atlarken görünce, bunun tuhaf olduğunu düşünmüş. Suya dalıp bir daha çıkmayınca, atlayıp onu yüzeye çekmiş.

"Birkaç kez telefon etti," diye anlattı Sadie. "Yani, nasıl olduğumu öğrenmek için."

Sonra mecburen, Kartsalak'la olan seansıma gittim. Onda ilk fark ettiğim şey, daha değişik göründüğü oldu. Bunun ne olduğunu anlayınca, "Saçınızı kestirmişsiniz," dedim.

"Evet," dedi.

Saçına ilgi göstermesi gerektiği konusunda haklı olduğumu söylemesini bekliyordum, ama o doğrudan terapi seansına başladı. Yarın annemle babamın haftalık ziyaretlerini yapacaklarını hatırlattı. Diğer çocuklarla anlaşıp anlaşmadığımı sordu. Onlarla iyi anlaştığımı söyleyince, buna mutlu olmuş gözüktü.

İşlerin fazla iyi gittiğini düşünüyordum. Kartsalak, "Bandajlarının çıktığını görüyorum," dedi sonra.

Sanki bilmiyormuş gibi. Goody'nin, onun izni olmadan bandajlarımı alması mümkün değildi, emindim. Sanki o zamana kadar fark etmemişim gibi, bileklerime bakıp, "Sanırım öyle," dedim. "Çok şaşırtıcı."

"Kesikleri görmüş olmak nasıl hissettiriyor?"

Omuz silktim. "Sanırım, el mankeni olarak kariyerim sona erdi. Buna alışmam zaman alacak."

Doktor uzun süre yüzüme baktı, bunun üzerine, "Gerçekten. Beni rahatsız etmiyor. Yalnızca birer kesik," dedim.

Sanırım, söylediğim yalanın büyüklüğünü çözmeye çalışıyordu. Sorun şu ki, yalan falan söylemiyordum. Kesikleri görmek beni gerçekten rahatsız etmiyordu. Açıkçası, bileklerimin mumya gibi bandajlı olmasından çok daha iyiydi. Ayrıca, sonsuza dek uzun kollu giydiğim sürece, onları pek görmeyecektim.

İkna olduğundan emin değildim ama, "Pekâlâ," dedi Kartsalak. "O zaman bugünlük bu kadar."

Sonuçta, oldukça iyi bir gündü. Öncelikle Kartsalak'a saçını kestirtmeyi başarmıştım ki, bu bence dev bir gelişmeydi. Ayrıca bandajlarım çıktığı için delirmemiştim. Dürüst olmak gerekirse, buraya geldiğimden beri ilk kez oldukça iyi hissediyordum.

15. GÜN

Annemle babam bugün yine geldiler. Bu kez işler daha iyi gitti. En azından ben iyi gittiğini düşünüyorum. Tek tuhaf şey, annemin sürekli bileklerime bakmasıydı. Bir şekilde ben çoktan izleri unutmuş ve tişört giymiştim. Kollarımı kavuşturup ellerimi sakladım, ama bu kez de düşmanca davrandığımı düşünmesinler diye, yalnızca ellerimi kavuşturdum, böylece izler iç tarafta kaldılar. Annem yine de oraya bakmaya devam etti.

Kartsalak, her ikisinden de benimle ilgili gurur duydukları bir şeyi söylemelerini isteyerek başladı. Ne kadar heyecanlandığımı tahmin edebilirsiniz tabii, ama çok da gergin bir an değildi yani. Babam okulda her zaman başarılı olduğum için benimle gurur duyduğunu söyledi ki, bu tam bir babanın söyleyeceği bir şeydi, hem doğaldı hem de fazla aşırı duygusal değildi. Annem yaptığım her şeyden gurur duyduğunu söyledi. Kartsalak ondan daha açık olmasını isteyince, gülmek istedim (ama gülmedim), o da herhalde en çok gurur duyduğu yanımın iyi bir insan olmam olduğunu söyledi.

İyi insanın tam ne olduğundan emin değilim. Belki sürekli kurallara uyan biri olabilir. Ama kurallara uyan insanlar da tam birer hıyar olabilirler, değil mi? Gerçek şu ki, tanıdığım en büyük ahmaklardan bazıları kurallara uyan insanlar; bunun nedeni de, siz uymadığınızda kendinizi bok gibi hissetmenize sebep olmaları.

İyi bir insan, belki de diğer insanlar için sürekli iyilikte bulunan insandır. O, kesin ben değilim. Eğer izci olsaydım, büyük ihtimalle izcilikten atılırdım, çünkü bakış açımı anladıysanız, ben yaşlı teyzelerin karşıdan karşıya geçmesine yardım edecek biri değilim. Hıyar falan olduğumdan değil, yalnızca öteki insanlar hayattaki önceliğim olmadığı için.

Kartsalak'ın, anneme daha açık olmasını söyleyeceğini umdum, ama annemin, elinden gelenin en iyisini yaptığını düşündü bence. Onun yerine bana dönüp, annemle babama minnettar olduğum *iki* şeyi söylememi istedi. Onlara birer şey söyletmişken bana iki şey söyletmesinin biraz haksızlık olduğunu düşündüm, yine de şansımı denedim.

Öncelikle, daima giysi, yiyecek ve ev gibi, ihtiyacım olan şeylere sahip olmamı sağladıkları için minnettar olduğumu söyledim. Sonra, bana kendimi hiçbir zaman kötü hissettirmedikleri için. Bunu söylerken Sadie'yi ve babasının ona her zaman kendini bir sorunmuş gibi hisettirdiğini düşünüyordum. Aynı zamanda Alice ve annesinin erkek arkadaşını da düşündüm. Gazetelerde hep okusanız da, ha-

Amanda kanepeye oturdu, ben de karşısındaki sandalyeye oturdum. "Okulda ne konuşuluyor?" diye sordum. Vereceği cevabı beklerken kalbim hızlandı biraz. Çoğu zaman, insanların hakkımda ne düşündüğünü umursamam, ama ortadan kaybolmak ve kendini bir hastanede bulmak, sivilce çıkarmaktan ya da kötü spor ayakkabılar giymekten daha ciddi bir şey.

"Kiminle konuştuğuna bağlı," dedi. "En yaygın teori, mono hastalığına yakalandığın; ama kanser olduğun, hepatit geçirdiğin ya da beyin tümörünün olduğunu da duydum. Ha bir de, annem ve babam seni uyuşturucu kullanırken yakaladığı için bir buçuk gün boyunca evden kaçtığın kulağıma geldi."

"Mükemmel," dedim. "Gerçek sebebi bilen var mı?"

"Bilen varsa da benden duymadı. Ben mono diyorum," dedi.

Sonra ona, cevabını gerçekten duymak istediğim yegâne soruyu sordum:

"Allie'yi gördün mü hiç?"

"Evet," dedi Amanda. Ama sesinde, sanki bu konuda konuşmak istemiyormuş gibi tuhaf bir şey vardı. Tabii ki onu konuşturdum.

Anlaşılan Amanda Allie'yi ben hastaneye geldikten bir hafta kadar sonra öğlen yemeğinde görmüş. Allie'nin, iyi olduğumu bilmek isteyeceğini düşünmüş, ona neler olduğunu tam söyleyemeyecek olsa da, yanına gidip konuşmaya başlamış.

"Yalnızca kafasını sallayıp durdu," dedi. "Çocuğun biriyle oturuyordu ve sanki benimle konuşmak istemiyormuş gibiydi."

Amanda'ya, bir konu yüzünden onunla kavga ettiğimizi, ama önemli olmadığını, Allie'nin konuyu unutacağını söyledim. Amanda'nın bunu yemediğini biliyorum, ama bu kez işin ucunu bıraktı. Dediğim gibi, bayağı kafa bir kız. Bunu ona söyleyecek değilim tabii. Onu bir şekilde hizada tutmam gerek, yoksa kendini bir şey sanır.

"Her neyse, buradan bir an önce çıkman lazım. Beni çıldırtıyorlar," dedi Amanda.

Annem ve babamdan söz ettiğini biliyordum. Şu anda onlarla yaşamanın nasıl bir şey olduğunu tahmin edebiliyorum. Amanda'nın odasına güvenlik kameraları yerleştirmediklerine şaşırıyorum. Ve bu saç boyası şimdi daha da anlamlı geliyor. Amanda'yı tanıyorum, bunu yalnızca onları endişelendirmek için yapıyor.

"Üzgünüm," dedim. Gerçekten de üzgündüm. Sonuçta, burada olmam Amanda'nın suçu değildi.

"İdare ederim," diye güven verdi.

Söyleyeceklerimiz tükenmiş gibi orada öylece oturduk biraz. Ama tuhaf ya da acayip gelmedi. İyi bile geldi. Amanda bana manyakça bir şey yapmışım gibi değil, her zaman nasıl davranıyorsa öyle davranıyordu. Sonra, Kartsalak kapıyı açtı ve annemler içeri girdi. Onlara ne söylediğini bilmiyordum, ama annemle babam sirk palyaçoları gibi gülüyorlardı yeniden. Ellerine birkaç balon vermek istedim.

"Haftaya görüşürüz," dedi annem. Bana yeniden sarılacakmış gibi görünüyordu, ama Kartsalak'ı aramıza alacak şekilde yer değiştirdim, o da yalnızca, "Pekâlâ. O zaman görüşürüz," dedi.

Annemle babam orada olmasalardı Amanda sarılırdı, ki bu da sorun olmazdı benim için, ama başka kimse bana sarılmaya çalışmadı. Hepsi, "güle güle" deyip gittiler. Eminim, onlarla gitsem benim de aynısını hissedeceğim gibi, hepsi buradan ayrılıyor olmaktan mutluydu.

Bu bana Bayan Christensen'i düşündürdü. Bayan Christensen, yaklaşık on yedi milyon yaşında. Babaannemin arkadaşı, tüm ailesi öldüğü için bir huzurevinde yaşıyor. Her Noel'de onu ziyarete gidiyor, meyveli pasta, terlik ya da çikolata gibi hediyeler götürüyoruz. Onunla gelmiş geçmiş en uzun bir saati geçiriyoruz. Huzurevi, yaşlı insan kokuyor ve süslenmiş olsa bile depresif. Bayan Christensen, bize gerçek ailesiymişiz gibi davranıyor, oysa değiliz ve ben, oradan bir an önce ayrılmak için sabırsızlanıyorum.

Eminim, Amanda ve annemler de böyle hissediyorlar. İçlerinden biri burada olsaydı, ben de öyle hissederdim. İşi hemen bitirip meyveli pastayı da bırakıp gitmek isterdim.

16. GÜN

Dün annemle babam gitmeden önce, bana babaannemden bir paket bırakmışlar. Aslında Kartsalak'a bırakmışlar, o da bugün bana verdi. Paketi büyük ihtimalle koku uzmanı köpeklere koklatmışlar ya da içinde bana verilmemesi gereken bir şey var mı diye bakmışlardır. Sanki babaannem pakete eroin saklayacakmış gibi. Ya da porno.

Her neyse, bana çikolatalı kurabiye, fıstık ezmeli kek ve bir dolar göndermiş. Kız kardeşimle bana ne zaman bir şeyler gönderse –kartpostal, mektup vs– içine bir dolar koyar. Yaşlıların bir alışkanlığı herhalde. Babam, onların da çocukları olana kadar, ne zaman kendisine ya da ağabeyine mektup yazsa babaannemin, içine bir dolar koyduğunu söyler. Artık doları bize gönderiyor. Sanırım, babamın artık o dolarlara ihtiyacı olmadığını biliyor.

Kurabiyeleri ve keki diğerleriyle paylaştım, yoksa hepsini yiyeceğimi ve sonra midemin bulanacağını biliyordum. Ayrıca bu akşam film gecesiydi. Her yaz Alaska'da bozayılarla yaşayan adamla ilgili o filmi izlettiler. Gerçek bir hikâye. Her yıl ıssız yerlere gidiyor, sonbahar gelip de ayılar uykuya çekilene kadar ayıları takip ediyordu. Ta ki, ayının biri onu yiyene kadar.

Birinin ayı tarafından yenmesinin üzücü olacağını düşünürsünüz. Aslında adam o ayıları gerçekten seviyordu. Onlarla ilgili her şeyi; yemek için kavga etmek ya da rakiplerinin yavrularını öldürmek gibi çok korkunç şeyler yaptıklarında bile onları seviyordu. Ayılar onun ailesi gibiydi ve ayılıkları için onları affediyordu, çünkü başka türlü davranamayacaklarını biliyordu. Bence, onu yiyen ayıyı bile affedebilirdi.

Filmde bir sürü insanla röportaj vardı ve pek çoğu, bu adamın neden ayılarla bu kadar zaman geçirdiğini anlayamadıklarını söylüyordu. Bazıları, kendi kişiliğini kaldıramadığı için adamın kendini ayı zannettiğine inanıyordu. Bence yanılıyorlar. Bence, adam yalnızca ayılarla olmayı seviyordu, çünkü ayılar ona kendini kötü hissettirmiyordu.

Yani, bu adamın hafif kaçık olduğundan eminim zaten. Hayatınızı ayıları takip ederek geçirebilmek için hafif kaçık olmanız gerekir. Ama bunu da anlıyorum. Ayılarla zaman geçirirken, ayılar onun hafiften tuhaf göründüğünü ya da çok içtiği ve uyuşturucu kullandığı için –anlaşılan bayağı uyuşturucu kullanıyormuş– başının derde girmesini sorun etmiyordu. Ona, nasıl hissettiğine ya da bunu neden yaptığına dair bir ton aptalca soru sormuyorlardı. Kendi gibi olmasına izin veriyorlardı.

Aslına bakarsanız, bize izletmek için tuhaf bir filmdi. Bence, çoğumuz kendimizi filmle özdeşleştirdik. Juliet, ormancıların adamı yiyen ayıyı nasıl vurduklarına ve adamın gerçekten içinde olduğundan emin olmak için ayının göbeğini yardıklarına dair anlatılanlarda ağlamaya başladı. Ben şahsen, ayıdan korktukları için onu öldürdüklerini sanıyorum. İnsanlar böyledir, korktukları şeyi öldürürler.

Şöyle düşünüyorum: Birincisi, insanlar gidip ayıları rahatsız ederlerse, büyük ihtimalle ayılara ara sıcak olurlar. İkincisi, insanlar berbattır.

İşte yine yaptım. Kekten ayılara geldim. Yemin ederim, bazen beynimde dolaşan bir maymun varmış, numaralara basıyor, kanallarımı değiştiriyormuş gibi hissediyorum. Bir dakika önce oturmuş çikolatalı kurabiye yerken, birden kendimi ayıları düşünürken buluyorum.

Dediğim gibi, çoğumuz o ayılarla özdeşleştik bence. Buradayız çünkü birileri –ailelerimiz, doktorlarımız, bizi güya seven insanlar– bizden korkuyor. Çıldırıklar Hayvanat Bahçesi'ndeyiz. Herkes bizi zarar görecek kadar yaklaşmadan izleyebiliyor. Çok manyakça be dostum.

Bir daha beynimi didiklemeye çalıştığında Kartsalak'ı ısırsam ne yapar acaba?

17. GÜN

Medyaya haber salın: Martha bugün benimle konuştu.

Kanepede onunla birlikte oturmuş, bir şeyler okuyordum ve birden elini bileğime koyup, "Frex," dedi.

O kadar şaşırdım ki, okumayı bırakıp yalnızca ona baktım. Yeniden bileğime dokunup sanki bana bir şeyin ismini söylüyormuş gibi, "Frex," dedi.

"Frex," dedim.

Başını salladı. Sonra göğsüne dokunup yeniden, "Frex," dedi.

Önce Kartsalak'ı çağırmam gerektiğini düşündüm, ama heyecanlanırsam, bunun Martha'yı korkutabileceğine karar verdim. O yüzden bekledim. Parmaklarını kesiklerin üstünde gezdirip, "Frex," dedi. "Frex."

Bileğimi mi, kesikleri mi kastettiğini ya da özel olarak bir şeyden bahsedip bahsetmediğini bilmiyordum. Bilimkurgu filmlerinde insan ve uzaylının karşılaşıp iletişim kurmaya çalıştığı, birinin diğerinin ne dediğini anlamadığı sahnelerden biri gibiydi. Uzaylı, "Frex," diyor, insan bunun, "Merak etme, sana zarar vermeyeceğim," mi, yoksa "Karnına bir yumurta yerleştirdim ve çatlamak üzere; yakında nalları dikeceksin," mi demek olduğunu anlamıyordu.

Martha yine göğsüne, kalbinin olduğu yere dokunup birkaç kez öylece tekrar etti: "Frex, frex, frex." Aynen böyle. Sanki bir şarkı söylüyormuş gibiydi.

O zaman anladım. Aniden anlamlı gelmeye başladı. Acıdan bahsediyordu. Yara izim ve kalbim. "Frex" onun için her ne idiyse, acıtan bir şey anlamına geliyordu. Kim bilir, bu sözcüğü nereden bulmuştu. Sanırım, bunun hiç önemi yok. Bu onun sözcüğü ve şimdi ne demek olduğunu biliyorum.

Olan biten buydu. Acayip duygusal bir sahne falan yaşanmadı. Martha aniden bana hayat hikâyesini anlatmadı ya da neden konuşamadığına dair sırrı açıklamadı. Ama yine de süper bir olaydı.

Daha sonra, olanları Kartsalak'a anlattım. Havalara uçup gözlüğünü yukarı iteceğini sandım, ama yalnızca gülümseyip başını salladı.

"Çoktandır biliyor muydunuz?" diye sordum, başını olumsuz anlamda salladı.

"Hayır," dedi. "Kendinle gurur duymalısın. Sana açıldı."

"Neden gurur duyayım ki?" dedim. "Ben bir şey yapmadım. O konuşmaya başladı."

"Seninle konuşmasında sakınca olmadığını anlamasını sağladın," dedi.

Her neyse. Kartsalak'ın gazını almak istemiyorum, ama ben bir şey yapmadım. "Frex" dedi diye, deli gibi heyecanlanacak değilim. Hâlâ neden öteki insanlarla değil de benimle konuştuğunu bilmiyorum. Öyle bir kelime uydurmuş olması ne kadar tuhaf. Frex. Acı. Sanırım başına gelenlerden dolayı kalbinin acıdığını söylemeye çalışıyordu. Bu konuda bir daha konuşacak mı, yoksa çok içine kapanık olduğu için gelebileceği son nokta bu mu diye merak ediyorum. Alice gibi.

Diğer haberlere gelince; dün Allie'nin doğum günü olduğunu unuttum. Benim hatam değil aslında. Burada tarihi pek takip edemiyorsunuz. Günler, hiç bitmeyen tek bir uzun günmüş gibi iç içe geçiyor. Bugün hemşire bankosunda duran gazetenin tarihine bakınca, Allie'nin doğum gününü kaçırdığımı fark ettim. On altı yaşına bastı. O benden yarım yıl büyük; ben de bu yaz on altı olacağım. Bu, şimdiye kadar onu hiç rahatsız etmedi. Kendine hep, "yaşlı kadın" dedi.

Doğum gününde ne yaptığını merak ediyorum. Aslında hiç merak etmiyorum. Ne yaptığını biliyorum. Gününü Burke'le geçirdi. Burke onun erkek arkadaşı. Çocuk onu büyük ihtimalle sinemaya ya da pizza yemeye götürmüştür. Eminim ona, normalde hiç sevmeyeceği bir hediye almıştır ve o da, hayatta gördüğü en güzel şeymiş gibi tezahürat yapmıştır.

Burke'ün yanında aptallaşması midemi bulandırıyor.

Daha önce hiç böyle değildi. Adamın tekinin onu olmadığı birine dönüştürmesine izin vermezdi. Sonra Burke çıkageldi ve her şey değişti. Her şey.

İnsan bir gecede nasıl değişir anlayamıyorum, ama Allie değişti. Sanki içinde yaşayan başka bir kız varmış ve bu kız aniden ortaya çıkıp onu ele geçirmiş gibiydi. Her şeyi birlikte yaparken, bir anda değişmişti. Hepsini bir kenara attı.

İşin en kötü tarafı, sonsuza dek birlikte olmayacaklarını biliyorsunuz. Dostum, kız daha on beş yaşında. Tamam on altı yaşında. Yine de... Evlenecek falan değiller. Birkaç yıl çıksalar bile, ki çıkmayacaklar, Allie bir üniversiteye gidecek, çocuk başka bir üniversiteye gidecek ve kısa zamanda birbirlerini unutacaklar. Her zaman böyle olmuştur. O yüzden, bu yaşta ilişki çok saçmadır, çünkü bitmeye mahkûmdur. İnsanların bugüne kadar bunu öğrenmiş olacağını düşünürsünüz, ama sanırım hâlâ öğrenemediler. Gidip âşık olur, bu aşkın liseden sonra da süreceğini düşünürler. Allie ve Burke, sonsuza dek birlikte.

Neyse.

Her neyse, doğum günün kutlu olsun, Allie. Umarım iyi geçmiştir.

18. GÜN

Sadie'nin dediği gibi: "Kaldı dört kişi." Yine.

Kartsalak bugün grup seansında, Bone'un programdaki son günü olduğunu açıkladı. O bunu söyler söylemez, Juliet'in suratı asılır gibi oldu, ama bir şey söylemedi. Galiba Alice'le dalga geçtiğinden beri onu eskisi kadar heyecanlandırmıyordu Bone.

Sanırım, dışarı çıkması Bone için iyi bir şey. Çıkmaktan biraz korktuğunu biliyorum, çünkü grupta böyle söyledi. Bir şey söylediği için gerçekten şaşırmıştım. Yani, biraz konuşmuşluğumuz vardı, ama kendi hakkında pek bir şey söylemişliği yoktu. Ama bugün söyledi.

Annesiyle babasının, onun eve neden dönmesini istemedikleri anlaşıldı. Başını belaya sokmadan durabileceği konusunda ona güvenmiyorlardı. Doğal olarak, bunun ne tip bir bela olduğundan söz etmedi. Ama şimdiye kadar Bone hakkında bir şeyler bilmemeye alışmıştım ve de soru sormadım. Kimse sormadı. Sanırım, onun Gizemli Adamımız olması hoşumuza gidiyordu. Bu, onun hakkında istediğimiz hikâyeyi uydurabiliriz demekti.

Neyse, ağabeyi ve ağabeyinin karısıyla yaşayacaktı. Arizona'da bir kasabada yaşıyorlardı ve bir benzin istasyonları vardı. Bone, büyüdüğünde ne yapmak istediğine karar verene kadar istasyonda çalışacaktı. Ama korktuğu bu değildi. İnsanların onun akıl hastanesinde bulunmuş olduğunu öğrenmelerinden ve onun bir suçlu falan olduğunu düşünmelerinden korkuyordu. Çocuklarına, ondan uzak durmalarını söylemelerinden ve onu gördüklerinde yollarını değiştirmelerinden korkuyordu. "Deli adamla konuşma canım. Seni ısırabilir."

Her tarafı dövmeyle kaplı birinden bunları duymak ilginçti. Yani, dövmeleri *görebiliyordunuz*, deliliği göremiyordunuz. Onun yerinde olsaydım, insanların çete üyesi olduğumu düşünmelerinden endişe duyardım. Daha sonra, Kartsalak'la olan seansımın ardından salona gittim. Bone, bir sohbet programı izliyordu; şu fazla neşeli sunucusunu tokatlamak istediklerinizden. Konu, tuhaf görünen arkadaşlarının tarzlarını değiştirmek isteyen insanlardı.

Programdaki kızlardan biri, giyimini *punk* olarak nitelendirdiği kız kardeşinin böyle giyinmekten vazgeçmesini istiyordu. Dışarı çıktığında, insanların onunla dalga geçtiklerini, onun şeytana taptığını ve kedileri falan kestiğini düşündüklerini söyledi. Sunucu, kaşlarını çatmış, kafasını sallayıp duruyordu. Sonra kızı getirdiler. Kız tam anlamıyla gotikti. Saçları siyahtı, gösterişli makyaj yapmıştı ve kan kırmızısı ruj sürmüştü. *The Cure*'un solisti Robert Smith'e benziyordu. Şirin bir kız olduğunu düşündüm.

O ortaya çıkar çıkmaz seyirciler, sanki en yakın arkadaşını öldürmüş ya da babasının yeni karısıyla yatıyormuş gibi kızı yuhalamaya başladı. Sunucu neden böyle giyindiğini sorunca, "Çünkü böyle giyinmek hoşuma gidiyor," dedi. Seyirciler yine yuhaladılar ve ablası, "İnsanlar onun lezbiyen olduğunu düşünüyor!" diye bağırdı. Gotik kız utanmış gibi ellerini yüzüne kapadı.

Araya reklamlar girdi ve kanatlı günlük ped kullanırsak kendimizi nasıl da iyi hissedeceğimizi öğrendikten sonra kızın değişimini tamamladıklarını gördük. Arkadaşları tarafından çok tuhaf göründükleri düşünülen tüm o insanları sahneye itekledilер. Artık hepsi J. Crew mağazasında bir gece kilitli kaldıktan sonra değişim geçirmiş ve farklılaşmış gibiydi.

Gotik kızı en sona bıraktılar. Onu geri getirdiklerinde çiçekli bir elbisesi, sallantılı büyük küpeleri ve hanım hanımcık ayakkabıları vardı. Ablası onu görünce ağlamaya başladı. Seyirciler de ayağa kalkıp onu alkış yağmuruna tuttular, çünkü artık ürkütücü görünmüyordu. Kız, yerine oturduğunda sunucu, bebekliğinden başlayarak liseye kadar pek çok fotoğrafını gösterdi. Seyirciler sapsarı lülelerini ve büyük gözlerini görünce aaaa'layıp oooo'ladılar. Gotik olarak çekilmiş son fotoğrafına da tısladılar.

Gotik kız gerçekten çok mutsuz görünüyordu. Sunucu ona yeni tarzını beğenip beğenmediğini sorunca, nefret ettiğini söyledi ve herkes, değişim için gerekli parayı kendileri ödemiş gibi ona kızdı. Adamın biri ayağa kalkıp, "Eski halinle sana asla çıkma telkif etmezdim," dedi.

Kız bir süre adama baktı ve, "Senin gibi birinin bana çıkma teklif etmesini isteyeceğime nasıl karar verdin?" diye sordu. Sonra da ablasına dönüp, "Yani, artık böyle göründüğüm için iyi miyim? Senin gibi göründüğüm için ucube değil miyim artık? Siktir git ya!" Tabii ki, en iyi kısmını biplediler, çünkü gündüz kuşağını izliyorduk ve zaten hepimiz Amerika'da kimsenin küfür etmediğini biliyorduk.

Cevap verdiği adam ona, hayalarına tekme atmış gibi bakıyor, ablası katılarak ağlıyordu. Kız ikisine baktı; "Ezikler," deyip seti terk etti. Sunucu yeniden gülmeye başladı ve program arasında domuz eti reklamı çıktı, diğer bir beyaz et.

Mükemmeldi. Bone'la birlikte geberiyorduk. Bone, "Hassiktir, insanlar hâlâ, nasıl görünüyorsan seni o sanıyorlar," dedi.

Kollarını kaplayan dövmelere baktım. Dövmeleri daha önce görmüştüm –görmemek imkânsızdı– ama onlara gerçekten bakmamıştım. Bakınca, yanan kafatasları ve kalplerin arasında *Alice Harikalar Diyarında*'nın karakterlerini gördüm. Bir kolunda Kırmızı Kraliçe'yle Fındıkfaresi'ni, diğer kolunda Çılgın Şapkacı'yla Mart Tavşanı'nı gördüm. Bir kolunun ön kısmında sihirli mantarı yediği için boynu uzamış Alice vardı.

Alice'i gösterip, "Bu sen misin?" diye sordum.

Güldü. "Hayır," dedi. Tişörtünü kaldırıp, "Ben buyum,"

dedi. Sırtında, pardösüsünü giymiş, saatine bakan Beyaz Tavşan vardı. Tıpkı kitaptaki illüstrasyon gibiydi. Ama onunla sırt sırta duran, deri motorcu montu ve botları giymiş, puro içen bir Beyaz Tavşan daha vardı.

"Bu benim," dedi Bone. "Her zaman koşturan. Her zaman geç kalan. Onu sırtıma yaptırdım, çünkü ben göstermedikçe kimse göremiyor. Dışarıdakiler, insanların bakması için. Ama en sevdiğim dövmemi saklı tutuyorum."

"Neden iki taneler?" diye sordum.

"Yin ve yang," dedi. "Karanlık ve ışık. Biri iyi, biri yaramaz tavşan."

"Hangisi hangisi?" dedim.

Yine güldü. "İkisi de. Bipolar bir durum. Benim gibi," dedi. Sonra da, ben daha fazla bir şey soramadan, tavşanın Alice'e yaptığı gibi ayağa kalkıp çıktı.

Orada biraz daha oturup gotik kızı düşündüm. Aslında, kızın tam tersini düşünüyordum; normal göründüğünüzde insanların "normal" olduğunuzu düşündüklerini.

Bir seferinde Allie'yle okulu ekip, köylülerin parlayan mavi bir top buldukları ve içinde ne olduğunu anlamak için kat kat soydukları, *Los Diablos* adındaki yabancı bir filmi izlemeye gitmiştik. Yalnız top, radyoaktifti ve hepsi zehirlenip öldü. Bence, gerçeği bulmak için fazla derine inerseniz böyle oluyor. Zehir ortaya çıkıyor ve gerçek ellerinizde masmavi ışıldasa da sonunda ölüyorsunuz.

Her neyse, gerçek o kadar da harika değil. Hem, gerçek ne ki? Düşen uçaklar. Havaya uçup çocukları bin parçaya ayıran otobüsler. İnsanlara tecavüz edip, konuşmasınlar diye onları başlarından vuran on iki yaşında çocuklar. Artık haberleri izleyemiyor, gazetelere bakamıyorum. Cennette her kim oturuyorsa, elinde bir bok çuvalı var ve günde birkaç kez, içinden dünyaya bir avuç serpip, her şeyin çıldırmasına neden oluyor; sanki tarihi geçmiş peri tozu gibi.

19. GÜN

Bu sabah bir kar fırtınasına uyandım. Korkunç bir tipi var. Dışarısı o kadar beyaz ki, pencereden bakıldığında, hastane bulutlar arasında uçuyormuş gibi geliyor. Çok güzel. Kar durmadan yağıyor. Odamdan gördüğüm alabildiğine çıplak ağaçlar, pamuktan toplarla jonglörlük yapıyor gibi.

Yollar kar yüzünden kapalı olduğu için Goody ve diğer gündüz hemşiresi gelemediğinden, Hemşire Moon'la gece vardiyasının geri kalanı hastanede kalmak zorundaydılar ve bundan hiç hoşnut değillerdi. Eve gidip uyumak istiyorlardı. Kartsalak da gelememişti, bu yüzden bütün gün bizimdi. Kardan o kadar heyecanlanmıştık ki, hastane personelini deli ediyorduk.

Dışarı çıkmak Sadie'nin fikriydi. Juliet karın, kardan adam yapmak için ne kadar uygun göründüğünü söyleyince, bir de baktık, Sadie bir süre için dışarı çıkabilir miyiz diye soruyor.

Hemşire Moon önce itiraz etti. Ama diğer gece hemşiresi (Sürekli bir şey unutmuş da, unuttuğu şeyin ne olduğunu hatırlayamıyormuş gibi görünen Hemşire McCutcheon) bize göz kulak olabileceğini söyledi. Hemşire Moon da, iki hastabakıcı bizimle olduğu ve grup halinde kaldığımız sürece dışarı çıkmamıza izin verdi.

Buraya geldiğimden beri dışarıya çıkmamıştım. Pencereler bile birkaç santimden fazla açılmıyordu. Bu bunaltıcı odalardan bir süre uzakta olmak iyi gelecekti. O anda, yanımda dışarısı için uygun kıyafetlerimin olmadığını fark ettim. Annemle babam bana kot pantolon ve tişört falan getirmişler, ama bot ya da kaban gibi şeyler getirmemişlerdi. Yani, doğa yürüşlerine de çıkıyor değildik zaten. Kimsenin kalın kıyafetleri yoktu.

Hastanede bu tip giysiler olduğu anlaşıldı. Başka hastalardan mı kalmışlardı ya da nereden çıkmışlardı bilmiyordum, sormak da istemedim. Hastalardan kaldıysa, neden burada bırakılmışlardı? Bu gerçekten olumlu cevabı olmayan bir soru tipiydi.

Her neyse, atkılara, eldivenlere falan sarındık. Giysilerin hepsi de üstümüze tam oturmuyordu, ama yeterince iyi duruyordu. Tek sıkıntım, benim için buldukları kabanın parlak sarı olmasıydı. Köpeğin biri kara işemiş gibiydi rengi. Aman sonuçta, gidip Macy's'den alışveriş yapmamıştık ya!

Giyinip alt kata indik. Kilitli iki ayrı kapıdan geçmemiz gerekiyordu. Hapishaneden hapishaneye transfer edilen mahkûmlarmışız gibi hissediyordum. Sonunda hastanenin dört kanadının oluşturduğu avluya çıkar çıkmaz, Sadie bir avuç kar toplayıp kartopu yaptı ve Juliet'e fırlattı. Kartopu, Juliet'in kafasının arkasında patlayıp binlerce kar tanesine bölündü. Juliet de bir kartopu yapıp Sadie'ye fırlattı. Ama kartopu Sadie'yi ıskalayıp hastabakıcılardan birine çarptı.

Bu kadarı yetti. Birkaç saniye içinde olay, dev bir kartopu savaşına dönüştü. Takım falan yoktu, herkes tekti. Ardına saklanacağımız bir şey olmadığı için sürekli kartopu yapıp en yakınımızda kim varsa ona attık.

Hemşire McCutcheon'ın bizi durduracağından emindim, ancak kenara çekilip yüzünde hafif bir gülümsemeyle bizi izlemekle yetindi. Aklıma ona bundan sonra daha iyi davranmam gerektiğini yazdım. Daha önce sorun çıkarmış değildim, ama anlarsınız işte; bazen daha problemsiz olabiliyorum.

Hastabakıcılardan birini sırtından zımbaladım. Tam adama gülüyordum ki, ben de suratımın bir yanından vuruldum. Kartopunu kimin attığını görmek için dönünce, Martha'yı otuz iki diş sırıtırken buldum.

Hepimiz kartopu savaşından yorulunca, Juliet sözünü ettiği kardan adamı yapmaya başladı. Önce küçük bir kartopu yapıp onu bahçenin bir yanından diğer yanına yuvarlayarak büyüttü. Sadie ve ben, kardan adamın başı ve göbeği için daha küçük toplar hazırlayıp ona yardım ettik. Martha bize katılmadan kenardan izledi.

Yanına gidip, "Melek görmek ister misin?" dedim.

O büyük gözleriyle bana bakıp, başını isterim anlamında salladı. Avlunun henüz ayak basmadığımız tarafına gidip taze kara sırtüstü uzandım. Kollarımı ve bacaklarımı kukla gibi açıp kapadım. Ayağa kalktığımda, yerde bir iz oluşturmuştum.

"Gördün mü?" dedim Martha'ya. "Bu bir kar meleği. Sen de yapmak ister misin?"

Başıyla onayladı ve kendini kara attı. Kollarını ve bacaklarını deli gibi açıp kapadı ve ayağa kalktı. Onun meleği, cennetten düşmüş gibi biraz yamuk yumuk olmuştu, ama mükemmel görünüyordu. Martha, meleği görünce bir kahkaha attı. Sanırım, onun güldüğünü ilk kez duyuyordum. Sesi, Noel gibiydi.

"Hadi, biraz daha yapalım," dedim Martha'ya.

Yan yana kara uzanıp meleklerimizi yaptık. Ayağa kalkacakken, Martha elimi tuttu. Ellerinde, onun için buldukları parmaksız kırmızı eldivenler vardı ve kendi eldivenlerimden, parmaklarının parmaklarımı kavrayışını hissedebiliyordum. Öylece yatıp karın yağışını izledik. Kar yağmaya devam etti, biz de bir süre için uzayda uçuyormuşuz, kar taneleri de yanından geçtiğimiz yıldızlarmış gibi hissettik.

Bu bana yeniden astronotları ve dünyanın onlara ne kadar kötü koktuğunu hatırlattı. Derin bir nefes alıp ciğerlerimi soğuk havayla doldurdum. İğrenç kokmuyordu. Bu kez harika kokuyordu.

Nihayet kalkıp, diğerlerinin kardan adam yapmasına yardım ettik. Burnu için yanımızda havuç getirmiştik ve Hemşire McCutcheon da gözleri için bize iki kurabiye bulmuştu. Juliet, giysi odasından aldığı mor atkıyı çıkarıp kardan adamın boynuna sardı.

Sadie, "Ona ne isim vereceğiz?" diye sordu.

"Bay Kardan Adam nasıl?" diye önerdi Juliet.

"Çok klişe. Adı da kendi gibi özel olmalı," dedi Sadie.

"Kartsalak'a ne dersiniz?" dedim.

Sadie güldü, ama Juliet'in aklı karıştı, "Anlamadım," dedi.

Sadie de ben de onu aydınlatmadık. Sadie, doktora verdiğim bu özel isimden bahsettiğim tek insandı ve bunu bizim sırrımız olarak görüyordum.

Juliet, "Peki ya Bone?" diye sordu.

"Bone'a ne olmuş?" diye cevap verdi Sadie.

"Kardan adamdan söz ediyorum. Onun adını versek? Ya da neden Boney demiyoruz? Bay Kardan Adam gibi, ama farklı."

Sadie tek kaşını kaldırdı, "Kardan Adam Boney. İronik." Juliet'e baktı; "Ve arızalı. Beğendim," dedi.

Juliet sırıttı. Sadie, bana ve Martha'ya dönüp, "Hepimiz hemfikir miyiz?" diye sordu.

Başımı salladım. Martha da salladı.

"O zaman Boney olsun," dedi Sadie. "Dünyaya hoş geldin, Boney."

Orada takılıp biraz Boney'ye baktık. Derken, Juliet mırıldanmaya başladı. Birkaç saniye sonra karla ilgili bir şarkının melodisini mırıldanıyordu:

"Kardan Adam Boney, dövmeleri ve şapşal gülümsemesi olan deli, manyak, kafası kıyak bir adamdı..."

Sadie'yle ben güldük. Sadie şarkıyı biraz daha ilerletti: "*İçtiği gazoz kafa yapıyor olmalıydı, çünkü o gazozu ne zaman içse ağzına sıçılırdı.*"

"Mükemmel," dedim ve ikisini alkışladım.

"Sıra sende," dedi Sadie.

Kardan adamla ilgili şarkılardan bir kuple daha hatırlamaya uğraştım. Bu şarkıyı söylemeyeli çok olmuştu. Biraz zaman aldı, ama kötü de olsa söylemeye başladım:

"*Onları deliler koğuşuna sürükler,*
Doktorun kollarına bırakırdı.
Ona ne olduğunu sorduklarında da..."

Nasıl bitireceğimi bilemedim.

"Sikimi ye," dedi Juliet. "Onlara, 'Sikimi ye,' derdi."

Sadie, Juliet'e dönüp beşlik çaktı. Bu tam, Bone'un *söyleyeceği* bir şeydi. Sonra hepimiz deli gibi gülerek kendimizi karlara atınca, Hemşire McCutcheon'ın kriz geçirdiğimizi düşüneceğini sandım. Martha bile gülüyordu; hoş, şarkımızın neden komik olduğunu anladığını sanmıyorum ama.

Sonra hepimiz tekrar içeri girdik. Karla kaplı giysilerimizi çıkarıp, seyahat reklamlarında gördüğünüz Allah'ın belası mükemmel aileler gibi salonda sıcak çikolata içtik.

20. GÜN

Dün karda dışarıda olduğumuz için bugün biraz nezleydim. Gerçi önemli değil, çünkü dışarıda olmak kesinlikle buna değerdi. Sabah pencereden dışarı bakınca, Boney'nin hâlâ avluda durduğunu gördüm. Başına kırmızı bir kuş tünemiş, havucu didikliyordu. Kurabiyeler de gece –herhalde sincaplar tarafından– yürütülmüştü. Ama hâlâ gayet iyi görünüyordu. Hâlâ dayanıyordu.

Daha da iyisi: Artık tek erkek değilim. Biri daha var. Davetli listesini denetleyen kişi bu partide yeni bir yüze ihtiyacımız olduğuna karar vermişti anlaşılan.

Çocuğun adı Rankin. Gayet normal görünen, yapılı biri. Bana, okulda futbol oynayan ve bir topa vurabildikleri için dünyayı yönettiklerini sanan çocukları hatırlattı. Spor manyaklarından pek hoşlandığımı söyleyemeyeceğim. Tanrı, liseden sonra, kimsenin attıkları golleri ya da yaptıkları asistleri hatırlamayacağı boktan hayatları olacağını bildiğinden, telafi için onlara kahraman olacakları birkaç yıl veriyordu sanki. Tek sorun bizim onlara katlanmak zorunda oluşumuzdu. Bu da kesinlikle adaletsizlikti.

"Evet," dedi, Kartsalak onu tanıştırınca, "Ben Rankin. Selam." Tek elini bize sallar gibi yaptı, sonra elini anında kucağına koyup, ne kadar aptal gözüktüğünü biliyormuş gibi salakça sırıttı.

Kartsalak, bir şey söyleyecek mi diye biraz bekledi, ama Rankin bir şey demedi. Rankin'e bakıp, ilk gün benim de onun kadar budala görünüp görünmediğimi merak ettim. Artık kıdemliydim. Eski topraktım. O gün Sadie, Bone ve diğerlerine bakıp manyak olduklarını düşündüğüm gibi, o da bana bakıp manyak olduğumu düşünüyor mu, diye de merak ediyordum.

Doktor sonunda, "Senin hakkında öğrenmemizi istediğin bir şey var mı, Rankin?" diye sordu.

Beyni durmuş da, doktor, oynatma düğmesine basmış gibi, "Peki," dedi. "Futbol oynuyorum."

Hafifçe güldüm, ama herkes dönüp bana baktı. Rankin'in kaşları çatıldı; "Ne var?" diye sordu.

"Yok bir şey," dedim. "Spor manyağına benzediğini düşünüyordum biraz."

Güldü. "Ah, evet öyleyim," dedi. Ona iltifat ediyorum sandı. Her neyse, ne söyleyeceğine karar veriyormuş gibi birkaç saniye durdu. Sonra, "Bazen dibe vuruyorum," dedi.

Nerdeyse yeniden gülüyordum. Küçük bir çocuk gibiydi. "Bazen dibe vuruyorum." Tabii ya, herhalde popüler bir sporcu olduğu ve salak bir oyunu kazandığında herkes kendini onun üzerine attığı içindi. Ne gerzek bir herif.

Yine de, tek erkek olmamak iyi. Yalnızca bir günlüğüne olsa da, Bone gittiğinde kendimi sayıca üstünlüğümü kaybetmiş gibi hissetmiştim. Juliet, Sadie ve Martha'nın bana evcilik falan oynatacaklarından, çay partisi düzenleyeceklerinden ya da hep birlikte ayak tırnaklarımıza oje süreceğimizden korkmuştum. Rankin'le kanka olacağımızı da düşündüğümden değil tabii.

Neden burada olduğunu merak ediyorum. Biliyorum, ara sıra canı sıkılıyor. Kimin sıkılmıyor ki? Ama o koca kafasında daha fazlası dönüyor olmalı. Anlamaya çalışırdım, ama cidden umurumda değil. Deli delidir. Ya delisindir ya da değilsindir. Onların deli olduğu, benim olmadığım gibi. Gayet basit.

Kartsalak'ı deli olmadığıma ikna etmeye çalışmaktan vazgeçtim. Ne de olsa, yarın buradaki üçüncü haftamı dolduruyorum. Bu, mahkûmiyetimin neredeyse yarısı demek. İyi halden beni erken salıvermeyecekleri de belli. O yüzden şimdilik yalnızca seansıma gidiyor ve ondan bundan konuşuyorum. Bıraktım Kartsalak istediğini düşünsün.

Bugün olduğu gibi. Arkadaşlar hakkında konuşmak istedi.

Bana, "Arkadaşın var mı?" diye sordu.

"Arkadaşı tanımlayın," dedim.

"Birlikte zaman geçirmekten hoşlandığın insanlar. Bir şeyleri paylaştığın insanlar," diye belirtti.

"Görünmez olanlar da sayılır mı?" diye sordum. "O zaman Bay Eğlenceli ve Delişapkalı Kıkırdak Elf de sayılır."

"Gerçek olanlarla devam edelim," dedi Kartsalak. Bence, bana alışmaya başlamıştı, çünkü gözlüğünü bile iteklememiş ya da kalemini vurmaya koyulmamıştı.

"Bay Eğlenceli, gerçek olmadığının söylenmesinden memnun değil," dedim. "Ağlıyor. Özür dilemelisiniz."

Kartsalak burnunu kaşıdı, ama bir şey demedi.

"Nasıl isterseniz," dedim bir süre sonra. "Tabii, arkadaşlarım var."

"Bana onlardan söz et," dedi.

"Neden? Onların ne alakası var?"

"Yalnızca merak ediyorum," diye cevap verdi. "Bir arkadaşta nelere önem verdiğini öğrenmek istiyorum."

"Nakit parası olması iyidir," dedim. "Bir de tayfası."

"Aslında, karakter özelliklerini sormuştum. Bir insanda değer verdiğin özellikler nelerdir?" dedi.

"Temizlik ve iman her zaman önemlidir," dedim.

"Peki dürüstlük?" diye sordu Kartsalak. Alaycı olduğumda artık beni tam anlamıyla yadsıyor. Alınmam gerekip gerekmediğini bilemiyorum.

"Dürüstlük fazla abartılıyor," dedim.

"Nasıl yani?"

"Yani, her zaman dürüst olursanız, arkadaşlarınıza *her şeyi* söylemeniz gerekir," dedim. "Ve bazı şeyleri söylememek daha iyidir."

"Bir örnek ver," dedi Kartsalak.

"Örneğin, bir kız size pantolonunun onu şişman gösterip göstermediğini soruyor," dedim. "Eğer şişman gösteriyorsa ve bunu ona söylerseniz, sizden nefret edecektir."

"Doğru olsa bile mi?" diye sordu Kartsalak.

"Özellikle doğru olduğunda," dedim. "Gerçek bir arkadaş yalan atar ve pantolonunun harika göründüğünü söyler."

Bloknotuna bir şeyler yazdı. "Kişisel gelişim kitabınız için notlar mı alıyorsunuz?" diye sordum. "Size verecek pek çok ipucum var."

"Yani sence arkadaşın, pantolonunun iyi durmadığını öğrenmek istemez mi?" diye sordu.

"Zaten iyi durmadığını biliyor," dedim. "Yalnızca benim ona kendini iyi hissettirmemi istiyor. Bu birine söyleyemeyeceğiniz türde şeylerden biri, arkadaşınıza erkek arkadaşından nefret ettiğinizi söyleyememeniz gibi. Ya da kız arkadaşından," diye ekledim hızlıca. "Erkek ya da kız arkadaşından."

"İkiyüzlülük değil mi bu?" diye sordu Kartsalak. "Ya o insan senin arkadaşına uygun değilse? Bunu ona söylemen gerekmez mi?"

"İnsanlar her zaman gerçeği duymak istediklerini söylerler, ama aslında duymak istemezler," dedim. "Kaç anne baba, çocuklarının seks yaptığını ya da sigara içtiğini gerçekten bilmek ister? Sorsalar bile, her şeyin yolunda olduğunu söylediğinizi duymak isterler. Böylece her şeyin yolunda olduğuna inanabilirler."

"Bunun sağlıklı olduğunu mu düşünüyorsun?"

"Deli doktoru olan sizsiniz. Siz söyleyin," dedim.

"Ben senin ne düşündüğünü duymak istiyorum," dedi Kartsalak.

Cevap vermeden önce biraz bekledim. "Ne düşünüyorum biliyor musunuz? Uzatmaya çalıştığınız keçi sakal gülünç gözüküyor."

Önce şaşırmış göründü. Sonra gözü duvarda asılı aynaya kaydı.

"Gördünüz mü," dedim, "dürüstlük çok da muhteşem değil, di mi?"

21. GÜN

Birkaç yıl önce bahar tatilinde babam hepimizi Hawaii'ye götürmüştü. Tatilde yaptığımız şeylerden biri de dalış öğrenmekti. Eğlenceliydi ama malzemenin nasıl kullanılacağını öğrenmek için ilk kez havuza girdiğimizde, havanın biteceğini ve boğulacağımı düşünüp korkmuştum; sonra alışmıştım.

Size bir şey diyeyim; suyun altında harika şeyler var. Eğitmenimiz dünyanın yüzde yetmiş civarında suyla kaplı olduğunu, ama nüfusun yüzde birden daha azının suyun altında neler olduğunu görebildiğini söylemişti. Yani suyun altına indiğinizde, pek az insanın görme şansına eriştiği şeyleri görüyorsunuz. Benim favorim, sürekli maskeme doğru yüzüp kafasını çarpan balıktı. Ne yaptığını anlayamamıştım. Yüzeye çıktığımızda eğitmen, balığın, maskeme yansıyan kendi görüntüsüyle kavga etmeye çalıştığını söylemişti.

Ben de burada öyle hissediyorum; bir grup tuhaf balığa bakan bir dalgıç gibi. Mesela bugün. Grup seansında Kartsalak (Bu arada, keçi sakalını kesmişti; bu da bana bir puan daha anlamına gelir.) bize düpedüz gerzekçe bir egzersiz yaptırdı. Önce bizi iki takıma ayırdı. Juliet yine bana düştü, Sadie de Rankin'e kaldı. Konuşkan sayılmayacağı için Martha izleyici oldu. Sonra üç farklı kutudan birer kâğıt seçtik. Birincisi hikâyenin geçtiği yer, ikincisi durum, üçüncüsü de bir diyalog parçasıydı.

Amaç, bu üç farklı şeyi kullanarak bir skeç yaratmaktı. Bir şey ortaya çıkarmak için on dakikamız vardı. Sonra da oynayacaktık. Kâğıt seçimini Juliet'e bıraktım. Hikâyemizin geçtiği yer bir tiyatro; durum, birinin unuttuğu bir şey; diyaloğumuz, "Bir kurabiye daha ister misiniz?"di. Elimizdekilere bakınca ikimiz de mızıldandık. Yani, üff ya, bunlarla ne yapılabilir ki? Ama bu egzersizin de bütün amacı buydu zaten, değil mi? Biz de köşeye çekilip ortaya bazı fikirler salladık.

Kocanın, karısının adını unutması fikrini Juliet buldu. Dâhiyane. Kesinlikle işe yaradı. Ben kocaydım, Juliet de karımdı. Fikir, bir oyunun perde arasında işten bir arkadaşıma rastlamamız ve eşimi tanıştırırken bir sebeple onun adını hatırlayamamam üzerineydi.

Bir şey söylemek zorunda olmadığı için Martha'yı üçüncü kişi yapmaya karar verdim. Martha ayakta durdu, Juliet ve ben de onunla karşılaşmış gibi yaptık. Ben eşimi tanıştırmaktan kaçındığım için, oyunun ne kadar harika olduğunu söyleyip durdum, Juliet de tüm bu süre boyunca çantasındaki kurabiyeleri yiyormuş gibi yaptı. Böylece diyalog parçamızı kullandık; Juliet bana kurabiye ikram edip durdu.

Yani, orada olsaydınız anlardınız. İnanın bana, gerçekten iyiydi. En azından biz öyle düşündük.

Sadie'yle Rankin'in skeci bizimkinden daha iyiydi, ama onların elinde daha iyi şeyler vardı bence. Hikâyenin geçtiği yer bir uzaygemisiydi; durum, kaybolmuş olmalarıydı; diyalog parçaları, "Bu, buraya nasıl geldi?"ydi.

Bir uzaygemisi kullanıyor gibi, ikisi yan yana sandalyelere oturdular. Sadie kaptan, Rankin ilk uzay seyahatine çıkmış bir seyrüseferciydi. Kaybolmayı başardığı gibi, konuyla ilgili olarak kaptanla tartışıyordu. Onlar tartışırlarken, etrafta bir sinek dolaşıyor, işi daha da kötüleştiriyordu. İşte o anda Rankin'in oynadığı karakter, "Bu, buraya nasıl geldi?" deyip, sineği kovalamak için uzaygemisinin camını açtı. Uzayda oldukları için her ikisi de sinekle birlikte pencereden dışarı çekildiler; bunu da, birlikte yerde yuvarlanıp çığlık atarak yaptılar.

Bir sürü tuhaf balığı izlemek derken ne demek istediğimi anlıyor musunuz? Bazen normal görünüyorlar, ama bir gün tutup sizi acayip şaşırtacak bir şey yapıyorlar ve bunun sonunda da kendilerini böyle bir yerde buluyorlar. Bence, beni tanıyanlar, yaptığım şeyi yapabileceğimi asla düşünmemiştir.

Ama yaptım.

22. GÜN

Bugün yine "Marjorie ve Eric Show ile Eğlence" vardı. Diğer adıyla, annemle babamın haftalık ziyareti. Onları görmek, bugün tercih ettiğim etkinlikler listesinin üst sıralarında değildi, ama pek fazla da seçeneğim yoktu. Ya onları görecektim ya da yani hiçbir şey yapmayacaktım.

Bugünkü buluşmanın teması *Neden?* "Jeff neden bunu yaptı?"daki neden. Bu da, tartışmak istediğim konulardan biri değildi, ama seçim şansım yoktu.

Anlaşılan o ki, Kartsalak ben içeri girmeden önce annemlerle konuşmuş, çünkü üçünün, beni ne olduğu konusunda konuşturmak için bir planları varmış gibiydi. Önce Kartsalak, benimle işlerin ne kadar iyi gittiğinden söz etti annemlere. Sonra onlara, beni o gece bulduklarında ne hissettiklerini sordu.

Annem ânında iki gözü iki çeşme başladı. Yukarı çıktığında yeri kanla kaplı gördüğünü, önce şaka yaptığımı zannettiğini, hatta bu korkunç bir şaka olsa da, biraz güldüğünü söyledi. Ben cevap vermeyince, galiba şalteri indirmiş ve babam onun çığlığını duyunca ne olduğunu anlamak için yukarı koşmuş.

Yalan söylediğini falan kastetmiyorum, ama hep, avukat olmasaydı aktris olabileceğini söylediğine dikkat çekmek isterim. Cidden. Birkaç yıl önce bir halk tiyatrosunun son derece acıklı *Damdaki Kemancı* oyununda rol almıştı hatta. Aslında performansı çok iyiydi, dolayısıyla olayları, olduğundan daha berbatmış gibi göstermesine hiç de şaşırmam. Yani, çocuğunu yarı ölü bulmak geceni mahveder, anlıyorum da, sanki bana kendimi daha da kötü hissettirmeye çalışıyor gibiydi.

Babam ağlamadı, ama beni yerde öylece yatarken görmenin, hayatında başına gelen en kötü şey olduğunu söyledi. Sonra yatak çarşafımdan yırttığı kumaşları kullanarak nasıl turnike yaptığını ve sağlık görevlileri gelene kadar bana nasıl sarıldığını, duyarsam hayatta kalmama yardım eder diye, bana durmadan beni ne kadar çok sevdiğini söylediğini anlattı.

Bu bana annemin ağlamasından daha çok dokundu. Babam bize asla vıcık vıcık şeyler söylemez. Tüm insanların çocuk gibi zırladığı filmlerin başından sonuna kadar sakince oturup yalnızca, "Julia Roberts'ın ağzı ne kadar büyük, değil mi?" falan der. Ciddiyim. Hiçbir şey onun canını sıkamaz. Eski western filmlerindeki kovboylar gibidir.

Annemle babamın o gece hakkında konuşmalarını dinlerken, Sadie'nin, beni kimin kurtardığını soruşunu düşündüm. Haklıydı, beni kurataran, sağlık görevlileri değil, annemle babamdı. Annem bana bakmaya gelmeseydi, babam yapılması gereken şeyleri bilmeseydi, gerçekten ölmüş olacaktım. Üç hafta önce, istediğimin bu olduğunu düşünüyordum. Şimdi her şey farklı görünüyor. Tamamen farklı değil, ama sanırım, bana yaptıkları için onlara minnettar olacak kadar. Ama bunu söyleyecek değildim.

Sonra Kartsalak, annemle babamın söyledikleri hakkında ne hissettiğimi sordu. Böyle bir şeye nasıl cevap verilir ki? Ah, sizi korkuttuğum için gerçekten özür dilerim ve işlerin yolunda gitmemesini sağladığınız için de teşekkür ederim mi? Kulağa çok aptalca geliyor, tıpkı evden kaçıp kötü yola düşen kızın, annesinin onu sokaklardan kurtarmak için pezevengini şemsiyeyle dövmesinden sonra salya sümük ağladığı şu adi televizyon filmlerinin en heyecanlı anında olduğu gibi. Yaptıklarına minnet duysam da, öyle şeyler söyleyemezdim. Minnettardım. Yani minnetarım. Sanki. Aramızın iyi olduğu günlerde.

Onları endişelendirdiğim için özür diledim yine de. Soğuk, iletişim kurmayan genç ile silmekten-burnu-düşene-kadar-ağlayan genç arasında seçebileceğim iyi bir ara yol gibi göründü. Onları korkuttuğum için özür diledim ve şu anda her şeyin yolunda olduğuna dair güvence verdim.

Son bölümü dile getirmemem gerekiyordu, çünkü bu tam da doktorun, fare kovalayan kedi gibi üzerine atladığı türde beyanatlardan biriydi.

Elbette, "Bugün ile o gece arasında nasıl bir fark var sende?" dedi.

Öff ya. Beni yine aynı noktaya sürüklemişti. Yine o dev *Neden?* sorusuna dönmüştük. Kendimle ilgili ne kadar çok şey öğrendiğimi göstermem, onların da tüm bunları açıklayacak cevabı almış olması gerekiyordu. Ama hep söylediğim gibi, ortada önemli bir sebep yoktu.

Yine de bir şey söylemem gerekiyordu. Bu yüzden, "Sanırım, işler ne kadar kötü olursa olsun, her zaman seni seven insanlar olduğunu öğrendim," dedim.

Gidip kusmak istiyorsanız, sizi suçlayamam. Ben kusardım şahsen. Ama gayet iyi, değil mi? Eğer annemle babam olsaydınız, bunu yerdiniz. Onlar da yediler zaten. Annemin yüzündeki o ifadeyi görünce, kendimi biraz suçlu hissettim. Sanki en başından beri söylediğim sebepten endişeliymiş, ben kendimi o beni sevmediği için öldürmeye kalkmışım gibi, gerçekten rahatlamış göründü. Ama sebep asla bu değildi. Onun da babamın da beni sevdiklerini biliyordum. Konu hiçbir zaman onlar olmamıştı.

Kartsalak, onlara kocaman bir bok yığını uzatıp buna da hediye dediğimi anlamıştı sanırım, çünkü, "Şimdi olsa neyi farklı yapardın, Jeff?" diye sordu.

"Kapımı kilitlerdim," diye cevap vermek istedim. Herkese kendini iyi hissetirmeye çalışmaktan sıkılmaya başlamıştım. Herkesi korkuttuğum için özür dilerim. Annemle babam çok üzüldükleri için de özür dilerim. Ama hepsi geçti. Şimdi hayatımıza devam edebilir miyiz lütfen?

Sinirim geçene kadar bir iki dakika düşündüm ve, "Biriyle bu konuda konuşurdum," dedim. Kim olduğunu söylemedim. Yalnızca, biriyle konuşurdum dedim. Böylece ikisi de kendilerini kastettiğimi düşünebilirdi.

Sanırım bu, doğru cevaptı, çünkü Kartsalak sorgulamayı bitirip diğer şeylerle devam etti. Heyecan verici olmadıkları için bunları anlatmayacağım. Temelde bize daha iyi iletişim kurma yollarından söz etti. Bır bır bır bır.

Seans bitip annemler eve yollandığında gerçekten çok sevindim. Hatta, odama gidebildiğim için daha da sevindim. Bakın ne diyeceğim: Edebiyat ödevi olarak *Sineklerin Tanrısı* hakkında bir kompozisyon yazmak, ailem ve doktorla bir saat geçirmekten çok daha iyi. Sopaya geçirilmiş bir domuz kafasının sembolik anlamları hakkında fikir yürütmekle, duygularım konusunda tartışmak arasında bir seçim yapma şansım olsa, sonsuza dek domuz kafasını seçerim.

23. GÜN

Son derece tuhaf bir şey oldu. Bu konuda yazmak isteyip istemediğimden bile emin değilim, ama aklımda kalmasından korkuyorum ve kalsın istemiyorum.

Şu anda saat sabahın üçü. Az önce işemek için kalkıp koridorun sonundaki tuvalete gittim. Buradaki erkekler tuvaleti de okuldakiler gibi; duşlar, lavabolar ve tuvaletler aynı yerde. İçeri girdiğimde duşlardan birinin açık olduğunu duydum. Bu çok tuhaftı, çünkü gece duşların açık olmaması gerekiyor; şey dışında, yani işte, rahatlamamız gerekmiyorsa.

Yine de çok büyük bir olay değildi. Yani, her şeyden önce, hepimiz tuhaflıklarımız olduğu için buradayız, bu yüzden gecenin köründe birinin duş almaya karar vermiş olması çok tuhaf değil. Ben de gidip işemeye başladım ve işte o zaman duydum. *Duydum* derken; inleme sesini duydum.

İşemeyi kestim –ki eğer gerçekten tuvaletiniz varsa bu çok çok zor bir şey– ve borulardan gelen sesleri falan duymuş olabileceğimi düşünerek dinledim. Ama ses yine geldi. Bu kesinlikle bir insandı ve ses kesinlikle duştan geliyordu. Şimdi, burada benden başka tek erkek Rankin olduğuna göre, gece vardiyası çalışanlarından biri o anda kişisel hijyenine dikkat etmeye karar vermediyse, bunun Rankin olması gerekiyordu. Ve sese bakılırsa, Rankin kendini pek de iyi hissetmiyordu.

Ona iyi olup olmadığını mı sorayım, yoksa yalnız mı bırakayım, karar veremiyordum. Derken, inleme sesi biraz daha yükseldi. Sidik torbam da patlamak üzereydi, bu yüzden önce işemeyi bitirip sonra duşlara doğru yürüdüm. Rankin'i korkutmak istemediğim için, bir şey söylemedim. Gecenin köründe duş alıyor ve bir yandan da kendinizi iyi hissetmiyorsanız; başınıza gelmesini istediğiniz son şey, birinin *Sapık* filmindeki gibi, perdeyi bir anda açmasıdır herhalde.

Buradaki perdeler duş kabininin tamamını örtmüyor, duşun buharı sanki perdeleri çektirmiş gibi kenarlarında biraz açıklık kalıyordu. Duş alırken tüm dünyaya kendinizi sergiliyor değildiniz ama sağınız solunuz görünüyordu işte.

Açıklıktan gördüğüm kişi kesinlikle Rankin'di. Aslında Rankin'in büyük bir kısmıydı. Amacım bu değildi, ama elinin beli civarında öne arkaya gidip geldiğini gördüm, yani anlayın işte. Bütün o buhara rağmen neler döndüğü barizdi. Aniden, inlemenin nedeni kafama dank etti.

Arkamı dönüp oradan çıkmak istedim, ama yapamadım. Eğer hareket edersem beni duyacağından ve onu gözetlediğimi sanacağından korkmuştum. Kalbim, göğüs kafesimde çalınan bir davul gibiydi. Orada öylece durup, onu izleyerek, ama izlememeye çalışarak ve oradan çıkmanın bir yolunu düşünerek bakındım.

Daha önce, şeyi kalkmış bir erkek görmemiş değildim. Bazen beden eğitimi dersindeki çocuklardan birinin duş alırken başına gelir, herkes onu gösterip ibne diye dalga geçerdi, ama bunun erkeklerin başına gelebilen bir şey olduğunu biliyoruz. Buna engel olamıyoruz. Sanki o şey *orada* ve ne isterse onu yapıyor. Tamamen kontrol dışı.

Ben de asılmıyor değilim. On beş yaşındayım. Tabii ki ben de yapıyorum. Ve yapmadığını söyleyen yalan söylüyordur. Bu, dünyanın en iyi bilgisayar oyununa sahip olup da oynamamak gibi bir şey olur. Kimse o kadar aptal değildir.

Ama daha önce, başka birini yaparken görmemiştim. Bu, diğer insanları, yaparken düşündüğünüz şeylerden biri değildir, çünkü yaptıklarını düşünseniz, her ellerini sıktığınızda, daha önce neyi tutmuş olduğunu düşünüyor olmanız gerekir. O konulara girmezsiniz.

Ama ben şimdi *oradaydım*. Yarım metre ötemde, Rankin sanki kapısı kilitli odasında, müzik setinin sesi sonuna kadar açıkmış da kimse onu duyamazmış gibi takılıyordu. Gittikçe heyecanlandığını duyabiliyor, olacakları biliyordum. Yüzünün bir kısmını görebiliyordum. Gözleri kapalıydı, ağzı yarıaçıktı ve sık nefes alıyordu. Sonra suratını buruşturur gibi oldu. Oradan gitme zamanının geldiğini anladım. Doruktayken, duşun duvarına tren çarpsa bile hissetmezdi herhalde.

Çok fazla bekledim. Gözlerini açtığında arkamı dönüp gitmek üzereydim. Doğruca bana baktı. Önce, halüsinasyon görüyormuş da kafasını toparlamaya çalışıyormuş gibi yalnızca birkaç kez gözlerini kırptı. Sonra gerçekten orada olduğumu anladı ve sırıtarak, yalnızca koridorda yan yana geçiyormuşuz gibi, "N'aber?" dedi.

Başımı sallayıp, "N'olsun," dedim. Yalnızca, *N'olsun*. Ne gerzekçe. Rankin başka bir şey demedi, ben de arkamı dönüp çıktım.

Ne yapmasını beklediğimi bilmiyorum. Biri beni çavuşu tokatlarken bulsa, *ben* ne yaparım bilmiyorum. Büyük ihtimalle düşüp ölürüm. Yalnızca, "N'olsun!" demeyeceğimi biliyorum.

Şimdi Rankin'in görüntüsünü kafamdan atamıyorum. En kötüsü de bu. Kalkıp inen elini ve inlemesini gözümün önüne getiriyorum. Kendimi ibne gibi hissediyorum. Bunu düşünmemeliyim.

Neden oraya gittim ki? Neden bunu gördüm sanki? Size bu gece bunu görmenin benim için ne kadar lüzumsuz *olduğunu* anlatamam. Ya da herhangi bir gece.

Belki de konuyu bu kadar büyütmemeliyim. Rankin umursuyormuş görünmüyordu, ben niye umursayayım. Yalnızca olanları unutmaya çalışmalıyım. Unutacağım. Şimdi uyuyacağım ve bunu unutacağım.

24. GÜN

Hindular'ın, öldüğünüzde başka biri ya da başka bir şey olarak yeniden dünyaya geleceğinize ve hayatta sıçtıysanız, dersinizi almanız için daha kötü bir şey olarak geri geleceğinize inandıklarını biliyor musunuz? Eğer bu doğruysa, ben son hayatımda Tanrı'yı –ya da o her kimse onu– gerçekten kızdırmış olmalıyım. Yoksa bugün olanlar asla yaşanmamış olurdu. Bu, dün gece olanlardan daha da kötüydü.

Bakın, ben Rankin'in duşta yaptıklarını unutarak iyi bir iş başarmıştım. Kahvaltıda, o yulaf ezmesini mideye indirirken bile, olanlar benim hayal gücümmüş gibi davranmayı başarmıştım. Sonra grup seansı başladı ve Kartsalak ikişerli gruplara ayrılacağımızı ilan etti. O bunu söyler söylemez, midemin düğümlendiğini hissettim. Gözlerimi kapayıp Sadie ya da Juliet'le eş olabileceğimi söylemesini bekledim.

Ama ne olduğunu biliyosunuz tabii. Daha da kötüsü oldu; eğer daha da kötüsü mümkünse tabii... Egzersiz, kutudan sorular çekmemizi gerektiriyordu. Kutunun içinde pek çok kâğıt parçası, kâğıt parçalarının üstünde pek çok soru vardı. "Hayatınızda en çok gurur duyduğunuz şey nedir?" ya da "Kendinizle ilgili bir şey değiştirmek isteseniz, bu ne olurdu?" gibi şeyler.

Birer soru seçmemiz ve eşimizle bu konuda konuşmamız gerekiyordu. "Hayatın anlamı nedir, üç veya daha az kelimeyle açıklayınız?" gibi kolay bir soru çıkmasını umuyordum. Ama bana, "Başınıza gelen en utanç verici şey nedir?" düştü.

Biliyorum. Yemin ederim, soru buydu. Bazen yukarıdakinin oturup yalnızca beni nasıl aptal durumuna düşüreceğini hesapladığını düşünüyorum. Cidden, yalnızca benimle ilgilenen bir melek –ya da büyük ihtimalle iblis– olduğuna eminim. Ve her sabah kalktığında, kendi kendine o gün benim hayatımı nasıl karartacağını sorguluyor. Ve bugün yıldızlı pekiyi aldı.

Böylece Rankin'le eş olduk. Hâlâ pek ona bakmıyor, *çevresinde* bir noktaya bakar gibi yapıyordum. Tabii tek düşünebildiğim, yukarı aşağı gidip gelen eliydi, sonra kasıklarına bakıp *orada* ne olduğunu hatırladım; en sonunda bakabildiğim tek yer yüzü oldu ve yüzüne baktığımda hiç utanma belirtisi göstermemesine şaşırdım.

Elindeki kâğıda bakıyordu. Japonca yazılmış olduğu için ne demek istediğini çıkaramıyormuş gibi, gerçekten konsantre olmuş bakıyordu. Baktı, baktı, baktı ve sonunda bana bakıp, "Asılırken ne düşünürsün?" diye sordu.

Bunları uydurduğumu düşündüğünüzü biliyorum, ama

yemin ederim uydurmuyorum. Aynen böyle söyledi. Öylece oturup yanlış duyduğumu düşünerek Rankin'e bakakaldım. Sonra yüzüne kocaman bir gülümseme yayıldı ve kahkaha atmaya başladı.

"Yedim seni," dedi.

Gerçekten ona bir tane çakmak istedim. Bunu yaptığına inanamıyordum. Ama o bunun acayip komik olduğunu düşünüyordu. Yüzünde bir spor manyağının sırıtışı vardı yine ve kahkaha atarken öne arkaya sallanıyordu.

"Keser misin şunu!" dedim.

Gözlerini silip sakinleşti. "Özür dilerim. Ama yüzündeki ifadeyi görmen lazımdı."

"Gerçekten ne yazıyor?" diye sordum.

"Neden?" dedi. "Okuduğum sorunun cevabını bilmek istemiyor musun?"

"Pek bilmek istemiyorum," dedim.

"Tamam," dedi. Yeniden kâğıda bakıp gerçek soruyu okudu: "Yaptığın en zor şey neydi?"

İç geçirdi. "Sanırım, babama bir daha futbol oynamak istemediğimi söylemekti."

"Futbol oynamayı sevdiğini sanıyordum."

"Seviyorum, ama artık takımda oynamak istemiyorum."

"Neden istemiyorsun?" diye sordum.

Başını sağa sola salladı; "İstemiyorum, hepsi bu," dedi. "Senin sorun ne?"

"Bir dakika," dedim. "İstemiyorum, hepsi bu, diyemezsin. Bu saçmalık hakkında konuşmamız gerekiyor. Neden Bay Büyük Futbolcu olmak istemediğini öğrenmek istiyorum."

Rankin başını indirdi. Bir saniye için beni tartaklayacağını düşündüm, ama öylece oturdu. Başını kaldırdığında, ağlamamak için kendini zor tuttuğunu görebiliyordum.

"Herkesin senin en iyi olmanı beklemesi nasıldır bilir misin?" dedi.

Başımı hayır anlamında salladım. "Bu benim için bir sorun değil. Hiçbir şeyde iyi değilimdir. En azından, en iyi olduğum önemli bir şey yok."

"Benim var," dedi Rankin. "Top atmak ve top tutmak konusunda, yoluma çıkıp topla arama giren insanları devirmek konusunda iyiyim. Bu işi iyi yaparım."

"Peki, bununla ilgili sorunun ne? Herkes spor manyaklarını sever, değil mi?" Tamam, alaycı bir ifade kullandığımı biliyorum, ama o kadar denyo davranıyordu ki... Ayrıca, ona az önce yaptığı şey için hâlâ kızgındım.

Rankin somurtup, "Ya," dedi. "Kazandığında herkes seni sever. O zaman kahraman olursun. Ama kaybettiğinde, oynamayı bilmeyen dangalağın tekisindir."

Onun için üzülmekte zorluk çekiyordum. Bunun acımasız göründüğünü biliyorum. Ama özellikle sporcu olduğu için bundan sıyrılmasına izin vermeyecektim. Herkes bu adamların okulda en çok tatil yapanlar olduğunu bilir. Salak bir maç yapmaları gerekiyorsa, bu çok da zor olmamalı.

"Bırakmak istediğimi söyleyince babam bana ne dedi biliyor musun?" diye sordu Rankin.

"Orada değildim. Anlat bakalım."

"Futbol oynamayacaksam artık onun oğlu olmadığımı söyledi."

"Hadi be," dedim. "Neden bu kadar salakça bir şey dedi ki?"

"Çünkü böyle hissediyor," dedi Rankin. "Beni böyle görüyor; bir futbolcu olarak. Kendisi de futbolcuydu. Babası da futbolcuydu. *Onun* babası da futbolcuydu. Bizim ailenin erkekleri böyledir işte."

"Ama sen onun oğlusun," dedim. Hâlâ ona inanmıyordum.

"Ve ona sorarsan, onun oğlu futbol oynar." Güldü. "Neden burada olduğumu sanıyorsun?"

İlk grup seansında söylediklerini hatırlayıp, "Çünkü bazen dibe vuruyorsun," dedim.

"Evet," dedi. "Ama burada olmamın asıl sebebi bu değil."

"Peki neden öyle dedin?"

"Hadi canım. Kimse neden gerçekten burada olduğunu söylemez ki," dedi. "En azından başta. Kimse en büyük manyak olmayı istemez. Sen de öyle yapmadın mı?"

"Ne yapmadım mı?"

"Yalan söylemedin mi?" dedi.

"Bunlar olunca yalan söylemek biraz zor," dedim bileklerimi göstererek.

"Ama *neden* olduğunu açıklamıyor," diye hatırlattı.

"Tamam ikimiz de yalan söyledik," dedim. "Neden buradasın?"

"Çünkü babam sorunumun ne olduğunu öğrenmek istiyor?"

"Futbol oynamak istemediğin için mi seni akıl hastanesine gönderdi? Dalga geçiyorsun."

"Geçmiyorum," dedi. "Bu yüzden buradayım."

"Bu çok boktan," dedim. "Acayip boktan."

Rankin başıyla onayladı. "Evet, öyle. Peki, senin sorun ne?"

Ona sorumu söyledim. Muhtemelen kırmızının yüzlerce tonuna bürünerek, "Ve sanırım bunun cevabının ne olduğunu biliyorsun zaten," diye ekledim.

"Bileklerin," dedi.

Bakakaldım. Gerçekten anlamamış mıydı? *Hayır, tabii ki bileklerim değil, seni solo performansında basmamdı*, demek istedim.

Rankin ya bunun utanç verici olduğunu düşünmemişti ya da bu hiç yaşanmamış gibi davranmaya çalışıyordu. Ama sanıyorum sebep bunlar değildi. Bence, çok da önemli olmadığını düşünüyordu.

Ben düşünürdüm. Cidden, birinin beni böyle bir şey yaparken değil, bileklerimi keserken yakalamasını tercih ederim. Aramızda kalsın ama, bence Rankin'in öncelik sıralaması sıçık durumda.

25. GÜN

Sadie'ye anlattım. Rankin'i duşta gördüğümü yani. Söylemeyecektim, ama bir türlü aklımdan çıkaramadım ve başka birine söylersem unutabileceğimi düşündüm. Hani karakterlerin lanetli bir videoyu, içindeki hayalet kız çıkıp da onları öldürmesin diye başkalarına vermesi gerektiği *Halka* filmindeki gibi. Videonun içindeki kızın videoyu verdikleri kişiyi öldüreceğini biliyorlar, ama yine de bunu yapıyorlar çünkü birinin ölümünden sorumlu olmamak yerine, ölmemiş olmayı daha çok tercih ediyorlar.

Rankin'in beni öldüreceğini düşünmüyordum, ama acayip bir baş ağrısına sebep oluyor*du*. Baş ağrısı o kadar kötüydü ki uyuyamıyordum. Kalkıp salona gittiğimde Sadie'yi buldum. Sadie'nin uyuduğunu hiç sanmıyorum. Bence bütün gece televizyon seyrediyor.

Ona olayı ana hatlarıyla anlattıktan sonra, "Çok garipti," dedim.

"Neden?" diye sordu.

"Ne demek *neden?*" diye sordum. "Garipti çünkü."

"Hadi canım," dedi. "Sanki sen de yapmıyormuşsun gibi..."

Az kalsın yapmadığımı söylüyordum, tabii bu bariz yalan olacaktı. Yani, bence Papa bile yapıyordur.

"Ama utanmadı bile," dedim.

"Büyük mü?" diye sordu.

"Ne büyük mü?" diye sordum.

"Yani," dedi gözleriyle aşağıya doğru bakarak. "*Şeyi*. Rankin yapılı bir çocuk. Eminim, o da büyüktür."

"Fark etmedim," dedim.

Sırıttı. "Hayır, ettin," dedi.

"Etmedim!" diye itiraz ettim.

Gözlerini devirdi. "Ettiğini biliyorsun," dedi. "Erkekler her zaman bakar, çünkü karşılaştırırlar. Seninkinden büyük mü?"

"Ne sapık bir insansın," dedim.

"Erkeklerin nesi var ya?" diye sordu. "Kızlar her zaman karşılaştırır."

"Ne büyük iş," dedim. "Sanki sizin şeyleriniz de çok farklı ya," dedim. Bu kez gözlerimi indirip, onun kızsal bölgelerine bakma sırası bendeydi.

"Nerden biliyorsun?" diye tersledi. "Kaç tane gördün?"

"Yeterince," dedim.

"Allie'ninki gibi mi?" diye sordu. Şaşırmıştım.

Kızardığımı hissediyordum ve bu beni çileden çıkarmıştı. "Pekâlâ, sanırım gördüm. Bayağı büyüktü."

"Allie'den mi Rankin'den mi söz ediyorsun?" dedi sırıtarak.

"Bu konuyu hiç açmamalıydım," dedim.

"Sakin ol," dedi Sadie. "Probleme dönelim. Neden bu kadar kafana takıyorsun ki?"

"Ya..." diye başladım.

"Ya ne?" dedi Sadie, ben lafımı bitirmeyince.

Derin bir nefes aldım, "Ya onu görmemi *istediyse?*"

Güldü. "İstediyse ne olmuş?"

"Bu biraz tuhaf," dedim.

"Amaan, senden ona yardım etmeni falan istememiş sonuçta," dedi. "Yalnızca içeri dalmışsın."

"Ama onu görmemi *umursamıyormuş* gibiydi," dedim.

"Neden umursamak zorunda olsun?" diye sordu. "Büyütülecek bir olay değil. Siz erkekler, şeylerinizi gösterip sürekli ona dokunarak falan ortalıkta dolaşıyorsunuz. Sanki o kadar çok gurur duyuyorsunuz ki, onları sergilemek zorundaymışsınız gibi."

"Yaa," dedim. "Köpek şovları gibi. Bazen yetenek yarışmaları da düzenliyoruz."

Sadie başını salladı. "Siz erkekler kafayı yemişsiniz. Birbirinize baktığınızda insanların sizi eşcinsel zannedeceğiyle bozmuşsunuz. Kızlar bunları hiç takmaz."

"Ne demek istiyorsun?" diye sordum.

"Daha önce erkek arkadaşlarından biriyle yiyişmeyi denedin mi?"

"Hayır!" dedim.

"Gördün mü?" dedi. "Ama kızlar yapar."

"Sen yaptın mı?"

"Tabii. Pek çok arkadaşımla yiyiştim. Hatta bazılarıyla daha fazlasını bile yaptım."

"Nasıl daha fazla?"

"Yani dokunmak falan filan. Büyük lezbiyen işler değil. Yani lezbiyen olmanın kötü olduğunu falan düşündüğümden değil. O işi yapacak olsam, doğru kızla yaparım."

Ne diyeceğimi bilemedim. Dürüst olmak gerekirse, Sadie beni biraz korkutuyordu.

"Erkeklerin böyle şeyler yaptığını sanmam," dedim.

Güldü. "Yalnızca yaptığınızı itiraf etmiyorsunuz," dedi. "İnan bana. Erkekler de yapıyor."

Bilemiyorum. Okuldaki erkeklerin birbirlerinin evinde kalırken böyle işlere giriştiğini sanmıyorum. Belki de yapıyorlardır. Soyunma odasında ya da sahada birbirlerinin kıçına vurdukları kesin. Bunun da her zaman tuhaf olduğunu düşünmüşümdür zaten. Erkekler her zaman insanların onların ibne olduğunu düşüneceklerinden korkar, ama sahada birbirlerine dokunmaktan çekinmezler.

Bu konuda daha fazla düşünmek istemediğimden, konuyu değiştirdim. Aslında, diyalog oyunu oynamayı önerdim. Bunun Sadie'nin aklını seks olayından uzaklaştıracağını düşündüm.

Ama uzaklaştırmadı. Oyuna başlar başlamaz, başımın belada olduğunu anladım. Film, dandik bir gençlik korku filmiydi. Birinin belirsiz bir sebeple tüm eğitmenleri öldürdüğü bir yaz kampında geçiyordu –Hepsi yaz kampında geçmez mi zaten?

İzlediğimiz sahne, biri erkek diğeri kadın iki eğitmen arasındaydı. Gayet güzel kulübeleri varken, kalkıp ormanda kamp yapmaya gitmek ancak böyle bir filmde mantıklı olabilirdi. Bir çadırda, uyku tulumlarının yarı yarıya içinde oturmuş konuşuyorlardı. Bir diyalog oyunu için mükemmel sahneydi.

"Hadi değişik bir şey yapalım," dedi Sadie. "Ben erkek olayım, sen kız."

Benim tamam dememi beklemeden başladı.

"Heather, ormanda kimse yok."

"Ama bir şey duydum, Sean," dedim, kız ağzını oynatırken.

Sean elini Heather'ın yanağına koydu. "Yalnızca rüzgâr," dedi Sadie.

Kız ona inanmıyormuş gibi baktı. "Eğer senin uyku tulumunda, senin yanında olursam, kendimi daha güvende hissederim," dedim kızın yerine.

Sean kendi uyku tulumunun fermuarını açıp, kız da kendi tulumundan çıkarken, "Umarım, senin için sakıncası yoktur, ben hep çıplak uyurum," dedi Sadie.

"Oh," dedim, şaşırmış bir kız sesi yapmaya çalışarak. "Keşke ağda yapsaydım."

"Sorun değil," dedi Sadie kısık bir sesle. "Kıllı bacakları olan kızları severim. Beni tahrik eder."

İkimiz de güldük. Sonra önceden planlamadığım bir şey yaptım ve elimi Sadie'nin elinin üstüne koydum. Kalbim çılgınca kanat çırpan bir kelebek gibiydi ve bir an için az kalsın elimi çekiyordum. Ama sonra Sadie parmaklarını, parmaklarıma geçirdi. Hiçbir şey söylemedi, hatta bana bakmadı bile. Sanki bunu yapmamı bekliyormuş gibiydi.

Öylece oturup oyunu oynamaya devam ettik.

"Sıcacıksın," dedim Heather'ın sesiyle.

"Çünkü sen beni ısıtıyorsun," dedi Sadie.

"Oh, Sean," dedim, "kendimi senin yanında acayip güvende hissediyorum."

"Her şeyi yapacak kadar mı güvende?" dedi Sadie.

Filmdeki kızla birlikte tereddüt ettim. O, dudaklarını oynatmaya başlayınca, "Sanırım," dedim.

Tam o anda, bir bıçak, çadırı yardı. Kızla oğlan çığlıklar atıp, katil üzerlerine gelirken kaçmaya çalıştılar, ama uyku tulumuna kısılmışlardı. Bıçak tekrar tekrar üstlerine indi, her yana kan sıçradı.

Sadie normal sesiyle, "Heather'ın ilk seferi için fazla şey oldu," dedi. "Bakire öldü. Ne kadar üzücü."

Hâlâ elimi tutuyordu. Artık oyun oynamadığımız için biraz tuhaf hissettiriyordu bu. Henüz birimiz diğerinin elini bırakmamıştı. Sanki bir şey söylemem ya da bir şey yapmam gerekiyormuş gibi hissediyordum, ama ne olduğunu bilmiyordum.

Film bitene kadar aynı şekilde oturduk. Filmin nasıl bittiğini anlatamam bile. Tek düşünebildiğim, Sadie'nin elinin ne kadar sıcak olduğu ve kendi elimin de, umarım, terlemiyor olmasıydı. Sanki onun eline dokunduğumda, manyetik bir alan kafımın içindekileri silmişti.

"Hadi bakalım. Bu akşam bu kadarlık yeter."

Hemşire Moon'un sesi beni kendime getirdi. Onun varlığını unutmuştum. Sanki Sadie'yle evdeki oturma odasında oturuyorduk. Ama Moon'cuğun sesi bana gerçekte nerede olduğumu hatırlattı.

Aynı zamanda, Sadie'yle ikimizin el ele tutuşmuyor olmamız gerektiğini de hatırlattı. Hemşire Moon gelip televizyonu kaparken, Sadie'nin elini bırakmıştım.

"Hadi yatağa," dedi.

Sadie'ye bakmadan, iyi geceler diye mırıldandım ve odama döndüm. Tam odama girerken, Sadie'nin fısıldadığını duydum: "Hey!"

Arkamı döndüm. Dönüp salona doğru baktı, sonra eğilip dudaklarıma hızlı bir öpücük kondurdu. "İyi geceler," dedi.

26. GÜN

Tanrı'm! Kartsalak bunu *öğrenmemeli. Kimse* bunu öğrenmemeli. Eğer öğrenirlerse, Sadie de ben de sıçarız.

Sadie, dün gece beni öptükten sonra odasına gitti. Başka bir şey olmadı. Ama sorun şu ki, ben sürekli ne *olabileceğini* düşünüp durdum. Ne kadar düşündüysem, bir şey *olmuş* olmasını da o kadar istedim. Kafamda canlandırmamaya çalıştım, ama başka bir şeye odaklanmaya çalışırken bu sefer de Rankin'i görüyordum. Tabii, onu düşünmek istemediğim için de Sadie'yi düşündüm.

Yataktan kalktım. Kendime, tuvalete gideceğimi söyledim. Gittim. İşedim de. Duş alıp rahatlamaya çalışmayı da düşündüm ama duş eşittir Rankin'di ve bu fikir bana hiç yardımcı *olmuyordu*. Ben de, odama dönmek için çıktım.

Koridora çıkınca, Carl'a rastladım. Daha önce ondan söz etmedim, çünkü önemli biri değildi. Ancak şimdi *gerçekten* önem kazandı. Carl, kimse yapmaması gereken şeyler yapmasın diye, yarım saatte bir koridorları turluyor. Tam olarak hastabakıcı değil, çünkü tıbbi konularda hemşirelere yardımcı olmuyor. O daha çok gece bekçisi gibi.

Aslında, farklı gecelerde çalışan iki gece bekçisi var. Diğeri, Frank adında bir adam. Frank pek arkadaş canlısı değil. Neredeyse hiçbir şey söylemeden tur atıyor. Açıkçası, birimizi yerde ölü bulsa umurunda olacağını sanmıyorum. Turunu atmaya devam eder muhtemelen.

Ama Carl öyle değil. Carl iyi bir insan. En azından altmış yaşlarında olmalı. Bana büyükbabamı hatırlatıyor. Aslında, o da bir büyükbaba. Bana torunlarının resimlerini gösterdiği için biliyorum. Carl'ın etrafta olduğunu her zaman anlıyorsunuz, çünkü anahtarları, sanki yürürken zıplıyor ve bacağına çarpıyorlarmış gibi şıngırdıyor. Bunun, dikkat dağıtacak bir şey olduğunu düşünebilirsiniz, ama aslında kapınızın önünden geçerken kendinizi güvende hissediyorsunuz.

Carl beni görünce, "N'aber, delikanlı?" dedi. O, herkese delikanlı der. Bu, büyükbabaların yaptığı türde bir şey olsa gerek, çünkü benimki de yapıyor. "Uyuyamadın mı?" diye sordu.

"Ya, kalktım çünkü, yani şey, tuvalete gitmem gerekiyordu," dedim Carl'a.

Anahtarlarını şıngırdattı; "Nasıl olduğunu bilirim," dedi. "Yaşlandıkça daha sık tuvalete gidiyorsun. Gecede dört kez gitmek zorunda kalıyorum. Sidik torbam, akan bir dam gibi."

"Ya," dedim. Yani biri size sidik torbasından söz edince

ne cevap verebilirsiniz ki? *Vah vah, belki de altını bağlamalısın.*

"Hadi bakalım, yatağa dön," dedi Carl. "Ben gidip öbür elemanlara bakayım biraz."

Yetişkinler koğuşuna gideceğini kastediyordu. Carl her zaman hastalardan kendisinin kapı komşularıymış gibi söz ederdi. Bir keresinde, tur atarken *Looney Tunes* adlı çizgi filmin jenerik müziğini ıslıkla çaldığını duyduğum Frank gibi değildi; sanırım, burada olduğumuz için kendimizi kötü hissetmemizi istemiyordu.

"Görüşürüz, delikanlı," dedi Carl, yanımdan geçip giderken.

"Görüşürüz," diye cevap verdim.

Odama doğru yürümeye başlamıştım ki, bir şey beni geri döndürdü. Koridorda kızların odalarının olduğu tarafa baktım. Carl geçip gitmişti ve en azından yarım saat boyunca geri dönmeyeceğini biliyordum. Moon'cuk hemşire de bankosunda durduğu sürece, biri gelip beni kontrol edene kadar otuz dakikam vardı.

Kendimi tutamayıp harekete geçtim. On saniye sonra Sadie'nin kapısını açıp içeri girmiştim. Yatağının yanına gittim. Sırtüstü yatmış, uyuyordu. Elleri göbeğindeydi ve saçları yastığa dağılmıştı. Ağzı açıktı ama horlamıyordu. Yalnızca uyuyordu.

Filmlerdeki gibi eğilip onu öptüm. Geri çekildiğimde gözleri açılmıştı ve hülyalı bir ifadeyle bana bakıyordu.

Uykulu, "Selam," dedi.

"Selam," dedim. "Uyku tulumunu paylaşmamızın sakıncası var mı?"

Cevap vermedi, ama yana kayıp battaniyeyi açtı. Yanına yattım.

"Carl yarım saat sonra döner," dedim.

Dürüst olmak gerekirse o âna kadar, bir sonraki adımımın ne olacağını ben de bilmiyordum. Uzanıp elimi Sadie' nin göğsüne koydum. Tişört giymişti, ama her şeyi hissedebiliyordum.

O anda ne yapmam gerektiğinden emin değildim. Sonra Sadie kanepede otururken yaptığı gibi, kendi elini benimkinin üstüne koydu. "Sorun değil," dedi yarı uyanık, "Allie olduğumu düşünebilirsin."

Elimi alıp tişörtünün altına soktu. Göğüs ucu avcuma değdi. Cildi sıcacıktı. Göğsünü sıktım. İç geçirmeyle inleme arası tuhaf bir ses çıkardı. Sonra elimi alıp aşağıya, iç çamaşırına doğru götürdü. Çamaşırının lastiğini hissedince durdum. Kalbim o kadar hızlı atıyordu ki, eminim o da kalbimi hissediyordu.

"Sorun değil," dedi yeniden.

Elimi lastiğin altından geçirdim ve tüyleri hissettim. Neden bilmiyorum, ama benimkiler kadar sert olmalarına şaşırmıştım. Kızların yumuşacık tüyleri olduğunu sanıyordum, tavşanların tüyleri falan gibi. Tuhaf geldi. Ayrıca, orada bir *şey* olmasına alışkınım ve bu sefer bir şey yoktu.

Sadie hafifçe inleyip boynumu öptü. Sertleştiğimi hissedebiliyordum, ama ne yapmam gerektiğini bilmiyordum. İçine mi girmem gerekiyordu? Yoksa önce yapmam gereken başka bir şey var mıydı? Filmlerde bu kısma gelmeden her zaman sahne biterdi. Biri size bu konuyla ilgili bir kitapçık da vermezdi ki. Zamanı geldiğinde ne yapacağımı bilirim sanıyordum, o an da gelmişti, ama şimdi hiçbir fikrim yoktu.

Sadie elini iç çamaşırımın içine soktu. Ondan uzaklaşıp sırtımı döndüm.

"N'oldu?" diye sordu.

"Carl'ı duydum," dedim. "Anahtarlarının sesini duydum."

"Ben bir şey duymadım," dedi Sadie. "Muhtemelen yalnızca rüzgârdır." Bana yeniden dokunmaya başladı, ama artık inmişti.

"Üzgünüm. Gitmem gerek," dedim.

Onun başka bir şey söylemesini beklemedim. Yalnızca dışarı çıktım. Carl tabii ki koridorda değildi. Orada olmadığını biliyordum. Olabildiğince hızlı odama koştum ve kendi yatağıma girdim.

27. GÜN

Sadie'den sonsuza dek kaçamayacağımı biliyordum. Yani, burada insanlardan uzun zaman uzaklaşılabilecek pek fazla *yer* yoktu hani. Kahvaltıda ilk işim ona rastlamak oldu.

"Selam," dedim. Bu o kadar zekice bir hareketti ki, dehamı istediğiniz zaman alkışlayabilirsiniz.

"Selam," dedi Sadie. "Sana bir tavsiye; topkeklerden uzak dur. Böğürtlenliymiş gibi duruyorlar, ama aslında üzümlüler. Fazlasıyla iğrenç."

Onunla sevişmeye çalışıp gerisini getiremediğim günün sabahı gibi değil de, sanki sıradan bir günmüş gibi konuşuyordu. Nezaketen, böyle bir şey hiç olmamış gibi davrandığını anladım.

"Olanlar için üzgünüm," dedim. Şansıma daha kimse gelmemişti, böylece başka biri kulak misafiri olacak diye endişelenmiyordum. Etrafa gizlediklerinden emin olduğum mikrofonları dinleyenler hariç tabii.

"Ne olmuş?" dedi Sadie, bir yandan yulaf ezmesini kaşığıyla dürterken.

"Biliyorsun," dedim. Bana bunu söyleteceğine inanamıyordum. "Yapamadığım–"

"Ha, o mu!" dedi. Sinek kovuyormuş gibi elini salladı. "Kafana takma. Yalnızca takılıyorduk, değil mi? Balayında falan değiliz ne de olsa."

"Yalnızca senden kaynaklanmadığını bilmeni istedim."

"Evet, biliyorum," diye cevap verdi. "Benden kaynaklandığını hiç düşünmedim zaten. Tamamen senden kaynaklanıyordu."

"Sağ ol ya!" dedim. Tokat yemiş gibi hissediyordum.

Yüzüme bakıp, "Hayır," dedi. "Öyle demek istemedim. Senden kaynaklandığını; sen ve Allie'den kaynaklandığını biliyorum."

"Ben ve Allie mi?" diye tekrar ettim.

"Tabii," dedi. "Sen ona âşıksın, ama o seni sevmiyor. Ya da öyle bir şey. Daha tamamını kavrayamadım, ama bunun Allie'yle ilgili olduğunu biliyorum."

"Öyle değil," dedim başımla itiraz edip. "O, yalnızca benim en yakın arkadaşım."

Bana inanmadığını belirtmek için elleriyle çift tırnak işareti yaparak, "En iyi arkadaş," diye tekrar etti. "Tamam, sen ve Allie birbirinizin en yakın arkadaşısınız. Bu, senin daha ileri gitmek istemediğin anlamına gelmez. O zaman sorun ne?"

"Sorun yok," dedim. "Yoktu yani. Burke ortaya çıkana kadar."

"Burke kim?"

"Allie'nin erkek arkadaşı." Hastaneye geldiğimden beri bu ismi ilk kez yüksek sesle söylüyordum. Çiğ soğan tadı veriyordu.

Sadie başını salladı. "Şimdi anlıyorum. Burke, Allie'yi kaptığı için kıskanıyorsun sen; Burke de, sen ve Allie arkadaş olduğunuz için kıskanıyor. Ne kadar *erkeklere özgü* bir davranış. O da büyük ihtimalle seninle daha fazla vakit geçirdiği için Allie'ye kızgındır."

"Aynen," dedim.

"Ve o da, bir kız olduğu ve dünyada en önemli şeyin sevgili olduğunu düşündüğü için, sana artık seninle fazla zaman geçiremeyeceğini söylemiştir."

"Onun gibi bir şey." Gibi.

"Tanrı'm, kızlar beni daraltıyor bazen," dedi Sadie. "Herif kızı büyük ihtimalle bir ay sonra terk edecek. Kız da, bu hıyar, sevgilisinin başka bir erkekle takılmasını kaldırabilecek kadar kendine güvenmiyor diye, en yakın arkadaşından vazgeçiyor. Ne gerzek bir kaltak."

Bir şey demedim. Allie gerzek de değildi, kaltak da. Öyle olsaydı, aramızda olanları unutmak daha kolay olurdu. Kesinlikle öyle değildi, ama Sadie'ye bunu söyleyemedim; çünkü söyleseydim, ona tüm hikâyeyi anlatmadığımı düşünürdü. Anlatmıyordum da.

"Bunun için yaptın, değil mi?" dedi Sadie bir süre sonra. "En yakın arkadaşını kaybettiğin için mi yaptın?"

"Az çok," dedim. "Bilmiyorum, belki de benim için üzüleceğini düşündüğüm için. Çok aptalca, değil mi?"

"Aptalca değil," dedi Sadie. "Hüzünlü. Özellikle senin gibi bir arkadaşı hak etmediği için."

O anda ayağa kalkıp bana sarıldı. Bunu kesinlikle beklemiyordum. Daha önce de dediğim gibi, ailem duygularını göstermek konusunda pek gelişmiş sayılmaz. Yani, Amanda beni görmeye geldiğinde sarıldık, ama bu bir geçici delilik durumuydu. Normalde asla böyle bir şey yapmaz. Allie bile, bir sarışkanlar ailesinden geliyor olsa bile, bana birkaç kereden fazla sarılmamıştır. Sanırım, SARILMAYINIZ yazan, görünmez bir tabela taşıyorum üstümde.

Ama Sadie bu tabelaya aldırmadı. Bana sıkı sıkı sarıldı, sırtımı patpatladı, beni sıktı. Nasıl davranmam gerektiğini bilmiyordum, ben de onun sırtını patpatladım. İşe yaradı sanki, çünkü beni bıraktı.

"Başına gelenlere üzüldüm," dedi. "Ama biliyor musun, ona ihtiyacın yok. Senin harika biri olduğunu görebilen arkadaşlar edinmenin vakti geldi."

"Belki de," dedim.

"Belki de değil," dedi Sadie, ellerimi ellerinin içine aldı. Başparmakları bileklerime dokundu. Yara izlerimi okşadığını hissedebiliyordum. Bıraktım okşasın.

"Bana her şeyi anlatabileceğini bilmeni istiyorum," dedi. "*Her şeyi.*"

"Teşekkürler. Sen de," dedim.

"Ne kadar şirin bir çiftsiniz siz öyle."

Kafamı kaldırınca, Rankin'in bize sırıttığını gördüm. Elinde içi sahanda yumurta, sosis, kızarmış ekmek ve sığdırabildiği şeylerin hepsiyle dolu bir tabak vardı. Kahvaltıyı geçtim, bir gün boyunca bile o kadar yemek yiyebileceğimi sanmıyorum.

Sadie kendi sandalyesine dönerken, Rankin de masada kendine bir yer seçti. Gerçeği söylemek gerekirse, Rankin'in bizi bölmüş olması beni rahatlatmıştı. Sadie bana kızgın olmadığı için mutluydum. Bu söyledikleri de çok güzeldi, ama tüm paylaşım zamanımı tüketmiştim. Anlıyorsunuz değil mi?

Bizi umursamayan Rankin kahvaltısına odaklanmıştı. *Odaklanmıştı* derken; çözülmesi gereken bir matematik problemiymiş gibi bakıyordu tabağına. Sonunda bir sosis alıp ucunu ısırdı.

"Hıncını ondan alma, Rankin," dedi Sadie, bana bakıp göz kırparken. "Sosisinle fazla oynadığında ne derler, bilirsin."

Bunu söylediğine inanamıyordum. "Kes şunu!" dedim ona sessizce.

Ama önemli değildi. Rankin espriyi anlamamıştı zaten. Kaşlarını kaldırıp, "Oynamıyorum ki, yiyiyorum," dedi. Sosisin geri kalanını ağzına tıkıp çiğnemeye başladı.

Sadie bana bakıp kıkırdadı.

"Çok tuhafsınız," deyip, yumurtalarına yumuldu Rankin.

28. GÜN

Bu gece olanlar rüya değildi. Rüya olmasını isterdim, ama değildi. Gerçekten yaşandı. Şimdi, o ilk hafta bana Mucize İlaç'ı vermeyi kestikleri zamankinden bile kötü hissediyorum. Çok daha kötü. Neredeyse, o şeyi yapmaya çalıştığım geceki gibi hissediyorum.

Dün gece saat on bir gibi yattım. Aramız iyi olsa bile, Sadie'yle yaşadıklarımızdan dolayı hâlâ biraz ürküyordum ve yalnızca uykuya dalıp hepsini unutmak istiyordum. Gece her şeyin daha kötü göründüğünü, sabahsa aslında o kadar da kötü görünmediğini bilir misiniz? Ama bu, *her zaman* geçerli değildir. En azından bu kez değil.

Rüya görüyordum. Rüyamda bir sokakta koşuyordum. Geceydi, dolunay vardı. Yıldızlar gümüşiydi, parlıyorlardı; hava sıcaktı, mükemmel bir yaz akşamıydı. Öylece koşuyordum. Kollarımı, çocukken yaptığımız uçak taklitleri gibi iki yana açmıştım ve rüzgâr beni havaya kaldırdı.

İşte, uçuyordum. Daha önce de uçtuğum rüyalar görmüştüm, ama bu farklıydı. Kendimi rüzgârda uçan ve altındaki kenti izleyen bir uçurtma gibi hissediyordum. Işıkların göz kırptığı, arabaların ateşböcekleri gibi etrafta dolaştığı minyatür bir kente benziyordu. Kesinlikle çok güzel ve sakindi, bitmesin istiyordum.

Sonra bir şey oldu. Sanki rüya birkaç kare atlamış ya da biri beynimin durdurma düğmesine basmış gibiydi. Rüyamda yeryüzüne doğru düşmeye başladım. Uyandığımda, bir an gerçekten düştüğümü zannettim. Nerede olduğumu ya da neler olduğunu bilmiyordum.

O anda yatakta birinin olduğunu fark ettim. Yanıma uzanmış bir beden vardı ve çarşaflarla battaniye gerilmişti. Pencereden içeri giren ay ışığının çıplak tenindeki yansımasını görebiliyordum. Biri bana dokunuyordu. Bacaklarımın arasında bir el beni okşuyordu. Ve sertleşmiştim.

Bir ses kulağıma, "Sorun yok," diye fısıldadı. Bir saniye için bunun Sadie olduğunu ve bu kez sonuna kadar gidebileceğimi düşündüm.

Ama Sadie değildi bu. Rankin'di. Çırılçıplak yatağımdaydı ve bana otuzbir çektiriyordu. Bu o kadar absürd bir şeydi ki, hâlâ rüya gördüğüme emindim. Ama tenini tenimde hissediyordum ve eli ileri geri hareket ediyordu. Soluğunu boynumda duyuyordum.

Tek söyleyebildiğim, "Ne yapıyorsun?" oldu.

"Hoşuna gidiyor mu?" diye sordu.

"Yapma," dedim. Ama hareket edemiyordum. Donmuş gibiydim. Bir an için, rüya gördüğümü, uyandığımda yatağımda tek başıma olacağımı düşündüm. Gözlerimi kapadım.

Rankin, yaptığı şeyi bırakıp elini belimden yukarı doğru hareket ettirdi. Parmakları sertti, ama yine de gıdıklıyorlardı. Göğsümde durduğunda, elinde futbol oynamaktan oluşmuş nasırları hissettim.

"Kalbin çok hızlı atıyor," dedi. Başını benimkine yaklaştırıp boynumu öptü.

Durmasını söylemek istedim. Yatağımdan da, odamdan da çıkmasını söylemek istedim. Ama sesim boğazıma düğümlenmiş gibiydi. Düğümü açmak için yutkunup durdum, ama işe yaramadı. Uyan, diyordum kendi kendime. *Uyan uyan uyan uyan uyan.*

"İstersen bana dokunabilirsin," dedi Rankin.

Ellerim iki yanımdaydı ve sağ elim, yanımda yatan Rankin'in karnına değiyordu. Cildini ve altındaki kasları hissedebiliyordum. Daha da yakınlaştı, parmaklarımın ucu cildine ve tüylerine değdi. O kadar korkmuştum ki, hareket edemiyordum. Aslında, başka bir yerde olmak istiyordum, ama bir yanım da fazlasıyla meraklanmıştı.

Vücudunu benimkine bastırdı. Sertleşmişti. Elimi hareket ettirdim ve parmaklarım onu kavradı. Bunu neden yaptığımı bilmiyordum. Belki de *yapmadığım* takdirde başıma gelebileceklerden korkuyordum. Hâlâ rüyada olduğumu düşündüm.

Rankin'in vücudu gerildi ve rahatladı. İkimiz de bir süre orada öylece yattık. Kanının pompalandığını hissediyordum. Elimi yukarı aşağı hareket ettirmeye başladım. O da elini bacaklarımın arasına koyup aynı şeyi yaptı. Bunu yaparken ikimiz de hiçbir şey söylemedik, ama ara sıra Rankin dudaklarını boynumda gezdiriyordu. Ne kadar zaman geçti bilmiyorum ama sanki saatler sürmüş gibiydi. Sonunda Rankin'in vücudunun gerildiğini hissettim ve inledi. Elim yapışkan bir sıcaklıkla kaplanmıştı. Benimkini daha sıkı kavradı ve birkaç saniye içinde ben de geldim.

Sonrasında ne yapacağımı bilemedim. Rankin doğrulup oturdu ve elini, yere atmış olduğu tişörtüne sildi. Sonra da iç çamaşırını giyip bir şey söylemeden gitti.

Gittiğinde, elimi burnuma götürdüm. Hâlâ yapış yapıştı. Parmaklarımda Rankin'in kokusunu alabiliyordum; terle karışmış tanımadığım bir kokuydu. Çıksın diye ellerimi çarşafa sildim, ama yok etmek için ne kadar derin nefes alıp versem de koku burnumda kaldı.

Yeniden uyumaya çalıştım ancak başaramadım. Gözlerimi her kapadığımda Rankin'in bana dokunuşunu, ensemdeki nefesini ve bana değen vücudunu hissediyordum.

Bunu neden onunla yapmıştım? Neden kalmasına izin vermiştim?

Nedenini bilmiyorum. Ama yapmıştım ve şimdi bok gibi hissediyorum. Pis hissediyorum. Ve en kötüsü, bugün annemle babamı görmek zorundayım. Hele Rankin'i görmek zorunda olduğumu düşünmek bile istemiyorum. Belki de hiçbir şey söylemez ve hiç olmamış gibi davranırız. Bu konuda iyiydi, değil mi? Belki de, hiç *olmamıştı*. Belki de, hastalıklı bir rüya gördüm ve sonunda uyanacağım.

29. GÜN

Size bu sabah annemlerle işlerin nasıl gittiği konusunda çok şey söyleyemeyeceğim. İyiydi, sanırım. Birbirimizi ne kadar sevdiğimizden bahsettik ve birkaç hafta içinde eve döndüğümü görmek için sabırsızlandıklarını söylediler. Pek konuşmadım ve ilk kez Kartsalak bana bu konuda baskı yapmadı. Belki de ne kadar yorgun olduğumu görebiliyordu. Yarınki seansımızda beni bu konuda sorguya çekeceğine eminim.

Durum şu ki, kafam doluydu. Bariz sebeplerle Rankin'den uzak durmak istiyordum, ama sabah tuvalette karşılaştık. Kendi tuvaletim olması için kesinlikle birileriyle konuşmalıyım. Bu ortaklaşalık bir problem haline geliyor.

Rankin'i o kadar görmek istemiyordum ki, duş bile almayacaktım. Ama burada duş almazsanız, birileri sizi depresif olmakla suçlayabilir ve, "Bugün seni rahatsız eden bir şey mi var, Jeff?" bokuna saplanabilirsiniz. Bunu kim ister ki? Ayrıca, annemle babamı Rankin'in yarağı gibi kokarken karşılamak istemiyordum.

Ve tabii ki, içeri girdiğimde oradaydı. Havlusunu beline sarmış, duşun dışında suyun ısınmasını bekliyordu. Burada suyun ısınması yüzyıllar alıyor. Yemin ederim, sanki bodrumda üç yaşlı kadın odun ateşinde su kaynatıyorlar. Sonra suyun bu kata kadar çıkması o kadar uzun zaman alıyor ki, borudan çıktığında ısısı çoktan kaybolmuş oluyor.

"Selam," dedi Rankin, hiç tuhaf bir şey olmamış gibi.

"Selam," dedim, orada dikilirken gerzek gibi hissederek. Ne demem gerekiyordu ki? *Dün gece geldiğin için teşekkürler... Kusura bakma yatağa yeni çarşaf sermemiştim...* mi, ne diyecektim?

Tam geri dönüp gidecektim ki, Rankin havlusunun ucunu bıraktı. Bana bakıp duşu işaret etti ve içeri girdi.

Yemin ediyorum bunu neden yaptığımı bilmiyorum, ama onu izledim. Sanki başka biri vücudumun kontrolünü ele geçirmişti. Rankin duş perdesini açık bırakmıştı ve daha kendim de ne yaptığımı anlayamadan içeri girip perdeyi arkamdan kapadım.

Bir süre suyun altında durduk. Duş kabinleri pek büyük değildi, bu yüzden birbirimize yapışık duruyorduk. Göğsüne bakıyor, ne kadar kıllı olduğunu düşünüyor, başka bir şey düşünmemeye çalışıyordum. Sonra Rankin beni öptü. Dudakları dudaklarıma değiyordu. Sakalları biraz çıkmıştı ve yanağımı kaşındırıyordu.

Beni duvara doğru itti. Fayanslar soğuktu, onlardan uzak durmaya çalışıyordum, ama Rankin üzerimdeydi. Ellerimi onu ittirebilmek için göğsüne koyduysam da ona dokunur dokunmaz birbirimize yapışmış gibiydik. Ellerini kalçalarıma koyup beni kendine çekti ve vücuduma sürtünürken beni öpmeye başladı. Sertleşmişti. Uzanıp onu kavradım.

"Ağzına al," dedi.

Onu doğru duyduğumdan emin olamadığım için bir şey yapmadım. Derken o, ellerini omuzlarıma koyup beni aşağıya doğru itti. Dizlerimin üstündeydim. Su kafama çarpıyor, yüzümden akıyordu. Yarağına ve taşaklarına bakıyor, yakından ne kadar büyük göründüklerini düşünüyordum.

Neden bilmiyorum, ama ayağa kalkıp gitmedim. Gidebilirdim. Beni esir almış değildi. Ama yarağına bakmaktan kendimi alıkoyamıyordum. Duşta, başka bir adamın önünde eğilmiş olmak çok garipti. Ve neden bilmiyorum, *Tadı nasıl acaba?* diye düşünüyordum.

Ucunu ağzıma aldım. Cildi tuzlu ve biraz yapışkandı. Rankin elini başımın üstüne koyup kendini itti. Az kalsın boğuluyordum. Geri çekildi ve biraz gevşeyene kadar nefes alıp tekrar denedim.

İnlediğini duyduğumda, aradan çok fazla zaman geçmemişti. Ağzım sıcak ve tuzlu bir şeyle doldu; Rankin'in boşaldığını anladım. Yutmak istemediğim için, şeyini çıkarana kadar ağzımın içinde beklettim. Sonra dönüp tükürdüm.

"Ara sıra takıldığım bir arkadaşım var," dedi Rankin. Sabunlanmaya başlamıştı ve kol altlarını yıkıyordu.

Bir şey söylemedim. Öylece durdum. Sanırım, sıranın onda olduğunu düşünüyordum, ama tek yaptığı, "Başka bir duşa girmelisin, bakarsın tur atarken buraya da gelirler," demek oldu.

"Doğru," dedim. Perdeyi açıp dışarı çıktım. Dışarısı soğuktu ve Rankin'in yanındaki duşa girerken titriyordum. Suyu açtım ve ısınmasını beklemeden içeri dalıp, soğuk su bana çarpmasın diye mümkün olduğunca duvara yakın durmaya çalıştım. Ama çarptı ve kendimi o tuhaf yaz fırtınalarından birine tutulmuş gibi hissettim. Bisikletinizle gezerken birden göğün yarılıp üzerinize su boşalttığı, dinene kadar bir ağacın altında beklediğiniz fırtınalar gibi. O kadar ıslanırsınız ki, tek düşünebildiğiniz, eve gidip üstünüze kuru bir şeyler geçirmek olur.

Rankin bir şarkı mırıldanıyordu. Yandaki duştan gelen sesini duyabiliyordum. Gerçek bir şarkı değil, daha çok detone bir melodiydi. Su ısınana ya da ben soğukluğuna alışana kadar durup onu dinledim. Şarkıyı tanıyor gibiydim. Sonra pek doğru olmasa da *Londra Köprüsü*'nü mırıldandığını fark ettim. Okulda yeni öğrendiği şarkıyı söylemeye çalışan bir çocuk gibiydi.

Sabunlanırken, orada yokmuş gibi davranmaya çalıştım. Tadını hâlâ ağzımda hissedebiliyordum. Keşke yanımda gargara olsaydı, ama yoktu. Ben de ağzımı açıp suyun dolmasına izin verdim. Çalkalayıp tükürdüm, ancak Rankin'in yarağının tadını hâlâ alabiliyordum. Acı biber yediğinizde olduğu gibiydi; ne içerseniz için o tadı silemiyordunuz.

Birkaç dakika sonra mırıldanmayı kesip dışarı çıktı. Kurulandığını duydum. Sonra hiçbir şey olmamış gibi, bir şey söylemeden çıkıp gitti. Yine.

Uzun süre suyun altında kaldım. Nedense, o aptal *Londra Köprüsü* şarkısını aklımdan çıkaramıyordum. "Londra Köprüsü yıkılıyor." Aklımdan çıkmıyordu. "*Yıkılıyor. Yıkılıyor. Londra Köprüsü yıkılıyor, güzel han'fendi.*"

Küçükken bende bu şarkının kaydı vardı. Durmadan çalardım. Duşta durup, sonraki sözleri söylemeye başladım. "*Anahtarı al ve onu kitle. Onu kitle. Onu kitle. Anahtarı al ve onu kitle, güzel han'fendi.*"

Nedense bu beni ağlattı. Sıçtığımın duşunda duvardan aşağı doğru kayıp yere oturdum ve bir yandan ağlayarak o aptal şarkıyı söylemeye devam ettim, defalarca.

30. GÜN

Sanırım, Rankin'in delilik türünün ne olduğunu çözdüm. Sorununu yansıtıyordu ya da kendisine benzediğini düşündüğü için karşıdaki insanı suçlamaya ne deniyorsa onu yapıyordu. Bence, bunun adı öküzlüktü, ama sanırım daha resmi bir ad koymak gerekliydi tabii.

Bu sabah işemek için tuvalete gittim. Elimden geldiğince ertelemiştim işemeyi. Hani –herhangi bir sebeple– yataktan çıkmak istemezsiniz ya, yattığınız yerde tuvaletiniz birden buharlaşsın falan diye beklersiniz. Ama buharlaşmaz ve sonunda daha fazla dayanamayıp kalkmak zorunda kalırsınız.

Belki bir yarım saat kadar dayandım. Sonunda ya yataktan kalkacak ya da *yatağa* yapacak duruma geldim. Aslında aklımdan geçmedi değil, ama yapamazdım. Kalkmak zorundaydım.

Ve Rankin ordaydı. Ne zaman tuvaleti kullanmak zorunda olsam, orada bulunmayı nasıl başarıyor bilmiyorum, ama bu durum artık beni korkutmaya başladı. Bir insanın atak geçireceğini anlayabilen eğitimli köpeklere benzemekle birlikte, Rankin yalnızca benim işeyeceğimi hissedebiliyor.

Lavaboların birinin başında durmuş tıraş oluyordu. Tam arkamda olmasına rağmen, pisuvara ilerlerken ona bakmadım. Birkaç saniye için, arkamdan gelmesini bekledim, ama olduğu yerde kaldı.

İşedikten sonra ellerimi yıkamaya gittim. Rankin biraz huzursuz görünüyordu, ben de bir şey söylemem gerektiğini düşündüm.

"Hey, dün olanlar büyütülecek şeyler değil. Endişelenmene gerek yok. Kimseyle senin hakkında konuşacak değilim," dedim.

Eşcinsellik yapan *o* olduğu için bunun benim büyüklüğüm olduğunu düşündüm. Yani olayları ben başlatmamıştım.

Bir şeyi anlamadığında yaptığı gibi aklı karışık ifadesini takınıp, "Benim hakkımda mı?" dedi. "Bana ne olmuş?"

"Senin... yani," dedim. "Olanlar hakkında."

Ona yavru köpek katili falan demişim gibi baktı. "Ben mi?" dedi. "Ben de sana *senin* hakkında konuşmayacağımı söyleyecektim."

İnanamadım. *Benim* odama gelen oydu. Bana dokunan oydu. Ben değildim. Bunu ona söyleyince, başını hayır anlamında salladı.

"Yok ya," dedi. "Ben öyle değilim. Yalnızca seninle takılıyordum. Burada takılacak kız falan bulunmadığı için.

Eğer burada olmasaydık, böyle bir şey de asla olmazdı."

"Burada kızlar *var*," dedim. Kızmıştım ve üzerine gitmek istiyordum.

Homurdandı. "Yanına yaklaşacağım türde yok," dedi. "Hepsi kaçık."

"Sen nesin peki?" diye sordum. "Ben neyim? Fark etmediysen söyleyeyim, hepimiz kaçığız."

"Söylemeye çalıştığım," dedi Rankin, "bunun için küplere binmene gerek yok, tamam mı?"

Altıncı kez falan ellerimi yıkarken, "Ya," dedim. "Peki. Kimseye bir şey söylemeyecektim zaten."

Sersem gülümsemesini yaptı. "Ben de," dedi. "Yani aramızda sorun yok, değil mi?"

Başımla onaylayıp suyu kapadım. Sanki gol atmışız gibi, Rankin omuzuma tuhaf bir yumruk attı. O, tıraş olmaya devam etti, ben de odama döndüm. Onun banyoyu terk ettiğine emin olana kadar odamda bekleyip sonra duş almaya gittim.

Sorunu olanın ben olduğumu düşündüğüne hâlâ inanamıyordum. Bu nasıl mümkün olabilirdi ki? Tamam, ağzına alan ben olabilirdim, ama bunu isteyen oydu. Ben değil. O yaptığı için yaptım ben.

Şu anda bunu düşünemiyorum bile. Acayip sinirleniyorum. Bunun çaresine sonra bakacağım. Ayrıca, aklımda başka şeyler var. Mesela gitmek.

Kartsalak bugünkü seansımızda, kırk beş günlük zamanımın üçte ikisinin geçtiğini hatırlattı. Bir yandan zaman uçup gidiyormuş gibi, bir yandan da otuz gün değil de otuz yıldır buradaymışım gibi hissediyorum.

"Dün annenle baban buradan ayrılacağından söz ettiğinde, pek heyecanlanmış görünmedin. Neden?" dedi Kartsalak.

Omuz silktim. Ne diyeceğimi bilemiyordum. Çünkü tuhaf bir şey var: Bazen sonsuza dek burada kalmak istiyorum. Etrafı hendekle çevirili bir kalede yaşamak gibi. Tamam, kale delilerle dolu, ama siz izin vermediğiniz sürece de kimse içeri giremiyor. Tabii biz de çıkamıyoruz, yalnız düşününce, dışarıda olmanın muhteşem yanı nedir ki? Dışarıda canınızı yakabilecek çok şey var. Burada bu konuda endişelenmek zorunda değilsiniz. Endişelenmeniz gereken tek şey spor manyakları tarafından taciz edilmek. Dediğim gibi, bu konu üstünde düşünmüyorum.

Kartsalak başka bir soru denedi. "Buradan ayrıldığında hayatın nasıl olsun istiyorsun?"

Biraz düşündüm, "Kendi adamı satın alıp, üstünde tek başıma yaşayacak kadar zengin olmak istiyorum."

Ne dedi biliyor musunuz? "Peki ya müzik? Filmler?"

"İnternetten sipariş vereceğim," dedim. "Yemeği de. Neredeyse her şeyi internetten sipariş edebiliyorsunuz. Karadul örümceği bile alabileceğinizi biliyor musunuz?"

Bu doğruydu. Bir keresinde Amanda'yla, yakayı ele vermeden birini nasıl öldürebileceğimizi konuşurken bakmıştık. Yalnızca teorik olarak tabii. Psikopat olmadan da yeterince sorunum var. Ya da sosyopat. Her neyse. Amanda, birçok karadul sipariş edip bir kutuya koyarak, öldürülmek istenen kişiye gönderebileceğini söyledi. Ve anlaşıldı ki, bu yapılabilir. Pahalı bile değiller, tanesi üç dolara falan geliyor.

"Ya arkadaşlar?" dedi Kartsalak.

"Çoğu insan zamanını neden internette geçiriyor sanıyorsunuz?" diye sordum. "İnternetin tüm amacı da bu değil mi: Bir avuç insan sizi beğensin diye başka biriymiş gibi davranmak? Neredeyse okuldaki tüm çocukların kendi web sitesi var. İnanın bana, kendilerini olduklarından çok daha ilginç göstermeyi başarıyorlar. Cidden, Jamie Kazinsky, kuzeninin, dijital fotoğraf makinesiyle çektiği fotoğraflarının *Seventeen* dergisinin Venezuella baskısında yayımlandığına kimin inandığını sanıyor ki?"

Kartsalak soruma cevap vermeyip, "Peki ya sevgi?" diye sordu. Böyle yapmasından sıkılıyordum artık. Bence bu kabalık.

"Sevgiye ne olmuş?" diye sordum ben de.

"Adada tek başına olacaksan, orada seni seven kimse olmayacak," dedi.

"Bir şekilde idare ederim," dedim.

"Birini sevmek istemiyor musun hiç?" dedi.

Nereye varmak istediğini biliyordum. Yine Allie. Adam pes etmiyor. Galiba günün birinde, ne yaptığını anlamayıp baklayı ağzımdan çıkaracağımı sanıyor. Al sana ipucu, Kartsalak: Bakla falan yok.

"Sevgi nedir ki zaten?" dedim. "Bence bunu kartpostal şirketleri uydurdu ve bizi de buna inandırmaya çalışıyorlar. Aramızda kalsın, Xbox'ı tercih ederim."

Allah'a şükür zamanım dolmuştu da genelde güvenli

olan –Rankin hariç– koğuşa geri dönebildim. Ama onu görmemiştim. Büyük ihtimalle odasında spor dergileri okuyor ve eşcinsellik yapmıyordu.

Sonraki saatlerde, Sadie'ye Kartsalak'la seansımı anlattım. "Bu sevgi takıntısı nedir?" diye sordum ona.

"Bilmem," dedi. "Bence sevgi gerçekten önemli."

Bir an için benimle dalga geçtiğini sandım. Sonra etrafa bakıp, kimsenin bizi dinlemediğinden emin olduktan sonra, "Bir şey görmek ister misin?" diye fısıldadı.

Cevap vermemi beklemedi. Onun yerine cebinde bir şeyler arandı ve çıkardı. Bu bir kâğıt parçasıydı. Açıp bana uzattı.

Bir gazete kupürüydü. Başlıkta, KAHRAMAN, KIZI ISLAK MEZARINDAN KURTARDI yazıyordu.

Sadie'ye baktım. "Bu, senin hakkında," dedim.

Başını sallayıp, "Evet," dedi. "Kesip sakladım. Evde daha fazlası var. İntiharımla ilgili bir anı defteri gibi. Ama bu benim favorim."

Makalenin yanında bir adamın fotoğrafı duruyordu. Yuvarlak mutlu bir yüzü, açık mavi gözleri vardı. Kelleşiyordu ve kalın bir bıyık bırakmıştı.

Fotoğrafa baktığımı görünce, "Bu Sam," dedi Sadie.

"Seni kurtaran mı?" diye sordum.

Başını salladı. "Koruyucu meleğim."

Önce şaka yaptığını sandım, ama yüzüne bakınca şaka yapmadığını anladım. Sam'in fotoğrafına, sanki peygamberin fotoğrafına bakıyormuş gibi bakıyordu. Biraz tırstım açıkçası.

"Bunu tekrar tekrar okumak seni depresif yapmıyor mu?" diye sordum.

Bunu sorduğuma şaşırmış gibi, "Hayır," diye cevap verdi. "Beni mutlu ediyor." Karnına doğru topladığı bacaklarına sarıldı. "Bana sevildiğimi hissettiriyor," dedi. "Beni kurtarmaya yetecek kadar sevdi."

Sam'in fotoğrafına bakan gözlerini takip ettim. Adamın, onu gerçekten sevdiğine mi inanıyordu? Arkasından göle atladığında onu tanımıyordu bile. Sadie, yalnızca kurtarılmaya ihtiyacı olan biriydi; ama kız ona babası ya da erkek arkadaşıymış gibi davranıyordu.

Haberi yeniden katlayıp ona uzattım. Cebine koymadan önce kâğıt parçasını, sanki uğur getiren bir şeymiş gibi öptü.

Bunu sakladığına inanamıyordum. Düşününce, delilikti bu. O adamın –Sam'in– onu sevdiğini nasıl düşündüğünü anlayamıyordum. Demek istediğim, adam yalnızca doğru olan şeyi yapıyordu. Bence, çoğu insan atlayıp boğulan birine yardım ederdi.

Ya da etmezdi. Belki bazı insanlar yalnızca durup izlerdi. Sanırım, Sadie bu yüzden bu adamın bu kadar özel olduğunu düşünüyor. Ama ona âşık olması çok tuhaf. O mu, Rankin mi daha deli, emin olamıyorum. Şu anda aralarında eşitlik olduğunu söyleyebilirim.

31. GÜN

Eğer kendinizle ilgili bir şeyi değiştirebilseydiniz, neyi değiştirirdiniz? Tek bir şey. Her şey olabilir: Olmasını istediğiniz ya da istemediğiniz fiziksel bir şey, sahip olmak istediğiniz bir yetenek. Ama yalnızca bir hakkınız var.

Bugün grupta konuştuğumuz konu buydu. Hepimizin burada olmakla alakalı şeyler seçtiğini düşünebilirsiniz. Ama çoğumuz seçmedik. Juliet, çello çalabilmeyi seçti çünkü çello çalan birisini duyduğunda hissetiklerini, başkalarına da hissettirebilmeyi istediğini söyledi. Sadie, ölü insanlarla konuşabiliyor olmayı istediğini söyledi. Rankin mükemmel falsolu pas atabilmeyi istediğini söyledi. Ben de yükseklik korkumu yenebilmeyi istediğimi söyledim.

Daha sonra bire bir seansımızda, Kartsalak bana diğerlerinin söyledikleriyle kendi söylediğim arasında bir fark görüp görmediğimi sordu. Biraz düşündüm, bir fark bulamadım.

"Yalnızca sen, var olan bir şeyden kurtulmayı istedin," dedi. "Diğer herkes kendilerine bir şey eklemek istedi, ama sen bir şeyden vazgeçmek istedin. Neden yükseklik korkunu yenebilmeyi istedin?"

"Bilmem. Aklıma gelen ilk şey buydu," dedim.

Doğruydu da. Yüksekten korkarım. Asansörle altıncı kattan yükseğe çıkmaktan hoşlanmam.

"Neden bu korku kurtulmak istediğin tek şey oldu acaba?" diye sordu Kartsalak.

Biraz düşünmem gerekti. Sonunda, "Çünkü bu korkum, beni yapmak istediğim şeylerden alıkoyuyor sanırım."

Bunların ne gibi şeyler olduğunu sorunca, hep paraşütle atlamak, hatta *bungee jumping* yapmak istediğimi söyledim. "Ama yüksekten korkuyorum. O yüzden yapamıyorum," dedim.

"Yüksekliğin nesinden korkuyorsun?" diye sordu.

Ne aptalca bir soru. Düşmek tabii ki. Düşmekten korkuyorum. Sanırım bu yüzden böyle çok rüya görüyorum. Ama aslında doktora, aniden bir köprünün korkuluklarına tırmanmak ya da bir uçurumun kenarına kadar falan koşmak, sonra biri beni durduramadan kendimi aşağı atmak gibi kontrol edilemez bir arzu duymaktan korktuğumu söyledim.

Kartsalak, bloknotuna bir şeyler yazdı. Bu da, hepimizin bildiği gibi, ilginç bir şey söylediğimi düşündüğü anlamına geliyordu. Bu kez ona, cevabımın neden not alınmaya değer olduğunu sordum. Didiklediği benim hayatım olduğu için, bunu bilmeye hakkım olduğunu düşündüm.

Sorumu yanıtlamak yerine, "Bu atlama isteği nereden geliyor sence?" dedi.

Biraz düşündükten sonra, "Çünkü galiba bazen kontrolünü kaybetmek iyidir," dedim. "Her an hayatımı kontrol altında tutmaya çalışıyormuşum gibi hissediyorum. Bazen kontrolü bırakıp düşmek istiyorum."

"Canının yanacağı anlamına geliyor olsa bile mi?"

"Bunu düşünmüyorum," diye cevap verdim. "Yalnızca beni yakalayacak bir paraşüt, ağ ya da herhangi başka bir şey olmadan düşmeyi düşünüyorum. Yalnızca düşmeyi düşünüyorum ve bu da beni korkutuyor."

"Peki ya âşık olmak? Bundan da korkuyor musun?"

Ne? Koğuşta ayın konusu aşk falan mıydı? Bu konuya dönmekte gerçekten vakit kaybetmemişti. "Ben yalnızca on beş yaşındayım," dedim.

"Pek çok insan ilk kez senin yaşlarındayken âşık olur," dedi Kartsalak.

"Neden bilmek istiyorsunuz?" dedim. "Beni tanıştırmak istediğiniz bir kızınız falan mı var?"

Gözlüğünü yukarı doğru itti. "Hayır," dedi. "Yok."

"Peki olsaydı? Benim gibi biriyle çıkmasını ister miydiniz?"

"Bunu cevaplayabilmek imkânsız," dedi. "Bir kızım olmadığı için onun biriyle çıkması konusunda ne hissedebileceğimi de bilemiyorum. Bu tamamen varsayımsal."

"Evet, kesinlikle varsayım. Benim gibi biriyle çıkmasını ister miydiniz? Böyle bir yerde bulunmuş biriyle?"

Kartsalak, bloknotuna bir şeyler karaladı. "Burada bulundun diye kimsenin seninle çıkmak istemeyeceğini mi düşünüyorsun?" diye sordu.

"Önce ben sordum," dedim.

Bir süre birbirimize baktık. Sanırım yine Manyak Tavuk oynuyorduk. Her neyse, önce o gözlerini kırptı. "Kızımın onu en mutlu eden kişiyle çıkmasını isterim," dedi.

"O insan deli olsa bile mi?" dedim. "O insan benim gibi olsa bile mi?"

"Yanlış hatırlamıyorsam, uzun bir zaman boyunca bana *deli* olmadığını söyledin," diye hatırlattı Kartsalak.

"Varsayımlar üstüne konuşuyorum," dedim. "Benim gibi olsa bile mi?"

İç geçirdi. "Bilmiyorum."

Güldüm. "Ben de öyle düşünmüştüm zaten," dedim.

"Şimdi benim sorumu yanıtla," dedi. "Burada zaman geçirdiğini öğrenirlerse kimsenin seninle birlikte olmak istemeyeceğini mi düşünüyorsun?"

"İnsanların ne düşündüğü umurumda değil," dedim.

"Peki, *sen* ne düşünüyorsun?"

"Bu konuda düşünmedim," diye cevap verdim. "Düşünüp dönücem size."

"Peki ya Allie?" diye sordu Kartsalak. "Seninle hâlâ arkadaş olmak istiyor mudur sence?"

Bu sorunun yanıtını bilmiyordum. Allie hep, ne olursa olsun birbirimizin en iyi arkadaşı olacağımızı söylerdi. Bu hâlâ geçerli miydi?

"Ona sormanız gerek," dedim.

Kartsalak, birkaç dakika sonra gitmeme izin verene kadar aşk konusunu neyse ki bir daha açmadı, çünkü artık bu konudan sıkılmıştım.

Başlangıçtaki sorumuza; kendimle ilgili ne değiştirmek istediğim sorusuna geri dönersek, değiştirmek istediğim şey gerçekten yükseklik korkusu değildi. Yani, bu beni en büyük hayalim olan ip cambazlığından falan alıkoyan şey değildi. Kartsalak'ın bu konuda heyecanlanması komikti, çünkü bu söyleyebileceğim yegâne şeydi.

Aslında, bir kuyruğum olmasını isterdim. Cidden. Köpek kuyruğu ya da domuz kuyruğu gibi bir şey değil. Maymun kuyruğu isterdim. Bir şeyler tutup, bir yerlerden sallanmaya yarayacak uzun bir kuyruk. Bence bu mükemmel olurdu.

32. GÜN

"Bu gece Tımarhane TV'de ne var?" diye sordum Sadie'ye.

Her zaman olduğu gibi salondaydık. O kadar geç olmasa da, herkes yatmıştı ve Moon'cuk haricinde, tüm salon bize kalmıştı. Bu bana Allie'yle film izlemek için geç saate kadar oturmalarımızı hatırlattı. Yani, bir zamanlar.

Sadie kanalları dolaştı.

"Bir vampir filmimiz, balinalarla ilgili bir belgesel ve Alışveriş TV var."

"Kesinlikle Alışveriş TV," dedim.

Sadie o kanalda durdu. Kocaman kırmızı saçlı, daha da kocaman gülümsemesi olan bir kadın sunucu, iğrenç takılar gösteriyordu. Elinde, üstünde sahte dev bir elmas bulunan bir yüzük vardı.

"Bu orijinal iğrençlikteki, sahte olduğunu herkesin hemen anlayacağı parça, yalnızca yirmi dokuz doksan dokuza," dedim.

"Olmadı," dedi Sadie. "Tamamen farklı bir şey uydurman gerekiyor."

"Onun söylediğinden tamamen farklı," diye karşı çıktım. "O, bu yüzüğü satın almanın hayatlarımızı mükemmel yapacağını söylüyor."

"Belki de yapacak," dedi Sadie.

"Ya ya," diye homurdandım.

"Hayır, gerçekten," dedi. "Belki birileri tüm hayatları boyunca bu yüzüğü bekledi. Şimdi yirmi dokuz doksan dokuz ödeyerek onu satın alabilecek."

"Artı vergileri ve kargo masrafı var," dedim. "Ne oldu sana böyle?"

"Bilmiyorum," dedi. "Sanırım, premenstüral sendrom falan yaşıyorum. Bu yüzüğe bakmak ve bir yerlerde, bu yüzüğe sahip olması *gereken* biri olduğunu düşünmek beni hüzünlendiriyor. Bu yüzüğün gerçekten bir insanın hayatını *değiştirebilmesini* umuyorum."

"Bugün ilaçlarını aldın mı sen?" diye sordum.

Televizyonu kapatıp, "Hadi biraz konuşalım," dedi.

"Ne hakkında?"

"Bilmiyorum," dedi Sadie. "Sen. Ben. Biz. Herhangi bir şey."

"Neler olduğunu biliyorum," dedim. "Kartsalak beynine sızdı ve seni Terapi Kızı'na dönüştürdü."

Sadie, dizime vurup, "Hadi ordan!" dedi. "Burada kimse *konuşmuyor*. Hepimiz konuşuyormuş gibi yapıyoruz, ama gerçekte konuşmuyoruz." Televizyonu işaret edip, televizyon bir apartman ya da daireymiş gibi, "Oradaki insanlar gibiyiz, ağzımızı açıyoruz, ama dışarıya gerçekten bir şeyler çıkmıyor."

Onu daha önce böyle konuşurken görmemiştim. Gerçeği söylemek gerekirse bu biraz ürkütücüydü. Yani, alaycı ya da komik olmak konusunda Sadie'ye her zaman güveniyordum. Şimdiyse kadınlar için bir sabah programındaymışız gibi davranıyordu.

"Hadi," dedi. "Bana bir sırrını anlat."

"Şimdi de sırlarımızı mı anlatıyoruz?" dedim. "Sırada ne var, şişe çevirmece mi?"

Her sözcükte parmağıyla kalçamı dürterek, "Bana bir sırrını anlat," dedi yeniden.

"Ah! Tamam. Tamam. Sen kazandın. Sana bir sırrımı anlatacağım," dedim ve daha ne dediğimin kendim de farkına varamadan, "Rankin'le takıldım," diye yumurtladım.

Bunu söylediğime inanamıyordum. Aslında söylemek istememiştim. *İstemiyordum* da. Aslında ona, Allie'yle ikimiz hakkında bir şey söylemeyi düşünüyordum, ama ağzımdan bu çıktı. Yok olmayı dileyerek öylece oturdum.

"Rankin'le takıldın mı?" dedi.

Az kalsın ona şaka yaptığımı söyleyecektim. Eğer şaka yaptığımı kanıtlamak için yeterince gülersem, bana inanacağını biliyordum. Ama gülmedim. Yalnızca başımla onayladım. Bir şey söyleyemedim. Yani, az önce ona hayatımda yaptığım en berbat şeyi söylemiştim.

Ve ne yaptı biliyor musunuz? Gözlerini devirdi.

"Sen buna sır mı diyorsun?" dedi.

"Yani, evet. Sen demez misin?" dedim.

"Yani, takıldım derken neyi kastediyorsun?"

"Biz..." dedim ve durdum. "Biz yalnızca..." Az kalsın ona Rankin'inkini ağzıma aldığımı söyleyecektim ki, yapamadım. Ben de elimi yukarı aşağı hareket ettirip Rankin'le yaptığımız şeyi gösterdim. İlk seferi.

"Birlikte otuzbir mi çektiniz?" diye tahmin yürüttü.

Başımı salladım.

Gözlerini dev gibi açıp, "Vaov," dedi. Bir an çılgına döneceğini sandım ve paniklemeye başladım. Güldü. "Bomba haber," dedi. "Gençler otuzbir çekiyor. On bir matinesinde."

Ne diyeceğimi bilemedim. Az da olsa şaşıracağını sanmıştım. Rankin'in kendisiyle oynadığını görmemi ilginç bulmadığını biliyordum, ama bu farklıydı. Son derece farklıydı. Bu, *ben ve Rankin'in birbirimizle* oynamasıydı. Ben olanlar yüzünden *tam anlamıyla* şalteri indirmişken, Sadie hiç önemli değilmiş gibi davranıyordu. Neredeyse bu kadar sıkıcı olduğum için özür dilemek zorunda hissedecektim.

"Ben *seninle* ilgili bir sırdan söz ediyorum," dedi.

"Bu *benimle* ilgiliydi!" dedim.

"Hayır," dedi. "Bu yalnızca insanların, yaptığını öğrenince şalteri indireceklerini düşündüğün bir şey. Emin ol, burada herkes bundan çok daha tuhaf işler yapmıştır."

"Ne gibi?" diye sordum.

"Alice'i hatırlıyor musun?" dedi.

Sanki unutabilirmişim gibi. Başımla onayladım.

"Sinekleri yakalayıp yerdi. Geçen sefer Benny diye bir çocuk vardı. Bir şeyleri kıçında saklamaya bayılırdı. İnan bana, Rankin'le yaptığınız şey sır *sayılamaz*."

O, cevap vermemi beklerken, ben de ona baktım. "Üzgünüm," dedim. "Elimde bir tek bu var." Doğru değildi, ama henüz kendimi iyi hissediyorken durmak istedim. Sadie'ye gerisini anlatırsam, durumun artık "normal" olmayacağından korktum.

"Peki ya Allie'yle aranızda geçenler?" dedi.

"Ne demek istiyorsun?"

"Hadi ama. Bunu, onunla aranızda geçenler yüzünden yaptığını biliyorum. Ne geçti peki aranızda? Bana anlatabilirsin. Sonuçta paylaşıyoruz şurada."

"Anlatacak bir şey yok," dedim. Gerçeği söylemek gerekirse, tuhaf bir şekilde Rankin'in gerçek bir sır olmadığını söylemesine bozulmuştum. Yani, çok büyük bir olay *olmasa* da, kendimi artık bu konuda daha iyi hissetsem de, bu hâlâ bir sırdı.

Sadie sakin duruşumu yememişti. "Evet, var," diye diretti. "Ne peki? Yattınız ve o tırstı mı? Onun için Burke denen çocukla kavga mı ettiniz? Ne oldu?"

Beni biraz daha zorlayacağını düşündüm, ama zorlamadı. Yalnızca uzun süre bana baktı. Ben de aynen ona baktım. Doktorla her gün bir kez yaptığımız için gözünü kırpmadan bakma yarışmaları konusunda gayet idmanlıydım. İşin sırrı, gözlerini odaklamamaktı. Böylece, baktığınız insanı gerçekten *görmüyordunuz*. Bunu doğru şekilde yaptığınızda, karşınızdaki asla anlamıyordu.

Sadie'yle yaptığımız yarışmayı da böyle kazandım. Bir dakika kadar sonra kafasını çevirip televizyonu açtı. Sesi hâlâ kısıktı. Biz de oturup sunucunun konuşmasını izledik. Artık sahte bir inci kolye tanıtıyordu.

Sadie o kadar uzun süre sessiz kaldı ki, bana kızmış olabileceğini düşündüm. Tam bir şey söylecektim ki, konuşmaya başladı.

"Pazar sabahı yayınlanan, tüm süper kahramanların olduğu çizgi filmi hatırlıyor musun?" diye sordu. "*Wonder Woman*, *Aquaman*, *Superman*?"

"Elbette. *Süper Arkadaşlar*. Ne olmuş ona?"

Gözlerini televizyona dikti. "Başka şeylere dönüşene kadar hepsi normal insanlar gibi görünüyordu, değil mi? Ama hepsi kendilerinde beğenmedikleri bir şeyden kaçarken süper kahramana dönüşmüşlerdi. Mesela *Batman*, kötü adamlarla savaşırken, kendi ruhunun karanlık yanıyla savaşıyordu falan."

"Bence *Wonder Woman, Wonder Woman* olarak, *Superman* de *Superman* olarak doğmuştu," diye karşı çıktım.

"Tamam," dedi. "Bunlar kötü örnek, ama gerçekten ilginç olan süper kahramanları bi' düşün. Çoğu, tuhaf bir şeye dönüşene kadar normaldi. *Wolverine* mesela. Bir deneyin parçasıydı. *Hulk*'a dönüşen adam da bu dönüşümden nefret ediyordu, çünkü dönüşmesi, onun cidden kızgın olduğu anlamına geliyordu. Bu da canını yakıyordu."

"Sanırım," diye kabul ettim.

Sadie devam etti:

"Çocukken o çizgi filmi, pijamalarımla kanepede oturup, günün birinde başka bir insana dönüşmeyi deliler gibi dileyerek izlerdim," dedi. "Bunun, her şeyi açıklayacağını düşünürdüm. Yani işte, neden farklı hissettiğimin açıklaması olacağını. Annemin gerçekten bir uzaylı olduğunu ya da küçükken radyoaktif bir örümcek tarafından ısırıldığımı öğrenecek, ama uçabildiğim ya da duvarların ardını görebildiğim için bunu sorun etmeyecektim."

Susup biraz daha televziyona baktı. Tam bir şey söylemem gerektiğini düşünüyordum ki, yeniden konuşmaya başladı. "Bu hiçbir zaman gerçekleşmedi," dedi. Süper kahramanların kendileriyle savaştıklarını anlayana, suyun altında nefes alabilmenin ya da parmaklarından ateş çıkarabilmenin, kafayı yemiş olmayı telafi etmediğini kavradığım âna kadar, tüm hayatım boyunca kendim olmayı sürdürmüştüm. Süper güçler yalnızca teselli ödülüydü; başka her şeyde boktan olmanın tesellisi, harika bir kostüm veya görünmez bir jet oluyordu."

Sessiz televizyona baktı. Yüzü, ruhu bedeninden uçup gitmiş gibi tamamen ifadesizdi. Aslında bayağı korkutucuydu. "Galiba ben, görünmez jetim olmasını istiyorum," dedi.

33. GÜN

Artık bütün bunların rüya olduğunu biliyorum, çünkü bu gece yaşananların gerçek olması mümkün değil. Olamaz.

Nereden başlayacağımı bile bilmiyorum. Rankin dün gece odama geldi. Gecenin biri ya da ikisi civarında olduğu için, sanırım teknik olarak bu sabah erken saatlerdi. Uyuyordum; sırtıma bir şeyin dokunduğunu hissettim. Rankin, iç çamaşırımı indirmiş, ağırlığını üstüme vermişti. Hâlâ yarı uyanık olduğumdan, önce ne yapmaya çalıştığını anlamadım. Kollarını bana dolayıp beni kendine çekti. Kulağımdaki nefesini duyuyordum.

İster inanın, ister inanmayın, kötü olan şey bu değildi. Hepsi bu olsaydı, durumu kaldırabilirdim. Muhtemelen. Ama bu yalnızca başlangıçtı.

Dediğim gibi, Rankin bana sarılmış, şey yapmaya uğraşıyordu... Ne yapmaya çalıştığını şimdi bile söyleyebileceğimi düşünmüyorum. Ama yaklaşıyordu. Ne yapmaya çalıştığını anlar anlamaz, hızla uyandım. Durmasını söylemek için ağzımı bile açtım.

Ve tam o sırada çığlık başladı.

Önce ben çığlık atıyorum zannettim. Ancak sonra, bunun bir kız sesi olduğunu anladım. Rankin, neler olduğunu sanıyordu bilmiyorum, ama beni iyice kendine doğru çekip eliyle ağzımı kapadı. Belki o da çığlık atanın ben olduğumu sandı.

O kadar garipti ki. Bir yandan çığlık atanın kim olduğunu anlamaya çalışıyor, bir yandan da Rankin'i üstümden atmakla uğraşıyordum. Her şey aynı anda oluyordu. Ben hareket bile edemiyordum, çünkü Rankin'den uzaklaşmanın mı, bu korkunç sesi çıkarana yardım etmenin mi daha önemli olduğunu bilemiyordum.

İşte o anda ışıklar yandı. Başımızın üstünde havai fişekler patlıyor gibiydi. Hiçbir şey göremiyordum. Rankin, yuvarlanıp yatağın kenarına oturdu, kendini elleriyle örttü. Kafamı kaldırınca Carl ve Hemşire Moon'un kapıda durduklarını gördüm. Elektrik düğmesi sanki onu da kontrol ediyormuş gibi, çığlık da durmuştu.

"İç çamaşırını çek, Jeff," dedi Moon'cuk. Bağırmıyordu. Gerçekten sakince söylemişti.

İç çamaşırımı yukarı çektim. Rankin de kendisininkini yerden alıp giydi. Hemşire Moon'a doğru baktım, ona mahremiyet alanı vermek için bakışlarını yere indirmişti, ama Carl doğrudan bize bakıyordu. Bize bakıp, sanki torunlarıymışız da, onu büyük bir hayal kırıklığına uğratmışız gibi başını sağa sola sallıyordu.

Rankin giyinince, "Rankin odana," dedi Moon.

Rankin odadan çıkarken bana bakmadı. Moon'cuk ya da Carl'a da bakmadı. Yanlarından çabucak geçip hızla koridora çıktı. Hemşire Moon'a baktım. Kalbim küt küt atıyordu.

"Neler oluyor?" diye sordum. "Çığlık atan kimdi?"

"Martha'ydı," dedi.

Korktum. "O iyi mi?" dedim. "Ne oldu? Canı mı yandı?" Kapıya doğru ilerledim.

Hemşire Moon elini kaldırıp beni durdurdu. "Merak etme. Kötü bir rüya görmüş, o kadar."

Başımı salladım. Çığlık atma isteği uyandıracak rüyaların nasıl olduğunu bilirim. O anda, Carl ve Hemşire Moon'un neden odamda olduklarını hatırladım.

"Biz yalnızca..." diye başladım.

Moon'cuk sözümü kesti. "Doktor Katzrupus sabah seninle konuşacak. İyi geceler," dedi.

O kadar. İyi geceler. Beni uykuya yatırıyormuş gibi. Bağırmadan. *Beni çok büyük hayal kırıklığına uğrattın,* demeden. Hiçbir şey yapmadan. Biliyor musunuz, bu çok daha kötüydü. Bağırsa, iğrenmiş olduğunu belli etse ya da yalnızca sinirlense bile daha iyi hissederdim. Ama umursamıyormuş gibi davrandı. Sanki hiç önemli değilmiş gibi.

Belki de değil. Artık emin değilim. Belki Sadie haklı. Belki de bu, erkeklere özgü bir şey. Belki de bir anlamı *yok*. Ama gerçekten bunu Kartsalak'la konuşmamayı tercih ederdim. Bu tam onun bloknotuna yazacağı türden bir şey.

Moon'cuk gittikten sonra nihayet uykuya daldım ve

fazlasıyla tuhaf bir rüya gördüm.

Önce, grup seansındaydık; hepimiz, artık burada olmayanlar bile. Kartsalak, sırayla en çok neden korktuğumuzu söylememizi istedi. Alice yalnız kalmaktan korktuğunu söyledi, Bone da arabalardan korktuğunu. Benzin istasyonu olayını hatırlayıncaya kadar bu bana çok tuhaf geldi. Juliet, dişlerden korktuğunu söyledi, ama söz konusu Juliet olduğu için bu, bana hiç tuhaf gelmedi. Rankin kaybetmekten korktuğunu söyledi. Martha bir şey demedi.

Sadie hiçbir şeyden korkmadığını söyleyince, ona inandım. Rüyamda Sadie'nin çevresinde, kalanlarımızın kendisini sakınması gereken şeylerden onu koruyan bir güç kalkanı vardı. Bana bakıp, "Öldüğünde korkacak hiçbir şey olmadığını anlayınca, endişelenecek bir şey kalmayacak," dedi.

Sıra bana gelmişti. Söyleyecek bir şey bulamıyordum. Grubun geri kalanına bakıp ne kadar berbat durumda olduklarını düşündüm. Sonra bileklerime baktım. Yine kanıyorlardı. Onları gizlemek için giysimin kollarını indirdim. Kanın giysimi ıslattığını hissediyor, bunu fark ederlerse herkesin bana gülmeye başlayacağını düşünüyordum.

Rüyadan uyandığımda kendimi tuhaf hissettim. Tam olarak açıklayamam. Yeterince çalışmadığım büyük bir sınavın sabahında hissettiğimle aynı türden bir yumru hissediyordum midemde. Sonra Rankin'i ve Kartsalak'la olanlar hakkında konuşmak zorunda kalacağımı hatırlayınca, düğümün neden orada olduğunu anladım.

34. GÜN

Sadie'nin rüyam hakkında ne düşüneceğini asla öğrenemeyeceğim. Ona anlatacaktım ama o...

Hayır. Bir dakika. En başından başlamam lazım. En başından başlamazsam, her şeyi birbirine karıştıracağım, çünkü şu anda hepsi beynimde dönüyor. Olanları bölük pörçük anlayabiliyorum, ama tüm resmi bir anda görmek çok zor. Görmek isteyip istemediğimi bile bilmiyorum zaten. Eğer görürsem, dağılabilirim.

Dün sabah, ünlü "Jeff ve Rankin'in Basılması" olayından sonra giyinip koridoru geçtim, salona gittim. (Duş *almadım*, biliyorum iğrenç, ama son zamanlarda buradaki skorlarım da pek iç açıcı değil.) Bir parçam, buradan atılmadan önce herkesin sıraya girmiş, ne kadar rezil biri olduğumu söylemek için beni beklediğini sanıyordu. Oysa Goody, bankosunda oturmuş, dosya okuyordu. Dosya benim miydi, Goody olanları öğrenmiş miydi, merak ettim.

"Doktor Katzrupus seni ofisinde bekliyor," deyince, bu sorunun yanıtını vermiş oldu.

Koridoru geçip Kartsalak'ın kapısını çaldım. Kapıyı açtı, hiçbir şey söylemeden ve ona bakmadan odaya girdim. Masasının karşısındaki sandalyeye oturup, buradan ayrılıyor olduğumu söylemesini bekledim.

"Dün gece olanlar hakkında konuşmak ister misin?" dedi.

"Pek değil," dedim. "Ama sizin konuşmak istediğinize, bir milyon dolarına iddiaya girerim."

Başıyla onayladı. "Bu konuda söyleyecek bir şeyin var mı?" dedi.

Başımı hayır anlamında salladım.

"Sana şunu sorayım," dedi. "Nasıl oldu?"

"Ne demek nasıl oldu?"

"Nasıl oldu?" diye yineledi "Bence gayet açık bir soru."

Biraz somurttum. Bu gayet aptalca bir soruydu. Omuz silktim. "Odama gelip yatağıma girdi ve kestanemi çizmeye çalıştı," dedim.

Kartsalak gözlüğünü yukarı itti. "Emin misin?" diye sordu.

"Elbette eminim," diye cevap verdim. "Güvenin bana. Adamın biri içinize girmeye çalışsaydı, siz de emin olurdunuz."

"Bir şekilde Rankin'e cesaret vermediğinden emin misin?"

Bunu düşünmem gerekiyordu. Her seferinde başlatan Rankin olmuştu, ancak beni buna *zorlamamıştı.* Dün geceye kadar ona *yapmamasını* tam olarak söylememiştim. Belki de söyleseydim, denemeye devam etmezdi. Ama bunu Kartsalak'a söylemek istemiyordum. Bu beni kurban gibi gösterecek ve doktor da bu konuda daha fazla konuşmak isteyecekti.

Bunun yerine, "Seksi iç çamaşırlarımı giymiş olduğum için bunun benim suçum olduğunu mu söylemek istiyorsunuz?" diye sordum.

"Bu sabah Rankin'le konuştum," dedi doktor. "Onu bunu yapmaya ikna edenin sen olduğunu söyledi."

"Ne?" dedim. "Bunu *benim* başlattığımı mı söyledi?"

Rankin'in yalan söylediğine inanamıyordum. Yani, aslında inanabiliyordum. Ama yine de çok kızmıştım. "Bu benim fikrim *değildi*," dedim, Kartsalak'tan çok kendi kendime. "*Benim* odama gelen oydu. Şey olan o..."

Kendime hâkim olup bunu söylemedim. Ama düşündüm. İbne. Buradaki ibne Rankin'di. Ben değil.

Kartsalak gözlüğünü yine yukarı itti. Az kalsın ona bunu kesmesini söyleyecektim. "Jeff, bunun hastane kurallarını ciddi anlamda ihlal etmek anlamına geldiğini söylemeliyim. Programdan ayrılman istenebilir."

"Sonunda," dedim. "Bunu bilseydim, daha önce yapardım."

"Yalnız," dedi, "bu davranışının ardında başka bir neden olmadıkça. Burada olmanla ilgili bir sebep olmadıkça," dedi.

Ne söylediğini anlamam zaman aldı. Anlayınca da çileden çıktım. "Harika," dedim. "Beni atılmakla tehdit ederek, yapmadığım bir şey hakkında konuşturmaya çalışıyorsunuz. Bunu size nerede öğrettiler, deli doktoru işkence eğitiminde mi?"

Kartsalak öne eğildi. "Sana yalnızca Rankin'le yaptığın şeyin, kendine zarar vermenle bir ilişkisi olup olmadığını soruyorum," dedi.

Ânında, "Yok," dedim. "Onunla hiçbir alakası yok. Sadie'yle de takıldım ama bunun anlamı..."

Büyük bir hata yapmış olduğumu fark edip durdum.

"Sen ve Sadie..." diye başladı Kartsalak. Eli burnuna doğru gidiyordu.

"Hayır," dedim. "Onu demek istemedim."

"Ne *demek* istedin?" diye sordu.

Kafamda ona verecek bir cevap aradım. Az önce söylediklerimi silecek herhangi bir şey. Ama bir cevabım olmadığını biliyordum. Fazla ileri gitmiştim.

"Tamam," dedim. "Evet, Sadie'yle takıldım, ama yapamadım." Kucağımda duran ellerime baktım. Parmaklarım birbirleriyle güreşiyordu.

"Ne yapamadın?"

Ellerimi sabit tutmak için zorladım. "Yani, *onu* yapamadım işte," diye mırıldandım. "Ve Rankin'le de yalnızca takılıyorduk. Ciddi bir şey yoktu. Rankin'e âşık falan değilim yani. Onunla olduğu gibi değil..."

Yine çok geç olduğunu ve ağzımdan kaçırdığımı fark ettim. Bunu beş dakikadan az bir sürede iki kez yapmıştım. Hasar tespiti yapıp kendimi toparlamazsam, hem de hızlı bir şekilde toparlamazsam, kendimi buradan ayrılan bir sonraki otobüste otururken bulacaktım. Niyeyse, o otobüste olmak istemiyordum.

"O kim?" diye sordu Kartsalak.

"Kimse," dedim. "Öylesine konuşuyordum."

"Allie mi?" dedi.

Gözlerini üstümde hissediyordum. Evet, o Allie demek için hazırlandım, ama demedim. Hiçbir şey demedim. O kazanıyordu ve onun kazanmasını istemiyordum. Rankin'in üzerine gidenin ben olduğumu düşünecek olsa bile, kazanan ben olmak istiyordum.

İşte o anda bombayı patlattı. "Jeff," dedi, "sana bir şey söylemek zorundayım. Sadie'yle ilgili."

Ondan önce davranmaya çalışarak, "Birlikte olmamamız gerektiğini bili–" dedim. Buradan atılacak olmam yeterince kötüydü. Sadie'nin atılmasından da sorumlu olmak istemiyordum. Fikrini değiştirebileceğimi umarak konuşmaya devam ettim. "Onunla olanlar *benim* fikrimdi. Odasına giden bendim. O benimkine gelmedi. Ve gerçekten büyük bir olay değildi. Yalnızca kendimi yalnız hissediyordum. Ona da sorabilirsiniz hatta."

"Jeff, dinle," dedi. Sesi tuhaftı ve aniden onun ofisi dışında başka herhangi bir yerde olmak istedim. Yüzündeki ifade, babamın Amanda'ya kedisine araba çarptığını söylediği anki ifadeye benziyordu.

"Ne?" dedim. "Çoktan gitti mi? Onu attınız mı? Gerçeği söylüyorum. Onu atama–"

"Jeff," diye sözümü kesti Kartsalak. "Sadie öldü."

Bunu söylemediğini biliyordum. *Sadie öldü* demiş olamazdı. Hayır. Yanlış duyduğuma emindim. *Sadie gitti* demişti. Aynen öyle demişti.

"Ne demek istiyorsunuz?" diye sordum. "*Gittiğini* mi söylemek istiyorsunuz?"

"Dün gece," dedi. "Çığlığı duydun, değil mi?"

"Ama o Martha'ydı," dedim. "Ay Surat, onun Martha olduğunu söyledi."

Başıyla onayladı. "Martha'ydı," dedi.

"Kötü bir rüya görmüştü," dedim.

Kartsalak gözlüğünü çıkardı. Bunu ilk kez yapıyordu ve artık çıplakmış gibi görünüyordu. Çıplak ve yorgun. Sonra, tıraş olmadığını fark ettim. Sanki bütün gece buradaymış gibiydi. Yeniden konuşmaya başlamadan önce gözlerini ovuşturdu.

"Martha, Sadie'nin odasına girmiş," dedi. "Kötü bir rüya *görmüş* ve rahatlamaya ihtiyaç duymuş olmalı. Sadie'yi o buldu."

"Nasıl buldu?" diye sordum anlamayarak.

Başını sağa sola salladı. "Ölü," dedi. Dümdüz. Öylece. "Sadie'yi ölü buldu."

Kahkaha attım. Kulağa tuhaf geldiğini biliyorum ama kahkaha attım. "Dalga geçiyorsunuz," dedim. "Dalga geçiyorsunuz. Çünkü Sadie *ölmedi*. Kahvaltı etmek için beni bekliyor. Bugün krep günü."

"Üzgünüm," dedi Kartsalak. "Özellikle bu şartlar altında bunu duymanın ve kabullenmenin senin için zor olduğunu biliyorum. Sana şu anda söylemeyebilirdim ama–"

"Hangi şartlar?" dedim. Sonra yeniden gülmeye başladım. Neden bilmiyorum. Deli bir palyaçoymuşum gibi içimden kahkahalar çıkmaya başladı. O anda bir şey düşündüğümü sanmıyorum. Yalnızca kahkaha atıyordum.

Sonra ağlamaya dönüştü. Hüngür hüngür ağlıyordum. Sonra Kartsalak'ın yanımda durduğunu fark ettim. Bana sarıldı. Sarılmasına izin verdim. Ben hüngür hüngür ağlarken bana sarılmasına izin verdim. Sadie konusunda hâlâ ona inanmıyordum. Ama durmadan ağladım. Bir süre sonra, neden ağladığımı bile artık bilmiyordum. Rankin olayı mıydı, Sadie olayı mıydı, yoksa yalnızca Jeff olayı mıydı, bilemiyorum. Artık bir önemi yoktu. Yalnızca iyi geliyordu.

Ne kadar ağladım bilmiyorum, ama yüzlerce saat geçmiş gibi geldi. Bir yanım, ağlamayı sürdürürsem bunların hiçbirinin gerçek olmayacağını söylüyordu. Sadie ölmemiş olacaktı. Rankin'le olanlar hiç yaşanmamış olacaktı. Ben deli olmayacaktım.

Ama Sadie ölmüştü. Rankin'le olanlar olmuştu. Ve ben deliydim.

35. GÜN

Tüm bu intihara-teşebbüs-etme olayına gelirsek. Sanırım, şu anda bunu konuşmamak için bir neden yok. İşler daha da kötüye gidecek değil ya.

Yılbaşı gecesi yaptım. Çok da iyi bir planım vardı. Times Meydanı'nda toplanmış insanlarla birlikte içip sarhoş olacak, meydandaki top düşüp yeni yıla girdiğimizi haber verince yapacaktım. Yani, bittiğinde bir kenara attığımız gibi eski yılla birlikte kayıp gidecektim. Evet, belki biraz dramatik, ama fikri de takdir etmeniz gerek.

Hayır, Times Meydanı'nda yapmadım. Bu fazlasıyla tuhaf olurdu. Evde yaptım. Odamda. Televizyonda topun düşüşünü izlerken.

Viski iyi bir başlangıçtı. Bu fikri Dylan Thomas'dan aldım. New York'taki Beyaz At Tavernası'nda ardı ardına yirmi bir kadeh viski içip oracıkta alkol zehirlenmesinden ölen bir şair. Her zaman hikâyeyi barmenin gözünden dinlemek istemişimdir. Orada durup, adamın kendini öldürecek kadar içmesini izlemek nasıldı? Ona yirmi birinci kadehi vermek ve yere düşmeden önce yüzünün buruşmasını izlemek nasıl bir duyguydu? Acaba, gelecek büyük bahşişi bekleyerek yirmi ikinci kadehi çoktan doldurmuş ve cesedi almaya geldiklerinde bu kadehi kendi mi içmişti?

Böylece biraz viski içtim. Dylan Thomas'ın nasıl yirmi bir kadeh içtiğini anlayamadım ama. Yalnızca üç tane içebildim. Ama bana yetti. Bir şekilde her şeyin normalmiş gibi görünmesini, örneğin intihar etmenin şu âna kadar aklıma gelen en iyi fikir olduğunu düşünmemi sağladı. Korkmuyordum.

Kendimi kesmek bana çok iyi geldi. Jiletin derimi güzelce yarmasıyla, sanki bileğimden bir iplik parçası çekiyormuşum gibi, kırmızı bir çizgi çıktı ortaya. Kan, düşündüğümün aksine birden fışkırmadı; yavaşça aktı. Bu benim kolummuş gibi hissetmiyordum. Sanki bir filmde başka birinin kolunu izliyordum. Sürekli kamera açısının ne kadar harika olduğunu düşünüyor ve keşke patlamış mısır olsaydı diye hayıflanıyordum.

Televizyondakiler yeni yıla kalan saniyeleri sayıyordu. Hepsi, yeni bir yıl için heyecanlanıyormuş gibi yapan birer morondu; ama diğer yıllara sıçtıkları gibi bu yıla da sıçacaklarını düşünmemek için hepsi zomdu. Herkes, Hazreti İsa ortaya çıkmış da çikolata kaplı huzur dağıtıyormuş, simli bir topun kafalarına inmesi onlara mutlu olmak için yeni bir şans verecekmiş gibi, binanın tepesine dikmişti gözlerini. Onlara durumun asla değişmediğini, New York şehrine kaç simli top inerse insin, yılın boktan olacağını, hayatlarının sıçık olacağını ve her şeyin hep ters gideceğini yalnızca ben söyleyebilirdim.

"Jileti kullanın!" diye bağırdım televizyona. "Jileti kullanın!" Ama kimse kullanmadı. Yalnızca ben kullandım.

İşte o zaman, ikinci bileğe geçtim. Birinci bilekten daha iyiydi, çünkü nasıl hissedeceğimi, neler olacağını biliyordum. Acayip iyi gelmişti. Noel ağacının altında bir aydır bekleyen, açmak için sabırsızlandığınız hediyenin kurdelesini kesmek gibiydi. Nihayet hediyeyi açma zamanı gelmişti ve paket kâğıdını, içinde istediğiniz şeyin olduğunu umarak yırtarken nefesinizi tutmak gibiydi. Ve benim için ilk kez öyleydi.

Sonra, yere uzanmış ölürken, herkesin birbirini öpmesini izleyip, yılbaşı programı sunucusu diş macunu reklamına çıkmış ölüm meleği gibi salakça sırıtırken, tüm Amerika'nın benim ölümümü kutladığını düşündüm.

Uyandığımda, annemle babamın başımda eğildiklerini gördüm. Önce rüyadayım sandım. Annem hâlâ makyajlıydı ve parti elbisesi üstündeydi. Yüzünde mor göz farından oluşmuş çizgiler vardı, ruju her yerine bulaşmıştı ve kardeşimin sekiz yaşlarındayken sahip olduğu makyaj Barbie'sinin çok korkmuş suratına benziyordu. Gerçek insan başı boyutlarında olan Barbie'nin saçını kıvırabiliyor, yüzüne makyaj yapabiliyordunuz. Amanda ve ben, yan komşunun oğlu Troy bizi görüp bana ibne diyene kadar, Barbie başıyla çok oynadık. Sonra onu arka bahçeye gömdüm.

Her neyse, annem bana bakıp, küçük bir çocuk onu

konuşturmak için ipini çekiyormuş gibi, durmadan, "Neden, neden, neden?" diye tekrarlıyordu. Babam hiçbir şey söylemiyor, rüya gören *oymuş* gibi bana bakıyordu. O zaman ölmediğimi ve hâlâ odamda, yerde olduğumu anladım. Tek yapabildiğim, annemin kurmalı oyuncaklar gibi açılıp kapanan ağzına bakıp, ona başka bir şey söyletip söyletemeyeceğimi düşünmekti. Mesela, oku tavuğa getirdiğinizde, "Tavuk 'gıt gıt gıdak' der," diyen oyuncaklardan biri gibi. Sonra ben, gıt gıt gıdak sesini düşüne düşüne gülmeye başladım, annem de yüzüme mor gözyaşlarıyla yağmur gibi ağlamaya.

Bir daha gözlerimi açtığımda bu odadaydım. Şu anda olduğum odada, şu anda baktığım tavana, şeytanın yüzüne bakıyordum. Dışarıda kar yağıyor, Hemşire Goody yatağımın yanındaki sandalyede oturmuş Doğa Tarihi Müzesi'nde sergilenen bir parçaymışım da, üstünde ne olduğum ve türümün ne zaman tükendiğini açıklayan pirinç plakamı okuyormuş gibi bana bakıyordu.

İşte bu. Büyük sır bu. Yılbaşı gecesi intihar etmeye çalıştım. Dün gece Sadie'nin yaptığı gibi. Ama o başardı. Detaylarıyla değil, ana hatlarıyla biliyorum. Bir sürü ilaç almış. Nasıl ya da nereden bulmuş bilmiyorum. Hepsinin Mucize İlaç olduğunu düşünmek istiyorum. Böylece en azından uçtuğunu düşünerek ölmüş olurdu.

36. GÜN

Annem hemen sarılmayla başladı. Sanki artık sarılma işine başlamış da duramıyormuş gibi.

Sırtımı patpatlayıp, "Arkadaşının aramızdan ayrılmasına çok üzüldük," dedi.

Önce, bu olanlar yüzünden evine gönderilen Rankin'i kastediyor sandım. Kartsalak doğruyu söyleyenin ben olduğumu anlamıştı galiba, çünkü hâlâ buradayım. Ya da belki yazı tura attılar ve ben kazandım. Ya da kaybettim. Her neyse, Rankin gitti. Onu özlemiyorum.

Annemin ondan bahsettiğini düşünürken, bir saniye için kalbimin durduğunu hissettim. Gerçekten onunla ilgili konuşmak istemiyordum. Bizimle ilgili. Neyse. Sonra, annemin Sadie'yi kastettiğini anladım ve kalbim yeniden çarpmaya başladı. Korkum öfkeye dönüştü. Aramızdan *ayrılmadı*, ÖLDÜ! demek istedim, ama kendimi daha iyi hissettirmeye çalıştığını biliyordum, o yüzden sesimi çıkarmadım.

Olup bitenlerden sonra haftalık Aile Saadeti'ni pek öyle iple çekmiyordum. İyi ki annemle babam Amanda'yı yanlarında getirmişlerdi. Onu gördüğüm için gerçekten mutluydum. O, aklımı kaçırmamamın garantisiydi sanki. Bugün o bile her zamankinden daha az Amanda gibiydi. Sanırım, Sadie ve olanlar yüzünden öyle olması gerektiğini düşünüyordu.

Kartsalak hepimize, burada yalnızca dokuz günümün kaldığını hatırlatarak başladı konuşmasına. Sanki ben bilmiyordum. Beş hafta önce burada dokuz gün bana binlerce yıl gibi geliyordu. Şimdiyse hiçbir şeydi.

"Ev çok değişti sen burada... yokken," dedi babam. "Bir an önce görmeni istiyorum." Elleri kucağındaydı. Yapmakta olduğu şeyi aslında yapmak istemediği zamanlardaki gibi başparmaklarıyla fırıldak yapmıştı. Eminim, o da benim kadar buradan çıkmak istiyordu. Onun adına üzüldüm. Sanırım çocuğunun intihar etmeye çalıştığını bilmek zordu.

"Tabii ya," dedi annem. Her şey yolundaymışçasına davrandığı zamanlarda olduğu gibi ekstra neşeliydi. "Odana yeni halı koyduk. Rengi çok güzel. O renge ne diyordun sen, Amanda?"

Amanda ona bakıp, "Bej," dedi. "Bej rengi."

"Ay, bence daha çok kum rengi," dedi annem. "Satıcı öyle demedi mi? Çöl kumu? Her neyse, duvarlarla çok iyi gitti. Amanda, mavinin o tonuna ne diyordun sen?"

Amanda bana bakıp gözlerini devirdi. "Mavi. Mavi diyorum."

Bunun, eve döndüğümde kan lekelerini görmeyeceğimin bana annemce duyurulma şekli olduğunun farkındaydım. Kan lekeleri olup olmamasını umursamıyorum. Ben hatırlayacağım ya. Yine de bunu düşünmüş olması güzel bir şey.

Sonra Kartsalak, yeni bir başlangıç yapabilmem için yeni bir okula gitmem konusunda annemlerle konuştuklarını söyledi. Bu konuda ne düşündüğümü bilmek istedi.

Bunu çok düşünmem gerektiğini, onlara kararımı bildireceğimi söyledim. Yeni bir yere gitme fikrinden hoşlandım. Bana yeniden başlama ve istediğim insan olma şansı verebilir. Ama sorun şu: Yeni biri olmak istemiyorum. Kendim olmak istiyorum. Bu da yeni bir okulda daha mı kolay, bilmiyorum.

Yani evet. Hakkımda ortalıkta dolaştığına emin olduğum öykülerden biraz korkuyorum. Herhalde biri şimdiye kadar benimle ilgili bir internet sitesi açmıştır bile. www.jeffintiharakalkisti.com. Resimlerle falan. Bir de blog. Bir yanım, eski okuluma dönüp herkesin bileklerime baktığını görmemenin beni çok rahatlatacağını söylüyor. Cidden, hiç tişört giymeden ne kadar dayanabilirsiniz ki?

Yeni bir yerde her şey daha mı iyi olacak? Belki başlangıçta evet. Ama eninde sonunda biri olanları öğrenecek. İşler böyle yürüyor. Çocuğun biri, eski okulumdan birini tanıyan birini tanıyor olacak ve kısa sürede öyküler havada uçuşacak. Sonra bir gün okula gideceğim ve koridorlarda yürürken herkesin fısıltılarını duyacağım. Ginny Mangerman birkaç ay yok olduğunda böyle olmuştu. Kız kardeşi onun bir dönem için değişim öğrencisi olarak Avustralya' ya gittiğini söylemişti. Sonra kızın hamile olduğu ve bebeği doğurup evlatlık vermek için bir yerlere gittiği ortaya çıkmıştı. Okula geri döndüğünde, herkes olanları biliyordu. Biri dergilerden bebek resimleri kesip Ginny'nin okul dolabına yapıştırmanın komik olacağını düşünmüştü. O da sonunda okuldan ayrıldı. Şimdi bir süpermarkette kasiyer olarak çalışıyor. Onun kasasında sıraya girdiğimde ona çok nazik davranmaya çalışıyorum, ama o beni ya da okuldan herhangi başka birini tanımamazlıktan geliyor.

En iyisi, eski okuluma dönüp bununla baş etmek olacak muhtemelen. Amanda da hâlâ oraya gidiyor ve kimseyle yüzleşemediğim için onun dalga geçilen insan olmasını istemiyorum. Başa çıkabileceğini biliyorum, ama buna zorunlu değil. Belki ikimiz de yeni bir okula gidebiliriz. Ya da annemleri Fransa'ya taşınmaya ikna edebilirim. Fransa'da kimse intihara kalkışmış olmanızı takmaz. Aslında, bence, trajik olduğunuz için sizi daha çok severler.

Annem geri dönmemin ne kadar harika olacağını anlatırken bunları düşünüyordum. Sonra Kartsalak bile onun konuşmasından sıkılmış olacak ki, birdenbire Amanda'ya, "Ağabeyinin eve dönmesi konusunda ne düşünüyorsun?" diye sordu.

Yalnızca annem bir dakika için çenesini kapatacağından değil, aslında ne söyleyeceğini merak ettiğim için heyecanlanmıştım.

"Sabırsızlanıyorum," dedi Amanda. "Bulaşıkları tek başıma yıkamaktan sıkıldım."

İçten içe güldüm. Bilmişliğinden böyle söylediğini biliyordum. Eğer uğraşırsa benden de korkunç olabiliyor. Herkese gayet ciddi göründüğünden insanlar, ona inansınlar mı inanmasınlar mı kestiremiyorlardı.

Kartsalak şansını bir kez daha deneyip, "Jeff'e söylemek istediğin herhangi bir şey var mı?" diye sordu. Uzun zamandır benimle uğraştığı için, büyük ihtimalle Amanda'nın da benimle aynı yöntemleri kullandığını biliyordu. Onunla birbirlerine bakma yarışına girsinler diye bekledim.

Amanda ona değil bana bakıyordu ve gülmemek için kendini tuttuğunu görebiliyordum. Bu yüzden ben de ciddi görünmeye çalıştım. Derin bir şey düşünüyormuş gibi dudağını ısırarak bir dakika kadar bekledi. Sonra, "Bir daha denersen, odanı ben alabilir miyim?" diye sordu.

Annem şoktaydı. "Amanda!" diye bağırdı. Babam parmaklarını fırıldak gibi yapmayı bırakıp, sanki ölmek istiyormuş gibi baktı. Kartsalak kalemini hazırladı.

"Ne var?" dedi Amanda, gayet masummuş gibi davranarak.

"Bunun Jeff'in hoşuna gittiğini sanmıyorum," dedi babam.

Ama hoşuma gitmişti. İşte bu, bizim aramızdaki bir espriydi. Eve ilk taşındığımızda Amanda da ben de büyük odayı istemiştik. Amanda, kız olduğu ve odanın da ayrı bir tuvaleti olduğu için, odayı kendisinin alması gerektiğini söylemişti. Ben de, daha büyük olduğum için, odanın benim olması gerektiğini söylemiştim. Sonunda kendimi odaya kilitlemiş, annemle babam odanın benim olduğunu söyleyene kadar, nerdeyse tam bir gün boyunca odadan çıkmamıştım. Başlarına kakmaya hazırlanıyordum ki, Amanda'nın beni oyuna getirdiğini anladım. Oda için savaşacağımı biliyordu. Gerçekten istediği şey yeni bir bisiklet ve binicilik dersleri olduğu için, odayı alamadığına üzülüyormuş gibi davranmış, tüm hayatının haksızlıktan ibaret olduğu konusunda zırlayınca, annemler ona istediklerini almıştı. Sağlam kızdır.

Renk vermedim. "Sorun değil," dedim sakince. Hepsi bana baktı. Bir daha asla denemeye niyetim olmadığı konusunda büyük bir konuşma bekliyorlardı bence. Onun yerine, konuşmakta zorlanıyormuşum gibi, "Eğer intihar edersem tabii ki odamı alabilirsin," dedim.

"Jeff!" dedi annemle babam aynı anda. Sonra annem Kartsalak'a baktı. "Nelere katlanmak zorunda olduğumuzu görüyor musunuz?" dedi. "İkisi birden..."

O, lafını bitiremeden, "Bence Amanda ve Jeff gayet iyi anlaşıyorlar," dedi Kartsalak. Ben ona bakınca da gözlüğünü yukarı itti. Birazcık gülümsediğini düşünüyordum, ama eliyle ağzını sildi ve elini çektiğinde eski deli doktoru haline dönüştü.

"Ah, keşke *biz de* onları anlayabilseydik," dedi annem.

Amanda yeniden bana baktığında, onun benim hakkımda düşündüklerinin benim için, herkesin düşüncesinden daha önemli olduğunu fark ettim. Tuhaf değil mi? Size bunun nedenini söyleyemem. Belki onun benden korkmasını istemiyorum. Sanırım, okuldaki çocukların benden korkmasını kaldırabilirim. Hatta, annemle babamın bile benden korkmasını kaldırabilirim, ama Amanda farklı. Onun bana güvenebileceğini bilmesini istiyorum. Bir gün bana gerçekten ihtiyacı olabilir ve o gün geldiğinde, benden yardım istemeye korkmasını istemiyorum.

Seansın geri kalanı sıkıcıydı. Kartsalak, "terapi ortamından ev ortamına geçiş" ve bununla ilgili saçmalıklar hakkında uzun uzun konuştu. Çoğu zaman, kimsenin bakmadığı anlarda Amanda'ya komik suratlar yapıp onu güldürmeye çalıştım. Bir kez patladı, ama öksürüyormuş gibi yapıp durumu toparladı.

Seans bittiğinde daha fazla sarılma faslı başladı. Sıra Amanda'ya gelince, ona sıkı sıkı sarıldım ve kulağına, "Bir dahaki sefere *senin* halını batıracağım," diye fısıldadım.

Annemle babam, güldüğümüzü duymasın diye yine öksürük numarası yaptı. Ama bence, ona meraklanmaması gerektiğini söylemeye çalıştığımı anlamıştı. Hepsi birden odadan çıkarken, annemin ona, "Sanırım, seni yarın Dr. Leach'e götürmemiz gerekecek. Öksürüğünden, hasta olmaya başladığın anlaşılıyor," dediğini duydum. Amanda dönüp bana baktı, ben de ona el salladım.

Odama dönmeye hazırlanırken, Kartsalak, "Bugün biraz daha kalmanın sakıncası olur mu?" diye sordu. "Biraz daha konuşuruz diye düşündüm."

Şimdiye kadar anlattığımdan daha fazlasının olduğunu bildiğini biliyordum. Ve birdenbire çok çok yorulmuştum. Onunla konuşmaktan değil, *konuşmamaktan*. Oynadığım tüm oyunlardan ve kendimi tutmaktan sıkılmıştım. Belki de bunun sebebi Amanda'nın iyi olduğuma inanmasını istememdi. Belki Sadie'nin ölmüş, Rankin'in gitmiş olmasıydı. Bilemiyorum. Ama konuşmak istediğimi biliyordum.

"Tamam," deyip oturdum. "Nereden başlamalıyım?"

"Her güzel öykünün başladığı yerden," dedi Kartsalak. "En başından."

37. GÜN

Kimse size kalbinizin kırıldığını söylemez, bunu hissedersiniz. Ama sadece siz. İçinizde bir şey kırılmış ve parçaları midenize düşüyormuş gibi hissedersiniz. Yediğiniz herhangi bir yumruktan daha çok acıtır. Nefes almanız durur ve bir süre, nasıl nefes alınacağını unutursunuz. Nihayet hatırladığınızda, nefes borunuz tıkanmış, sanki yalnızca bir pipetten hava çekiyormuşsunuz gibidir.

Burke'le aramızda olanlar yüzünden intihar etmeye kalkıştım. Allie ve Burke yüzünden değil. Ben ve Burke yüzünden. Noel tatilinde olanlar yüzünden.

Her şey aslında birkaç ay öncesinde başlamıştı. Burke'ten hoşlandığım söylenebilir. Aslında söylenemez: Ondan gerçekten hoşlanıyordum. Acayip hoşlanıyordum.

Burke, Allie'ye çıkma teklif edince, Allie adına sevinmiştim. Ondan hoşlandığını biliyordum, sonunda ona çıkma teklif ettiğinde gerçekten heyecanlanmıştı. Zaten yalnızca sinemaya gideceklerdi. Allie, beni bile çağırmıştı. Benim de onlarla olmamın Burke'le fazla ileri gitmesini engelleyeceğini söylemişti. Bir dergide, ağır takılırsanız, erkeklerin daha çok ilgi duyacağını, randevulara grup halinde gidildiğinde çiftin birbirine fazla yakınlaşmasının başkaları tarafından engelleneceğini okumuştu. Ben onun grubuydum.

İşin tuhafı, Burke bunu umursamamıştı. Üçümüz sinemaya gittik. Filmin ne olduğunu bile hatırlamıyorum. Burke ortamıza oturdu. Allie, onun diğer yanındayken, ben de onun yanında oturuyordum. Benimle patlamış mısırını bile paylaştı. O an bunu düşünmemiştim, ama sanki üçümüz çıkıyor giyidik. Bu duruma sesini çıkarmadığı için Burke'ün ne kadar rahat biri olduğunu düşündüm.

Filmin ortasında patlamış mısıra uzandığımı hatırlıyorum. Burke de mısıra doğru elini uzatmıştı ve birkaç saniye için parmaklarımız birbirine değdi. Önce kim elini çekti bilmiyorum, ama dokunmanın verdiği o tuhaf hissi hatırlıyorum. Bunu nasıl adlandıracağımı bilmiyorum. Midemde bir gıdıklanma belki. Parmaklarımı ağzıma götürüp, Burke'ün tadını almaya çalışıyormuş gibi yağı yaladım. Filmin kalanı boyunca da patlamış mısıra dokunmadım.

Ondan sonra Allie, Burke'le daha fazla vakit geçirmeye başladı. Başlarda nerdeyse her seferinde beni de çağırıyorlardı. Sonra bir gece Allie onunla yalnız çıktı. Çıkacağını bana söylememişti bile, ama eve döndüğünde aradı. "Beni öptü," dedi. Sesi sanki az önce bir milyon dolar kazanmış gibi heyecanlıydı.

"Öptü mü?" diye sordum. "Neden?"

"Ne demek *neden?*" dedi Allie. Sanki bu, bir insanın sorabileceği en aptalca soruymuş gibi güldü. "Çünkü canı istedi."

Öpüşmeyi anlattı. Yürüyüşe çıkmışlar. Burke ikisine de dondurma almış. Şakalaşmışlar, Allie'nin burnuna dondurma falan sürmüş. Derken burnunu yalamış. Sonra da onu öpmüş. Ne dediğini gayet net hatırlıyorum. "Dudakları kedi yavrusu gibi yumuşacıktı." Bunun, birinin dudaklarını tarif etmek için çok tuhaf bir benzetme olduğunu düşünmüştüm. Ama aynı zamanda ne kastettiğini de çok iyi biliyordum.

Allie adına heyecanlanmaya çalıştım, ama ona, onun için sevindiğimi söylediğim tüm o süre boyunca Burke'ün, dondurmayı benim burnumdan yaladığını ve onun minik kedi dudaklarını öpen ben olmalıydım diye düşünüyordum. Bunu düşündükçe, daha da korktum. Sanırım bu, Burke'ten yalnızca hoşlanmadığımı, ona âşık olduğumu ilk fark edişimdi.

O andan sonra Burke ve Allie'nin yakınında olmak istemedim. En azından birliktelerken. Bu çok fazlaydı. Burke'ü her gördüğümde ondan ne kadar hoşlandığımı düşünüyordum. Muhteşem kahverengi gözleri ve müthiş bir gülümsemesi vardı. Size baktığında, gerçekten *baktığını* hissediyordunuz. Anlıyor musunuz? Bana hep öyle baksın istiyordum.

Ama tabii ki, o her zaman Allie'ye bakıyordu. Allie de her zaman ondan söz ediyordu. Bana. Ona bunları neden duymak istemediğimi söylemenin kesinlikle bir yolu yoktu. Böylece birkaç ay boyunca ona âşık ve umutsuz bir haldeydim. Allie ondan her söz ettiğinde ya da onları el ele veya öpüşürken gördüğümde kıskanıyordum.

Bir gün, tam Noel'den önce üçümüz, Rebecca Miller'ın evinde bir partideydik. Rebecca'nın ailesi şehir dışındaydı, tabii bu da biraz içtiğimiz anlamına geliyor. Ya da benim durumumda çok içtiğim anlamına geliyordu. Sanırım birkaç bira içmiştim; hiç içmeyen biriyseniz bira acayip kafa yapıyor.

İşin tuhafı, aynı anda hem mutlu hem de mutsuz hissediyordum. Bira içip Allie ve Burke'ü izledikçe kafam daha da karışıyordu. En iyi arkadaşımı geri istiyordum. Ama aynı anda Burke, Allie'ye tutkun olduğu kadar bana tutkun olsaydı nasıl olurdu diye düşünmekten kendimi alamıyordum. Başka bir erkek hakkında hiç böyle düşünmemiştim ya da *herhangi biri* hakkında. Gerçek şu ki, seks hakkında pek düşünmemiştim, çünkü düşündüklerim beni korkutuyordu. O parti gecesine kadar *neden* korkuttuğunu da bilmiyordum.

Ne hissettiğimi fark edince kusacağımı sandım; bu yüzden, kimsenin beni duymaması için üst kattaki banyoya gittim. Klozete eğildim ve midemdekilerin çıkmasını bekledim. Biraz başımın döndüğünü hatırlıyorum. Gözlerimi kapadım, ama durum daha da kötüleşti; o zaman iyice eğilip içimin dalgalandığını hissederek gözlerimi suya diktim.

Kusmadım gerçi. Bir süre sonra kendimi daha iyi hissetmeye başladım. Ayağa kalkıp aynada kendime baktım.

Gördüğüm şeyden nefret ettim. Bu kadar anormal olduğu için o çocuğa yumruk atmak istedim. Sanki kendime değil de, hiç görmediğim ve bir daha asla görmek istemediğim birine bakıyor gibiydim.

İşte o anda kapı açıldı. Kilitlemeyi unutmuştum. Ben daha bir şey söyleyemeden Burke içeri girdi. Bana bakıp dev gibi ve neredeyse sarhoş gülümsedi. "N'aber abi?" dedi. "İşini bitirdin mi?"

Bir şey diyemeden yalnızca başımı salladım.

"Tamamdır," dedi. "Feci işemem lazım."

Çıkmamı beklemeden tuvalete doğru yürüdü, fermuarını açtı ve dışarı çıkardı. Bakmamaya çalıştım, ama elimde değildi. Beni bakarken görmesini bile umursamıyordum, bir şey de fark etmedi zaten. İşini bitirince, arkasını dönüp fermuarını çekti ve bana baktı.

"Dağılmış görünüyorsun, oğlum," dedi yine sırıtarak.

Tam önümde duruyordu. Sarhoşken bile yakışıklıydı. "Parti mükemmel, değil mi?" dedi. Nefesi bira kokuyordu, ama umurumda değildi.

"Evet," dedim. "Mükemmel." Tuvaletten çıkmak istiyordum, ama yapamadım. Ayaklarım hareket etmiyordu.

"Hey," dedi Burke, "sana sormak istediğim bir şey var."

O bunu söyler söylemez kalbim tuhaf bir takla attı. Bir an –yalnızca minicik bir an için– bana çıkma teklif edeceğini sandım. Neden bilmiyorum, bana birlikte sinemaya gitmek istediğini söyleceğini falan düşündüm. Durum şu ki, o anda gerçekten bunu yapmasını istedim. Patlamış mısır olayını ve parmaklarını hatırlayınca o tatlı ürperti beni yeniden çarptı.

Sözcüğü zar zor oluşturarak, "Nedir?" diye sordum.

Burke bir an için ciddi göründü. "Allie'yle ilgili," dedi. Sesi gergin çıkıyordu. Bu hiç onun tarzı değildi. Burke gerilmezdi. Her zaman rahattı. O anda bana ne söyleyebileceğini düşünerek *ben de* daha fazla gerildim.

Burke gözlerimin içine baktı. Sorusunu sormasını beklerken dünya durdu. Ve, "Ona Noel'de ne almalıyım?" dedi.

Ne söylediğini anlamam birkaç saniye sürdü. Sonunda, söylediği şey kafama dank edince, bu kadar üzüldüğüme çok şaşırdım. Ama bunu anlamasına izin veremezdim. Söyleyecek bir şey bulmalıydım. "Giysileri sever o yaa," dedim.

Burke başını sağa sola salladı. "O boku da ben seçemem işte," dedi.

Daha ne dediğimi kendim de anlamadan, "Seninle gelebilirim," dedim. "Birlikte bir şey seçeriz." Der demez de moron gibi hissettim. Bir adam, nasıl olur da başka bir adama onunla alışverişe gideceğini söyler ki? Ama o an tek düşünebildiğim, Burke'le bir şeyler yapmayı ne kadar istediğimdi. Herhangi bir şey. Kız arkadaşı için Noel alışverişi bile. Allie'yi böyle görüyordum, onun kız arkadaşı olarak. *Benim* en iyi arkadaşım olarak değil.

Burke güldü. Dünyanın en normal şeyiymiş gibi, "Süper," dedi. "Süper." Sonra kolumu okşayıp, "Sen süper bir adamsın," dedi.

Kalbim o kadar hızlı çarpıyordu ki, kalp krizi geçiriyor olabileceğimi düşündüm.

Sonra o şeyi yaptım. Kendimi tutamadım. Burke koluma dokunuyordu, bir randevu ayarlamış gibiydik ve aniden hayatımda hiç hissetmediğim kadar mutlu hissediyordum kendimi. Ne yaptığımın farkına varmadan önce eğilip onu dudaklarından öptüm. Dudaklarımızın birbirine değdiği birkaç saniye içinde Allie'nin haklı olduğunu düşündüğümü hatırlıyorum. Minik bir kedi gibiydi.

Beni itti, ama sert değildi. "Hoop," dedi güler gibi. "Bana sevgilinmişim gibi davranma. Sana çıkma teklif etmiş değilim," dedi ve yine güldü.

Bir şey söylemedim. Hayatımda hiç bu kadar korkmamıştım. Onun yapabileceğini düşündüğüm şeylerden değil, *kendi* yaptığımdan. Tüm bunların geride kalması için ona söyleyebilecek bir şey, onu neden öptüğümle ilgili bir açıklama düşünmeye çalıştım, ancak o öpücüğü hiçbir şeyin silemeyeceğini biliyordum.

Sanırım, Burke onunla birlikte gülmediğimi fark etti. Gülmeyi kesti ve sanki oyuna getirildiğini anlamış gibi kaşları yukarı kalktı. "Neler oluyor?" dedi. Birkaç saniye için gözlerimin içine baktı. "Bir dakika," dedi, kendine gelip bana, beni daha önce hiç görmemiş gibi bakarak. "Sen ibne misin?"

Yani, daha önce de bana ibne demişlerdi, ama Burke'ün dediği şekilde değil. Bazen aptalca bir şey yaptıklarında çocuklar birbirlerine, "İbne misin?" derlerdi. Ama Burke başka bir şey kastetmişti. Aniden bu sözcük dildeki en tehlikeli sözcük haline gelmişti.

Cevap vermeye çalıştım.

"Ben... ben senden gerçekten hoşlanıyorum."

Burke geriye bir adım attı. "Hassiktir!" dedi. Yüzünde beni dehşete düşüren bir ifade vardı. "Hassiktir!" diye tekrarladı.

"Burke," dedim ona doğru uzanıp. "Burke, sakın..."

Ona yaklaşmamı engellemek için ellerini kaldırdı. Başını sallayıp, "Sen *ibnesin,*" dedi.

Beni ittirip tuvaletten çıktı. Birkaç saniye sonra midemdeki her şey çıktı. Yerlere ve kendi üstüme kustum. Sanki kalbimi kusuyormuş gibi hissediyordum. Ağlıyor, nefes alamıyor ve ölmek istiyordum.

Havlularla yeri temizledim, ama giysilerim hâlâ pislik içindeydi. Oradan çıkmak istiyordum yalnızca. O anda dışarı çıkmak için alt kata inmem ve partinin ortasından geçmem gerektiğini hatırladım. Allie orada olacaktı. Burke'ün, olanları çoktan ona anlatmış olduğunu biliyordum. Benim ne olduğumu anlatmıştı. Onunla yüzleşemezdim.

Pencereden çıkmayı düşündüm, ama kendimi hâlâ bok gibi hissediyordum ve düşüp işleri daha da beter edeceğimden korkuyordum. Sonunda koridora çıktım. Merdivenlerin başında durup, aşağıdaki insanların gülüşmelerini dinledim. Burke'ün, onlara onu nasıl öptüğümü anlatıp ne büyük bir ibne olduğumu söylediğini, onların da bunun dünyadaki en komik şey olduğunu düşündüklerinden bana güldüklerini düşündüm. Dalga geçmek için hepsinin, büyük ibnenin ortaya çıkmasını beklediklerini biliyordum.

Yapacak başka bir şey yoktu. Basamakları elimden geldiğince hızlı indim ve doğruca kapıya yöneldim. Kimseye bakmadım ve kimse beni durdurmasın diye dua ettim. Kimse durdurmadı. Bütün gece olan en iyi şey buydu. Kimse beni durdurmamıştı. Kapıya varıp evden çıktım ve eve, odama koştum.

O günden sonra Allie'yi görmedim, ama onunla konuştum. Ondan üç gün haber almayınca, Burke'ün, olanları ona anlattığını anladım. Noel günü daha fazla dayanamayıp aradım. Telefonu açtığında, "Yalnızca mutlu Noeller demek için aramıştım," dedim.

Bir süre hiçbir şey söylemedi. Nefes sesini duyabiliyordum. Sonra, "Neden bana eşcinsel olduğunu söylemedin?" dedi.

"Değilim. Allie bana inanmak zorundasın."

"Arkadaş olduğumuzu sanıyordum," dedi ve telefonu yüzüme kapadı. Bana söylediği son şey bu oldu.

Şimdi yılbaşında aşırı duygusallaşmamın arkasındaki tüm hikâyeyi ve neden burada olduğumu biliyorsunuz. Eşcinselim. Kulağa aptalca geldiğini biliyorum. Tonlarca insanın eşcinsel olduğunu, bunun çok da büyük bir olay olmadığını düşüneceksiniz. Ama ben gerçekten eşcinsel olmadığımı, bunun yalnızca büyük bir yanlış anlaşılma olduğunu, unutup gideceğimi umuyordum. Rankin'le olayımız ve Sadie'yle olanlardan –ya da olmayanlardan– sonra, unutamayacağımı biliyordum aslında. Ben böyleyim.

Bir yerde, eşcinsel çocukların üçte birinin intihara kalkıştıklarını okumuştum. Bu dünyada eşcinsel olarak yaşamanın çok zor olduğunu söylüyorlar. İnsanlar onları anlayana ve dünya bir erkeğin başka bir erkeği sevebileceğini kabullenene kadar intihar etmeyi sürdüreceklerini söylüyorlar. Büyük ihtimalle doğru. Ama en yakın arkadaşının erkek arkadaşını sevmenin kabullenilebileceği bir dünya asla olmayacak.

38. GÜN

Artık yalnızca intihara kalkıştığımı değil, eşcinsel olduğumu da tespit ettik. Köpek boklu dondurmanın üstündeki çift kiraz gibi. Ya da ekstra fındık.

Artık, tabii ki, Kartsalak'ın tek konuşmak istediği bu. Bugün benden Rankin'le yaptıklarımızdan biraz daha bahsetmemi istedi. Bu konuda konuşmak kesinlikle utanç vericiydi. Sonra bana seks yapmak konusunda ne hissettiğimi sordu. Müthiş hissettiğimi, ama benim için önemli olanın Rankin'in benimle bir şeyler yapmak *istemiş* olması olduğunu söyledim. Önemli olan seks değildi. Yani, onu kendi kendinize de yapabiliyor sayılırsınız, değil mi? Ama başka bir insanın sizinle birlikte olmak istemesi... işte bu çok özel bir duygu. Sizden hoşlandığını gösterir. En azından göstermelidir.

Rankin tüm bunları benimle yaparken ne düşünüyordu merak ediyorum. Başka biri de ona bunları yapmış mıydı? Gerçekten eşcinsel miydi? Benden hoşlanmış mıydı? Sanırım, bu soruların cevabını asla bulamayacağım. Doktora sorduğumda bana, insanlar canımızı yaktıklarında onlara bunu neden yaptıklarını sormanın iyi bir fikir olmadığını söyledi. Kendimize, bu olanların bizim suçumuz olmadığını hatırlatmak en iyisiymiş.

Diğer bir deyişle, doktor ya Rankin'in olayının ne olduğunu bilmiyor ya da bana söylemiyor.

Her iki türlü de ona inandığımı sanmıyorum. Bu belki bir parça benim *hatamdı*. Sonuçta, Rankin'i durdurmadım. Yaptığından *hoşlanmamış* da değildim. Yapmak istemiyor da değildim. En azından, bir parçam istiyordu.

Konuyu değiştirmek gerekirse, Martha'nın iyi olup olmayacağını sordum. Martha o geceden beri hiçbir şey söylememişti –Frex bile dememişti– ve durumunun gerilemesinden korkuyordum. Gerileme terimini de Kartsalak'tan öğrenmiştim. Temelde, Martha'da iyiye giden şeylerin, Sadie olayı yüzünden silinmesi anlamına geliyordu. Deli doktorlarının, ters giden her şey için özel sözcükleri olmasına bayılıyorum.

Kartsalak, bunu bilmediğini söyledi. Ama sesindeki bir şey bana Martha'nın iyileşeceğine inanmadığını düşündürdü. Bu konuda ona daha fazla soru sormak istedim, çünkü bu olayın, Martha'nın burada olmasıyla bir ilgisi olduğunu fark etmiştim. Ama bana hiçbir şey anlatmayacağını biliyordum. Bu yüzden, yalnızca Martha'nın iyileşmesini umdum.

Neler olduğunu sonra öğrendim. Frank'e sordum. Dediğim gibi, Frank zaman zaman hıyarlık edebiliyor, ama kendisinin çok şey bildiğini düşünmek hoşuna gidiyor, bu yüzden daha sonra onu gördüğümde Sadie'nin başına gelenlerin korkunç olduğundan söz etmeye başladım. Bu konuda bildiklerini bana anlatacağını bildiğimden, "Martha gerçekten üzüldü," dedim.

"Ya, onu kim suçlayabilir?" dedi Frank. "Kızcağız aynı şeyin yeniden olduğunu sanmıştır herhalde."

"Ne olduğunu sanmıştır?" dedim.

Yine güldü. "Ah tabii. Sizin burada haberleri izlemenize izin vermiyorlar. Babası, annesini vurmuş."

"Martha'nın babası mı?"

"Kadını av tüfeğiyle uçurmuş," dedi Frank. "Sonra da kendini öldürmüş. Çocuk bütün olanları görmüş. Onu bulduklarında mutfakta ikisinin arasında yerde oturmuş, lanet tavşana sarılıyormuş. İki üç gündür oradaymış. Teyzesi mi ne, durmadan telefon edip cevap alamayınca oraya gitmiş."

"Dalga geçiyorsun," dedim.

"Gazetelerde çarşaf çarşaf," dedi Frank. "Sizin yalnızca dandik gazete eklerine bakmanıza izin verdiklerini unuttum." Güldü. "Dandik gazete ekleri. Espriyi anladın mı?"

Onu umursamadan yürüyüp gittim. Tek düşünebildiğim, Martha'nın mutfakta oturuşuydu. Sadie'yi gördüğünde çılgına dönmesine şaşmamak lazımdı. Zavallı çocuk. Ben de sorunlarım var sanıyordum. Eğer skor tutuyor olsaydık, Martha hepimizi çoktan geçmiş olurdu.

39. GÜN

Bugün Kartsalak'ın ofisinde otururken, birdenbire ona, "Gerçekten eşcinsel olup olmadığımı nerden anlayacağım?" diye sordum. Ağzımdan çıkıverdi, bir kez çıkınca da cevabı gerçekten öğrenmek istedim.

Kartsalak arkasına yaslanıp bana baktı. "En sevdiğin renk hangisi?"

Mavi olduğunu söyledim. Nedenini sordu.

"Ne neden?"

"En sevdiğin renk neden mavi?"

Salakça bir soru gibi, değil mi? Yani, neden bir şeyi seversiniz? Ona maviyi sevdiğimi, çünkü mavi şeylere bakınca genelde kendimi iyi hissettiğimi söyledim.

"Peki," dedi. "En sevdiğin şarkı?"

Lolly Dreambox'ın *Snow Cold Sunday*'i olduğunu söyledim. En azından şimdilik. Eminim, önümüzdeki hafta başka bir şey olacak. On beş yaşındayken böyle oluyor.

Yine, neden bunun en sevdiğim şarkı olduğunu sordu. Her duyduğumda eşlik etmek istediğimi söyledim. Kendimi sahnede şarkı söylerken hayal ettiğimi ve bunun kendimi iyi hissettirdiğini söyledim.

"Peki," dedi. "En sevdiğin renkle en sevdiğin şarkı arasındaki ortak yan nedir?"

Yanıt her ikisinin de farklı yönlerden olsa da kendimi iyi hissettirmesiydi. Cevabı bulmak zor değildi. Ama sonra, "Kızları düşündüğünde ne hissediyorsun?" diye sordu.

Bu bana hileli bir soruymuş gibi geldi. Cevaplamanın da pek çok yolu vardı. Bu nedenle daha açık sormasını rica ettim. Onlarla sevgili olarak çıkmayı düşününce ne hissettiğimi sordu.

Özel bir şey hissetmediğimi söyledim. İyi ya da kötü hissettirmiyordu. "Sade dondurma gibi," dedim.

Sonra aynı şeyi erkekler için sordu. Biraz utandım, çünkü erkeklerin bana hissettirdikleri konusunda daha önce kimseyle konuşmamıştım. Ama sonunda, bir erkekle çıktığımı düşünmenin bana pek çok şey hissettirdiğini söyledim. Hem heyecanlanıyor hem de korkuyordum.

"Bazen neden bazı şeylerden hoşlandığımızı bilemeyiz," dedi Kartsalak. "Ya da en azından onları neden sevdiğimizi kelimelere dökemeyiz. Yalnızca hoşlandığımızı biliriz. Eşcinsel ya da heteroseksüel olmak –ya da ikisinin arasında olmak– da genellikle böyledir. Bir şeyi, bize hissettirdikleri dolayısıyla severiz."

Bu, henüz benim sorumu yanıtlamamıştı ve Kartsalak'a da söyledim. Ona kesinkes eşcinsel olduğumu nasıl anlayacağımı sordum. "Belki de bu yalnızca şu anda hissettiğim bir şeydir," dedim.

Belki de öyle olduğunu söyledi, ama bu bana kendimi daha iyi hissettirmedi. "Yapabileceğin tek şey duygularını dinlemek," dedi. "Eğer hissettiklerin konusunda dürüst olursan, kendin hakkındaki gerçeği de bileceksin."

Yemin ediyorum, bazen, dövüş filmlerinde birden ortaya çıkıp kahramanın kılıcı bulması, kızı kurtarması ya da kötü adamın kıçını tekmelemesi için ona bir sürü manyakça şey zırvalayan tuhaf yaşlı adamlara benziyor. Islık çalan çamı buuuul ve anahtarı isteee, gibi falan.

Sanırım, ne demek istediğini biliyorum aslında. Sadie ile olduğum gece, onunla seks yapamayacağımı biliyor olmam gibi. Doğru gelmemişti. Evet, belki başka bir kızla daha farklı hissedebilirim, ama sanmıyorum. Rankin'leyken *biliyordum*. O doğru insan olmasa da, bir erkekle birlikte olmak doğru gelmişti. Yaptıklarımızla ilgili her şey korkutucu ve tuhaftı, yine de bunun, istediğim şey olduğunu biliyordum. Rankin'le değil, kesinlikle burada da değil; ama bir gün hoşlandığım biriyle başka bir yerde.

Kartsalak, annemle babama söyleme fikrini ortaya attı. Bunu yapıp yapamayacağımı bilmediğimi söyledim.

"Yani bunu daha önce onlarla hiç konuşmadın mı?" diye sordu.

"Bizim ailede konuşulmaz," dedim. "Biz varsayarız."

"Ne demek istiyorsun?" dedi.

"Yani annemle babam varsayarlar," diye açıkladım. "Eğer herhangi bir konu hakkında sorumuz varsa, Amanda'yla benim gidip onlara soracağımızı varsayarlar. Yoksa, her şeyin yolunda olduğunu varsayarlar."

"Hiç onlarla konuşur musunuz?"

Kartsalak'a bir bakış attım. "Onlarla tanıştınız," dedim. "Sizce?"

Şimdi üzerinde düşününce, annemle babamın hiç eşcinsel arkadaşları olduğunu sanmıyorum, en azından benim bildiğim kadarıyla yok. Bu nedenle eşcinsellik konusunda ne hissedeceklerini bilmiyorum. Ayrıca, söz konusu olan bir yabancı değil, kendi çocuğunsa işler değişir bence. Annemin bir gün torun sahibi olmak istediğini biliyorum. Babam da, Amanda ve ben birileriyle çıkmaya ve sevgililerimizi eve getirmeye başladığımızda onları yakından inceleyeceğini söyleyerek bizimle dalga geçer. Babamın, çıktığım çocuğu karşısına alıp, tuttuğu takımı sorduğunu düşünemiyorum.

Kartsalak'a, benim yerimde olsa annemlere söyleyip söylemeyeceğini sordum; tabii ki, benim yerime karar veremeyeceğini söyledi. Bunu söyleyeceğini tahmin etmiştim, yine de denemeye değer olduğunu düşündüm. Bunun üzerine, onlara söyleme konusunda nasıl bir karar verebileceğime dair önerisi olup olmadığını sordum.

"Onlara söyleme alıştırması yapabilirsin," diye önerdi.

"Yani kafamda nasıl olacağını mı canlandırayım?"

"Hayır, benimle demek istiyorum," dedi Kartsalak.

"Anneme pek benzemiyorsunuz," dedim. "Keçi sakalınız yokken bile."

Gülümsedi. "Babanı oynayabilirim o zaman," dedi.

"Bilmiyorum. Tuhaf."

"Peki, biraz düşün," dedi.

İşte şimdi bunu düşünüyorum. Oturup annemle babama gerçekten, "Ben eşcinselim," dediğimi hayal ediyorum. Ve biliyor musunuz? Bu beni biraz öfkelendiriyor. Yani, heteroseksüeller oturup anne babalarına kızlardan hoşlandıklarını söylemek zorunda değiller. Herkes zaten bunu varsayıyor. Ama eşcinselseniz, herkes bunu devasa bir olay haline getiriyor. Neredeyse bir basın toplantısı düzenlemek ya da gazeteye ilan vermek zorunda kalıyorsunuz. Neden? Pek çok insan böyle olmadığından mı? Bu haksızlık.

Annemle babam neden bilmek *zorunda?* Bir gelinleri olmayacağı fikrine alışsınlar diye mi? Böylece beni bir erkekle evlenirken görme fikrine alışmak için egzersiz yapabilisinler diye mi? Anlamıyorum. İnsanları kim olduğunuz konusunda *uyarmak* zorunda olmak neden? Neden yalnızca olup bitebilen bir şey değil bu?

Neden olduğunu biliyorum. Yalnızca sinirimi boşaltıyorum. Birine böyle bir şey söylemek büyük baskı yaratıyor. Sanki buna kendini adamak gibi. "Anne baba, bu konuda çok düşündüm ve eşcinsel olduğuma karar verdim." Sanki bütün broşürleri okuyup karşılaştırmalı alışveriş yapmışsınız gibi. Ya da sonunda hangi üniversiteye gitmek istediğinize karar vermişsiniz gibi. Yanılmışsanız, paranızı geri alma ya da okul değiştirme şansınız yok. Yani sanırım var, ama bu sefer de herkesi boşu boşuna heyecanlandırmış olursunuz.

40. GÜN

Tuhaf. Rankin nerdeyse bir haftadır yoktu, ama kimse nerede olduğunu ya da ona ne olduğunu sormamıştı. Bugün Kartsalak'a onu sordum. Tek söyleyebildiği, Rankin'in başka bir yere transfer olduğuydu. Sanki yeni bir işe girmiş falan gibi.

Bana, Sadie'nin intihar notunu da okudu. Bir not bıraktığını bile bilmiyordum. Kartsalak, bana söylemeden önce biraz zaman geçmesi, böylece daha az üzülmem için beklediğini söyledi. Ona ne kadar düşünceli olduğunu söyledim ben de.

Sonra notu bana okudu. Konuşan onun sesiydi, ama ben Sadie'yi duyuyordum.

Selam millet. Sanırım artık buralarda olmadığımı biliyorsunuz. Belki bazılarınız beni özleyecek, belki bazılarınız özlemeyecek. Ben sizi özleyeceğim. Eğlenceliydi. Ama gitme vakti geldi. Bu sefer kimse beni kurtaramaz. Sam bile. Hepinizi öteki tarafta göreceğim sanırım.

Sevgiler.
Sadie.

Bu kadardı. Neden olduğu konusunda hiçbir şey yazmamıştı. Kafasının içinde neler olup bittiğine dair hiçbir şey yoktu. Benim hakkımda... hiçbir şey yoktu.

"Bu ne biçim bir not böyle?" dedim. "Hiçbir şey söylememiş. Çok aptalca."

Sonra sinirlendim. Gerçekten çok sinirlendim. "Kim olduğunu zannediyor ki?" dedim Kartsalak'a. "Gidip kendini öldürüyor, sonra da yalnızca 'Öteki tarafta görüşürüz!' mü diyor yani? Saçmalık destanı."

"Belki de tek söyleyebildiği budur," dedi Kartsalak. "Belki de bunu gerçekten neden yaptığını bilmiyordu."

"İnsan nasıl bilmez ki?"

Yine o eski, soruya soruyla yanıt verme tekniğini kullanıp, "Sence neden yaptı?" dedi.

Sorun şu ki, bilmiyordum. Ama bildiğimden korkuyordum. Onunla yatamadığım için yaptığından korkuyordum. Reddedilmiş hissettiği için yapmış olmasından korkuyordum. Benim Burke'te hissettiğim gibi. Ve Allie'de. Eğer gerçek buysa neden kendini öldürmek istediğini anlayabiliyordum. Kesinlikle anlayabiliyordum.

"Ne düşünüyorsun?" diye sordu Kartsalak.

Düşündüğümü söyleyemedim. Yapamadım. Eğer söyleseydim gerçek olabileceğini kavrayacaktım. Ama bunu sır olarak içimde tuttuğum sürece gerçek değildi.

"Senin yüzünden olmasından mı korkuyorsun?"

Kahretsin! Bunu nasıl yaptığını bilmiyorum, ama bir şekilde tam da onun bilmemesini istediğiniz şey hakkındaki soruyu sormayı başarabiliyordu.

Başımı evet anlamında salladım, ama yine de bir şey söylemedim. Ağzımdan çıkmasına izin vermedim. Sonunda daha fazla dayanamayıp, "Siz?" diye sordum.

Olumsuz anlamda başını salladığında neredeyse kusacaktım. "Hayır. Ben korkmuyorum."

"O zaman ne sikime bana soruyorsunuz?" diye resmen bağırdım. Yalnızca gerçekten öfkeliysem "sik" sözcüğünü kullanırım. Yoksa bence, vermek istediğiniz etkiyi kesinlikle bozuyor. Ama o anda gerçekten *öfkelenmiştim*. Acayip öfkelenmiştim.

"Çünkü bunu düşünüyor olabileceğini hissetmiştim," dedi.

Ona dik dik baktım. "Gerçekten dallamasınız. Biliyor musunuz?"

Duymazlıktan geldi. "Bir şey daha var," dedi. "Bir şiir yazmış."

"Şiir mi?" dedim. Bu kesinlikle Sadie'nin yapacağı türden bir şey değildi.

Kartsalak mektubu bana uzattı. Nottan sonra aşağıda, Sadie şöyle yazmıştı:

Yedi küçük deli çocuk hastanede yatıyordu,
Biri babasını kızarttı, kaldı altı kişi.

Altı küçük deli arı kovanıyla oynadı,
Biri kendini ölene kadar dövmeletti, kaldı beş kişi.
Beş küçük deli kiler kapısındaydı,
Biri şizoya bağladı, kaldı dört kişi.
Dört küçük deli denize gitti,
Biri tek kelime bile söylemedi, kaldı üç kişi.
Üç küçük deli hayvanat bahçesine gitti,
Biri fazla otuzbir çekti, kaldı iki kişi.
İki küçük deli güneşte oturdular,
Biri bir avuç ilaç yuttu, kaldı bir kişi.
Bir küçük deli kaldı yalnız başına,
Gidip bileklerini kesti, geriye kaldı hiçbiri.

"Demek bizler, onun için böyleydik," dedim. "Bir liste dolusu sorun."

"Öyle olduğunu sanmıyorum," dedi Kartsalak. "Bence hepinizin ortak bir yönü olduğuna inanmak istiyordu."

"Deli olmak mı?

Başını salladı. "Muhtemelen bu onun daha iyi hissetmesini sağlıyordu."

Belki de öyleydi, ama bana kendimi daha iyi hissettirmiyordu. Aslına bakarsanız, Sadie'ye az öncekinden daha da öfkeliydim. Öfkeliydim, çünkü Sadie çakma çıkmıştı. Benim –ve diğer herkesin– onun çok karizmatik olduğunu ve hiçbir şeyin onu rahatsız edemeyeceğini düşünmemizi istemişti. Kafasının yerinde olduğunu düşünmemizi istemişti. Düşünmüştük de. Ya da en azından ben düşünmüştüm.

Ama kafası yerinde değildi. Diğerlerinden karizmatik,

güçlü ya da zeki değildi. Korkuyordu. Bir gün aslında olduğu kişiyi göreceğimizden ve o kişiyi sevmeyeceğimizden korkuyordu. Açıkçası, bu kişiden *hoşlanmadım*. Bana yalan söylediğini anlamaktan ve kendini olmadığı bir insanmış gibi göstermesinden. Hiçbir şeyi önemsemiyormuş gibi davranıp, aslında her şeyden kaçmasından hoşlanmadım. Ona çok kızdığım için, ölümüne üzülmek istediğim halde üzülememekten hoşlanmadım.

Önce Allie, şimdi de Sadie. İkisi de beni terk ettiler. Ve Sadie bunu hiç söylemediyse de, bir yanım, beni eşcinsel olduğum için mi terk ettiklerini merak ediyor. Allie bunu kaldıramadı. Belki Sadie de öyle.

Şimdi, yalnızca Juliet, Martha ve ben kalmıştık. Son kalan üç küçük asker. Sanırım, herkes kuyrukta beklerken, başka bir kulübe gidip gitmemeye karar vermeye çalışıyordu. Akşam yemeğinden sonra Juliet'le salonda oturuyorduk. Neden bilmiyorum ama ona, "Sadie'yi sever miydin?" diye sordum.

Juliet okuduğu kitabı bir kenara bıraktı. "Onu, incinmiş bir köpeği sever gibi seviyordum," dedi.

"Ne demek istiyorsun?"

"Köpeğe acıyıp yardım etmek istersin, ama sen bakmazken onun seni ısırmayacağından da emin değilsindir," dedi.

Evet, Juliet'in tuhaf şeyler söylediğini biliyordum. Bazen, sanki sizi gerçekten görebileceği şekilde deliliği ortadan kalkıyor, kesinlikle doğru şeyler söylüyordu. Ne demek istediğini anlamıştım. Sadie biraz öyleydi. Her zaman kuyruğunu sallayıp sizden hoşlandığını düşündürüyordu ama bizi de kendisinden fazla sevdiğine emin değilim artık.

"Peki ya Rankin?" diye sordum.

Başını sallayıp, "Ondan hiç hoşlanmadım," dedi. "Ya sen?"

Bildiğim kadarıyla Rankin'le aramızda geçenlerden haberi yoktu. Sanırım yalnızca Moon'cuk, Goody ve Carl biliyorlardı; onların da bir şey söyleyeceklerini sanmıyorum. Galiba öyle delice şeyler görüyorlar ki, hızla unutabiliyorlar ya da unutmuş gibi davranmayı çok iyi başarıyorlar.

Omuz silkip, "Arkadaş olduğumuzu düşünüyordum, ama sanırım ondan pek hoşlanmamıştım," dedim.

"Neden sevmediğin biriyle arkadaş olasın ki?" diye sordu Juliet. Bir saniye için bana Kartsalak'ı hatırlattı, elinde bloknot ve kalemle gözümün önüne getirdim.

"Bazen birinden hoşlanmadığını, onunla biraz vakit geçirmedikçe anlayamıyorsun," dedim.

"Ben anlarım," dedi. "Birini sevip sevmediğimi hemen anlarım."

Bunu nasıl yaptığını sordum.

"Yanlarındayken kaşınmaya başlarım. Sanırım, tehlikeli insanlara alerjim var. Rankin beni kaşındırıyordu," dedi.

Onun yalnızca bir kaçık olduğunu düşünebilirsiniz, ama bu söylediği, herhangi başka bir şey kadar mantıklıydı aslında. Yani, insanların iyi olup olmadığını nasıl anlayabilirsiniz ki? SAĞLIK BAKANLIĞI'NDAN ONAYLIDIR falan diye etiketleri olmuyor sonuçta.

Bu bana yine Allie'yi ve hâlâ arkadaş olup olmadığımızı düşündürdü. İlk kavgamız değildi sonuçta. Yalnızca diğer kavgalarımızdan daha ciddiydi. Ya beni terk ettiği için arayıp özür dilerse? Onu affeder miyim?

Çok zor bir soru ya. Hangi filme gideceğimiz konusunda tartışmadık ki. Benden uzaklaştı çünkü Burke kendisini öptüğümü söyledi ona. Doğru olup olmadığını sormadı bile.

Ama doğruydu. Sorun buydu. O zaman bana bunu sormuş olsaydı, Burke'ün yalan söylediğini ya da onunla dalga geçtiğimi söylerdim. Ona asla eşcinsel olduğumu söylemezdim çünkü o zamanlar kendime bile söyleyemiyordum bunu. Yani biraz haklıydı. Arkadaşlığımızı yıktığı için değil, kızgın olmakta haklıydı. Bana eşcinsel olma ihtimalim olduğu için mi, yoksa erkek arkadaşını öptüğüm için mi daha kızgın olduğunu bilemiyorum. Sorma şansı bile vermedi ki.

Allie'yi gayet iyi tanırım ve eşcinsel olduğum için benimle arkadaşlığını keseceğini sanmıyorum. Ona söyleseydim, durum farklı olurdu. Artık anlatmaya fırsat bulacak mıyım, onu bile bilmiyorum.

41. GÜN

"Eşcinsel olduğumdan kesinlikle eminim ve bunun ne anlama geldiği konusunda daha fazla şey öğrenmek istiyorum."

Babam bir süre gerçekten sessiz kaldı. Sonra, "Bunu anlamak için çok küçüksün," dedi.

Aslında o, babam değil Kartsalak'tı. Bugün onunla kostümlü provam vardı. Aileme kendimle ilgili anlatacaklarımın kostümlü provası. Dün gece bunu yapmaya karar vermiştim. Yani, eğer eşcinsel olmanın dertlerine katlanacaksam, insanlara da söylemeliydim.

Kartsalak hem annem hem de babam olmayı önerdi, ama annemin tıraş olması gerektiği fikri bana pek makul gelmedi; ben de ona yalnızca babam olarak kalabileceğini söyledim. Ayrıca beni asıl uğraştıracak insanın babam olduğunu düşünüyorum. Babalar öyledir genelde.

O, karşımda bir sandalyede oturuyor ve ben de söze

başlamaya çalışıyorum. Ama aklıma aptalca olmayan bir şey gelmiyor. "Size söylemek istediğim bir şey var," kötü bir pembe dizi diyaloğu gibi duruyor. "Hakkımda bilmeniz gereken bir şey var," daha da kötü; sanki lösemi olduğunu ya da gizli ajan olduğunu falan söyleyecekmişsin gibi. Gerçekten, her şey kulağa dramatik geliyor.

Sonunda, "Sizinle neden kendime zarar verdiğim hakkında konuşmak istiyorum," dedim. Sonra Allie ve Burke'ü, Burke'ten hoşlanıyor olmaktan nasıl korktuğumu ve Allie'nin nasıl bu yüzden arkadaşlığımızdan vazgeçtiğini anlattım.

İşte o zaman "babam", ne istediğimi anlamayacak kadar küçük olduğumu söyledi. Sesinin ne kadar düşmanca çıktığını duyunca, hafif bir şok geçirdim. Sonra bu rolü Kartsalak'ın oynadığını hatırladım. Babamın gerçekte nasıl yanıt vereceğini bilmiyordu ve bana mümkün olabilecek herhangi bir yönden yaklaşıyordu.

"Küçük olduğumu biliyorum," dedim. "Aynı zamanda duygularımın ne kadar güçlü olduğunu da biliyorum ve bunların ne anlama geldiğini keşfetmem gerek." Benim konuşmama benzemiyordu, ama söylediklerim doğruydu. Hem, böyle konuşmanız anne babaların hoşuna gider. Onlar gibi konuşuyormuşsunuz gibi olur. Ama şimdi düşününce, belki bu onları daha da korkutacaktı.

"Bir psikiyatra görünmen gerekiyor," dedi Kartsalak babam. "O seni düzeltir."

Gülmek istedim, ama doktor harbiden çok ciddi duruyordu. Babamın gerçekten bunu söylediğini gözümde canlandırmaya çalıştım. Bence böyle söylemesi imkânsızdı, ama söyleyebilecek olması beni gerçekten korkuttu. "Bir psikiyatra görünüyorum ve o bana kendimle ilgili pek çok şeyi anlamamda yardımcı oldu. Sizin için sorun yoksa onunla konuşmaya devam etmeyi isterim, ancak düzeltilmeye ihtiyacım olduğunu düşünmüyorum. Yalnızca bazı şeyler hakkında konuşmaya ihtiyacım var."

"Büyükannene ne söyleyeceğim? İnsanlara ne söyleyeceğim?" diye sordu Kartsalak.

Derin bir nefes alıp onunla yüzleştim. "Onlara gerçeği söyle," dedim. "Kendimden utanmıyorum. Eğer sen benden utanıyorsan, üzgünüm. Ama utanman gereken bir şey olduğunu düşünmüyorum."

Kartsalak başını salladı. "Fena değil," dedi. "Başka bir tepki deneyelim mi?"

Farklı birkaç sahne –ya da her ne deniyorsa– üstünden geçtik. Bazen söylediğim şeyin babam için sakıncası olmuyordu, bazen öfkeleniyordu. Sahneleri tamamladığımızda çok yorulmuştum. Film yıldızları bir sahneyi tekrar tekrar nasıl çekiyorlar anlamıyorum. İnsanı bitiriyor.

Kartsalak farklı tepkilerin bana nasıl hissettirdiğini sordu. Tabii ki, babamın sinirlenmediği senaryoların, en iyileri olduğunu söyledim. Sonra bana, hangisinin gerçekleşme olasılığının daha yüksek olduğunu sordu.

Keşke bilseydim. Gerçekten. Ama bilmiyorum. On beş yıl o insanlarla yaşadıktan sonra, haklarında biraz bilgi sahibi olacağınızı düşünürsünüz. Oysa şu anda annemle babamı hiç tanımıyormuş gibiyim. Aslına bakarsanız, birer *in-*

san olduklarını düşünmemiştim; yalnızca annemle babamdı benim için. Şimdi onları duygulara sahip insanlar olarak görmem gerekiyordu. Büyük eziyet.

İşin komik yanı, eminim onlar da böyle hissediyordu. Eminim, evde oturup oğullarına benzeyen, ama hayatlarında hiç karşılaşmadıkları biriymiş gibi davranan bu çocukla nasıl konuşmaları gerektiğini düşünüyorlardı. Bu durum bir yandan kendimi daha iyi hissettiriyordu. Sanki hepimiz kim olduğumuzu bulacaktık. Ama diğer yandan korkutucuydu. Hâlâ az da olsa tamamen tersi tepki göstereceklerinden ve beni reddedeceklerinden endişeliyim.

Bunu pazar günü öğreneceğiz.

42. GÜN

Bugün yeni biri geldi. Anlaşılan o ki, deliler evi hâlâ şehirdeki en popüler kulüp. Adının Sincap olduğunu söylüyordu. Birinin, çocuğuna bu adı vereceğini düşünemiyorum, ama o böyle diyor. Ve bu ad bir şekilde ona yakışıyor. Çok sıska. Konuşurken, sanki size baksa havaya uçacağınızdan korkuyormuş gibi, gözleri fıldır fıldır çevreyi tarıyor.

Bugün grup seansında tanıştık. Diğerleri kendini tanıtırken, buradaki ilk günümü düşünmeden edemedim. Ben de Sincap kadar korkmuş görünüyor muydum? Büyük olasılıkla. Ama grubumda Bone, Alice ve Sadie vardı. Kim olsa korkar. Sincap'taysa Juliet, Martha ve ben vardık. Hiçbirimizin o kadar korkutucu olduğunu sanmıyorum. Tamam, belki Juliet korkutucu, ama yalnızca onu tanımaya başlayınca. Aslında o zaman bile o kadar korkutucu değil.

Sincap'ın sorunu ne, bilmiyorum. Söylemedi. Ama tahmin yürütmem gerekirse, bence birkaç sorunu var. Belki uyuşturucu. Belki depresyon. Belki her ikisi de. Bir süre burada kalınca böyle şeyleri anlamaya başlıyorsunuz. Sanki neredeyse her sorunun kendine özgü bir kokusu varmış gibi. Sincap, sigara külü ve pamuk şeker karışımı kokuyor. Pek hoş değil.

Benim intihara kalkıştığımı ilk anda anlayan olmuş muydu acaba, merak ediyorum. Yani, bileklerimde bandajlar vardı ve öyle çok büyük bir gizem değildi. Ama eşcinsellik konusunu bilmiyorlardı. Göremiyorlardı.

Belki Rankin dışında. O biliyordu belki. Yoksa neden öyle yapsın ki? Tabii, ondan başka buradaki tek erkek bendim. Ama bunları Bone'la yapabilir miydi? Bone'la *yapmış mıydı?* Sanırım eline fırsat geçse yapardı. Sonuçta, bana âşık falan değildi. Bu öylesine yaptığı bir şeydi. Ben onun için bir şey ifade etmiyordum. O da benim için bir şey ifade etmiyordu. Sanırım ödeşmiş oluyoruz.

Umursadığım adam bana dokunmayı asla düşünemezken, umursamadığım bir çocukla takılmış olmam tuhaf. Burke beni hiç düşünüyor mu, bazen merak ediyorum. Yani, yaşananlar hakkında Allie'yle konuşmuş olmalılar. Aramızda bir şey yaşansaydı bunun nasıl olabileceğini hayal etmiş midir, merak ediyorum. Yani, Allie kız olmasına rağmen ben aramızda bir şey geçse nasıl olacağını merak etmiştim. Ve Burke ondan hoşlandığımı bildiğine göre, bunu düşünmüş olması *gerekmez mi?* Ya da fikri iğrenç bulduğu için, düşünemiyor mu bile?

Acaba Allie benimle seks yapmanın nasıl bir şey olduğunu düşünüyor mu, merak ediyorum. Bunu hayal etmesi biraz daha zor. Ama Allie'yi tanırım. Bir konuyu uzattıkça uzatır. Sonsuza dek. Boş vermek, ona yabancı bir kavramdır. Üç yıl önce Meg Crenshaw, Allie'nin kazağının onu nasıl din kültürü öğretmeni gibi gösterdiği hakkında bir yorum yapmıştı. Allie bunu *hâlâ* unutmadı.

Bu konuda gerçekten ne yapmam gerektiğini bilmiyorum. Kazak konusunda değil. Allie'nin duyguları konusunda. Tamamen bana bağlı da değil tabii. Allie'nin de diyecekleri olmalı. Burke'ün de sanırım. Kulağa tuhaf gelecek biliyorum, ama artık onun benim hakkımda ne düşündüğünü önemsemiyorum. Allie benim için ondan daha önemli. Acaba ben onun için Burke'ten önemli miyim? Sanırım, erkek arkadaşını bana tercih etse onu suçlamam. Ama deli öfkelenirim tabii.

Her neyse, Sincap'a dönelim. Bu akşamüstü onunla biraz konuştum. Hâlâ Mucize İlaç'ı alıyor, dolayısıyla psikiyatri koğuşunda olduğunu henüz pek kavrayabilmiş değil. Bir yanım ona söylemek istedi. Sonra temiz havayı koklayarak uzayda uçmanın ne kadar hoş olduğunu hatırlayıp söylemekten vazgeçtim.

Onun yerine Monopoly oynadık. Var olan en sıkıcı oyun olduğunu biliyorum. Yine de zaman öldürmek için iyi. Oynarken fazla düşünmek zorunda da değilsiniz. Juliet'le Martha da bizimle oynadılar. Juliet şapka, Martha küçük köpecik, ben ayakkabı, Sincap da yarış arabasıydı.

Martha kazandı. Tüm kırmızı gayrimenkulleri satın aldı, otel inşa edip hepimizi sildi süpürdü. Hiç konuşmayan biri için, sıkı bir mülk sahibiydi. Indiana Caddesi'ndeki kiramı ödeyemeyince, ona Marvin Bahçeleri'ni *ve de* Reading Trenyolu'nu vermek zorunda kaldım. Küçük bir Donald Trump gibiydi, ama saçları onunkinden daha iyiydi.

Sonra dördümüz oturup karın yağışını izledik. Nedense hesapladım ve hastaneden Sevgililer Günü'nde çıkacağımı fark ettim. İronik. Sizce de öyle değil mi? Burke'ün yarattığı kalp kırıklığı yüzünden kendimi burada bulmuşken, yılın en romantik gününde buradan ayrılıyordum.

Belki de Burke'e bir hediye ayarlamalıydım. Şaka yapıyorum. Onu çoktan unuttum. Evet, çok hoş. Ve iyi. Ve komik. Tamam, belki onu *tamamen* unutmadım. Ama heteroseksüel olması, onun ve benim erkek arkadaş olmamız konusunda bir sorun yaratıyor.

Ayrıca, gerçekten onu istediğimi zannetmiyorum. İstediğim şey, Burke fikriydi. Onun Allie'yi ne kadar mutlu ettiğini görüyordum. *Ediyor olduğunu*. Şimdiki zaman. En azından hâlâ birlikte olduklarını düşünüyorum.

Belki bir gün benim de Sevgililer Günü hediyesi verecek bir erkek arkadaşım olacak. Bunu düşünmek beni hasta ediyor aslında. Romantik biri değilim, anlıyor musunuz? Ve Sevgililer Günü'nün, milyonlarca yıl falan önce bir imparatorun, askerleri zayıflattığını düşündüğü için evliliği yasaklamasıyla ortaya çıktığını biliyor muydunuz? Rahip –Valentine– insanları gizlice evlendiriyormuş ve bu yüzden kellesini kaybetmiş. Yani ilk Sevgililer Günü hediyesi adamın birinin kafasıymış. Alın size biraz tarih.

Düşününce, aslında mükemmel. Âşık olmak da başını kaybetmeye benzemiyor mu?

43. GÜN

Eğer anne babanıza eşcinsel olduğunuzu söylemek zorunda kalırsanız, size şunu garanti edebilirim: Düşündüğünüz tepkiyi vermiyorlar.

Bu konuda fazla düşünmemeye çalıştım, ama neredeyse bütün gece uyumadım. Kartsalak'la geçen gün provasını yaptığımız farklı senaryoların üstünden geçip durdum sürekli.

Gerçekten olanlar ise, provasını yaptıklarımıza benzemiyordu. Yani hem benziyordu hem benzemiyordu. Yaptığımız her şeyin bir karışımı gibiydi daha çok.

Annemler geç kaldığı için işler biraz kötü başladı. Neden geç kaldılar bilmiyorum, ama geldiklerinde bu konuda tartışıyorlardı. Annemin zamanında hazır olmadığı ya da babamın benzin almak için durması falan gibi bir şeydi konu. Önemli değil. Yalnızca tuhaf bir moddalardı. Ah, Amanda'yı da yanlarında getirmişlerdi! Aslında bu iyi bir şeydi. Çünkü, onun da söyleyeceklerimi duymasını istiyordum.

Yani annemle babam kavga etmiyordu, ama atışıyorlar ve birbirlerine laf sokuyorlardı. Amanda oturmuş, insanların, onun annem babamla akraba olduklarını anladıklarında yaptığı gibi gözlerini deviriyordu. Ben de kusmamaya çalışıyordum.

Kartsalak, annemle babama, yakında eve döneceğimi hatırlatarak başladı. İki gün içinde dönecektim. Bu onları modlarından biraz çıkardı. Annem gülümsemeye başladı; babam da, sanki biri ona bir soru sormuş da olumlu yanıt veriyormuş gibi durmadan başını salladı. Amanda, oturduğu yerde öne doğru eğilip saçlarını kemirdi ve ortadan yok olmaya çalıştı. Sanırım, annemle babam konusunda sabrının sonuna gelmişti. Eve dönüp onların dikkatini dağıtacak olmam iyiydi.

Sonra Kartsalak, hastanede ne kadar iyi olduğumdan ve ne kadar yol aldığımızdan söz etmeye başladı. Hepsi doktor zırvasıydı. Büyük bombayı patlatmadan önce benim deli olmadığımı, sağlıklı olduğumu söylemeye çalıştığını biliyordum. Bunu yaptığına memnundum, çünkü annemle babam doktorların söylediklerine gerçekten inanırlar. Biri onlara kafalarının rokfor peynirinden yapıldığını söylese, muhtemelen bunu yutarlar.

Eve döndüğümde seri katile dönüşüp onları uykularında öldürmeyeceğim gerçeğini karşılıklı olarak kabul eder etmez, Kartsalak, onlara söylemek istediğim bir şey olup olmadığını sordu. Bu, ağzımdaki baklayı çıkarma sırasının geldiğini işaret ediyordu. Ama o anda kendi adımı bile hatırlayamıyordum. Beynim durmuştu sanki. Babama dönüp sanki daha önce söylediği bir şeyi onaylıyormuş gibi başımı sallamaya başladım. Sanki orada oturan dev kafalı bir oyuncaktım da kafamı sallıyor, sallıyor, sallıyordum.

Ben bir şey söylemeyince annem konuşmaya başladı. Odama astığı yeni perdelerden, köpeğin beni ne kadar özlediğinden, babaannemin kurabiye pişirdiğinden –ve ben eve döndüğüm için onları bizzat getireceğinden– söz etti. Orada oturup ağzının açılıp kapanmasını izlerken, aynı anda hem nasıl bu kadar hızlı konuşup hem de nasıl nefes aldığını merak ediyordum.

Sonra babam da konuşmaya başladı ve anneme, "Marjorie, Jeff perdeleri umursamıyor," dedi. Bana dönüp, "Önümüzdeki hafta kayağa gitmek ister misin?" dedi.

İkisi de aynı anda konuşuyordu. Kartsalak müdahale etmeye çalıştıysa da, onu duymazlıktan geldiler. Benim dışımda konuşmayan tek insan Amanda'ydı, ben de ona bakıp, "Eşcinsel bir ağabeyin olsa ne düşünürdün?" dedim.

O anda herkes konuşmayı bırakıp bana döndü. Amanda saçlarını yemeyi bırakıp dik oturdu. "Benim için sorun olmaz. Neden?" dedi.

"Çünkü böyle bir ağabeyin var," dedim ona.

Annemin bir an nefesi kesildi. Amanda, ağzı açık oturuyordu. Babam, "Aklımı peynir ekmekle yediren yüce Tanrı'm!" dedi. Yemin ederim böyle dedi: *Aklımı peynir ekmekle yediren yüce Tanrı'm.*

"Eşcinsel misin?" dedi Amanda, eşcinsel kısmına gerçekten vurgu yaparak. Bu, sanki yeryüzünde sarf edilmiş en uzun sözcükmüşçesine. "Eşcinsel gibi mi eşcinsel?"

"Evet," dedim. "Öyle olduğumdan eminim."

Babam yine Tanrı'yla ilgili o şeyi söyledi; annem de, sanki beş yaşındaymış gibi onu, "Eric," diye uyardı. Sonra kafasını sağa sola sallayıp, "Anlamıyorum. Eşcinselim derken ne demek istiyorsun?"

Bir an için ona eşcinselin ne demek olduğunu açıklamak zorunda kalacağımı sandım. Sonra, şaka yaptığımı sandığını ya da kafasının karıştığını ya da her ikisini de aynı anda yaşadığını fark ettim. Belki de *benim* eşcinselin ne demek olduğunu bilmediğimi düşünüyordu.

"Ben eşcinselim," dedim, başka nasıl ifade edeceğimi bilemeden.

"On beş yaşındasın," dedi annem. "Eşcinsel olamazsın."

"Tabii ki olabilir," dedi Amanda. Eline annemin bilmediği bir şey bildiğini gösterme fırsatı geçtiği için heyecanlanmıştı. "Dans sınıfından arkadaşım Katrina'nın ağabeyi eşcinsel ve on beş yaşında," dedi. Bana baktı. "Belki aranızı yapabilirim. Evan gerçekten hoş biri."

"Jeff," dedi annem, bir şey açıklayacağı zaman kullandığı ses tonuyla, "eşcinsel olup olmadığını anlamak için çok küçüksün."

"Eşcinsel olup olmamam umurunda mı?" diye sordum.

"Tabii ki umurumda," dedi. "Yani umurumda değil, ama seni umursuyorum. Eşcinselsen bu benim için sorun değil."

"O zaman, öyleyim," dedim. "Umarım, senin için sakıncası yoktur, yalnızca bunu söylemiş olmak için söylemiyorsundur."

Babam tek laf etmemişti. Komikliğinden emin olmasına rağmen anlamını çözemediği bir espriyi kavramaya çalışıyormuş gibi bir ifade vardı yüzünde.

"Baba? İyi misin?" dedim.

"Ne?" diye sordu. Sonra da aklını toplamaya çalışıyormuşçasına başını salladı. "Yani bu eşcinsellik işi," dedi. "Bu yüzden mi şey yaptın, şeyi yani?" dedi. Sanki ihtiyaç duyduğu sözcükler aklına gelmiyormuş gibi, elini havaya doğru salladı.

Başımı salladım. "Pek değil. Bu bir parçasıydı, ama bütün sebep değildi."

"Bence, üzerinde konuşacağımız çok şey var," deyip beni kurtardı Kartsalak. "Büyük olasılıkla hepinizin Jeff'e sormak istediği sorular var; onun da size söylemek istediği pek çok şey olduğunu biliyorum. Öyleyse en baştan başlayıp ilerleyelim."

Ve öyle de yaptık. Yaklaşık dört saat boyunca. Konuştuklarımızın hepsini hatırlamıyorum bile. Biraz bağrış çağrış, biraz ağlama ve sonunda kendi başına bir mucize olan büyük bir aile kucaklaşması oldu. Annemle babam gittiklerinde, bunun sadece içinden geçtiğim bir süreç olmadığını ya da onlardan intikam almaya çalışmadığımı anlamaya başlamışlardı. Neler olup bittiğini tam olarak anlamamışlardı, ama zaten ben de tam anlamamıştım.

44. GÜN

Dün gece rüyamda Sadie'yi gördüm. Birlikte kumsalda yürüyor, istediğimiz şeylerden söz ediyor ve güzel vakit geçiriyorduk. Birden okyanusa doğru koşmaya başladı. Oyun oynuyor sanıp peşinden gittim. Gülüyor, onu takip ediyor muyum diye arkasına bakıyordu.

Yüzmeye başladı, ben de arkasından yüzdüm. Çok açılmıştı; kıyıdan çok uzaklaşmış olmaktan korkuyordum. Sürekli yavaşlamasını söylüyordum, ama yavaşlamıyordu.

Ona yetişemeyince durdum, yüzüp gitmesine izin verdim. Sonunda durup geriye döndü. Yanına yüzmemi istedi. Yanına gittiğimde, "Yakalayamazsın ki," deyip daldı.

Altımda yüzmesini izledim. Su berraktı. Bacaklarını hızla çırparak daha derine, suyun lacivert olduğu yere kadar indiğini görebiliyordum. Saçları başının çevresinde yüzüyor ve ağzından gümüşi kabarcıklar çıkıyordu. Derin bir nefes alıp onu yakalayabilmek için daldım.

Suyun içinde dönüp beni dibe çağırır gibi el salladı. Havasızlıktan göğsüm yanmaya başlamıştı. Suyun yüzeyini işaret edip, yukarı çıkmamız gerektiğini anlatmaya çalıştım. Başını hayır dercesine salladı. Suyun altında güldüğünü görebiliyordum. Ağzından binlerce kabarcık fırlayıp çevremi ağ gibi sardı. Artık hiçbir şey göremiyordum. Bir elin, ayağımdan tutup beni aşağı çektiğini hissettim.

Yukarı doğru yüzmeye çalıştım, ama beni tutan el çok güçlüydü. Sadie'nin eliydi. Kabarcıkların arasından beni lacivert sulara doğru çektiğini görüyordum. Durmadan gülüyordu. Derine inmek istediğini, inerken beni de yanında götürmek istediğini anladım.

Ayağımı elinden kurtarabilmek için olabildiğince güçlü tekmeler atmaya çalıştım. Suyun içinde debelenirken bir yandan da tekmeler savuruyordum. Sonunda kurtuldum ve yüzeye doğru hızla yüzmeye başladım. Işığın parladığını görüyor, uzanmaya çalışıyordum.

Son kez aşağıya bakınca Sadie'nin bana baktığını gördüm. Ben suyun yüzeyine yaklaştıkça yüzü gittikçe küçülüyordu. Artık gülümsemiyordu. Yalnızca beni izliyordu. Suyun altında onu yalnız bırakışımı izliyordu.

Başım dalgaların arasından yüzeye çıktığında uyandım. Güçlükle nefes alıyordum, göğsüm yanıyordu. Kendimi plajda sırılsıklam bulacağımı sanarak odama baktım.

Rüya ne anlama geliyor, bilmiyorum. Sadie neden beni boğmaya çalıştı, onu da bilmiyorum. Neden bana gülüyordu, onu da bilmiyorum. Yalnızca ondan uzaklaşabildiğime seviniyorum.

45. GÜN

Gördüğüm en iyi tişörtlerden birinde, BİR ZAMANLAR MUTLUYDUM AMA ŞİMDİ İYİLEŞTİM, yazıyordu.

Bugün eve gidiyorum. Çoğu insan bunun için "mutlu" olduğunu söyler. Sanırım, ben de mutluyum. Yani mutluyum.

Martha ve Juliet'le vedalaştım. Martha kalıyor. Birkaç hafta daha burada. Sonra teyzesiyle yaşamaya başlayacak. Hâlâ pek fazla konuşmuyor. Sanırım, Mucize İlaç'ı ona hâlâ veriyorlar. Zavallı çocuk. Hayatla çok kötü bir pazarlık yapmış.

Juliet önümüzdeki hafta çıkacak. Meğer, ailesi acayip dindarmış. Juliet, bana iblisler tarafından ele geçirildiğini düşündüklerini söyledi. Cidden. Böyle şeylere inanıyorlarmış. Kiliselerindeki bazı insanların onun üstünde iyileştirme ayini yapmasına izin vermesini istiyorlarmış. Bu konuyu düşündüğünü söyledi. Çok tuhaf, ama onun buradaki en deli insan olduğunu düşünürdüm. Şimdi normalmiş gibi görünüyor. Artık o daha mı az deli, yoksa ben daha mı fazla deliyim, bilemiyorum. Büyük ihtimalle her ikisi de.

Ve tabii Sincap var. Onu hâlâ anlayamıyorum. Juliet, onun hikâyesini açığa çıkaracağını ve bana haber vereceğini söyledi. Ama bu söylediğini yapmayacak. Ben buradan çıkar çıkmaz beni unutacak. Belki kapıdan dışarı adımımı atar atmaz. Hatırlamak istemiyor. Bunun için onu suçlayamam. Büyük ihtimalle hepimizin hayalet olduğuna ya da bunun rüya olduğuna inandıracak kendini.

Dünyada bizim gibi kaç kişi olduğunu merak ediyorum. Kaç hastanede, kaç çocuk var? Kaç tane Alice, Bone, Juliet ve Rankin var? Kaç tane Sadie, Martha ve Sincap var? Kaç tane Jeff var? Ve kaçımızın hastaneden çıkabildiğini merak ediyorum. Kaçımızın dışarıda "mutlu" olduğunu.

Bu sabah Kartsalak'la –yani Doktor Katzrupus'la– son seansımızı yaptık. Ama bunun benim için son olmadığı anlaşıldı. Onu haftada bir görmeye devam edeceğim. En azından bir süre. Benim için bir sakıncası yok.

Burada çok değişmiş olsam da, değişmemiş bir dünyaya geri dönüyor olduğumu unutmamamı söyledi. Ve en zor yanı bence bu olacak: Hayatımdaki insanları yeniden görecek olmak. Bana ne olduğunu bilmiyorlar. Hepsi eski Jeff'i görmeyi bekliyor olacaklar. Ama ben eski Jeff değilim. Umarım, buna hazırdırlar. Umarım, ben de öyle.

Hâlâ biraz darmadağınığım. Bence hepimiz biraz öyleyiz. Kimsenin aklı tam başında değil. Hiçbir zaman tam olarak aklımızın başımızda olduğunu sanmıyorum. Böyle biri olmayı başarabiliyorsanız, ara sıra öfke patlamaları yaşıyor olmanız gerek. Bence doğanın kanunu bu. Eğer mükemmel olmayı başarabilirseniz, o anda, dünyanın geri kalanı için her şeyi mahvetmeden önce, ölmeniz gerek.

Yaz kampındaki son akşamımmış gibi hissediyorum. Birkaç yıl Kamp Mikigwani adlı bir yere gitmiştim. İki hafta boyunca orasıyla ilgili her şeyden; yüzmekten, ateşin çevresinde şarkı söylemekten, elişi çalışmalarından, çocuklardan nefret etmiştim. Ama annemle babamın beni almaya gelecekleri günün gecesinde iki hafta daha kalabiliyor olmayı dilerdim. Bir yaz annemlere, kalabilir miyim diye bile sormuştum. Kalabileceğimi söylediklerinde yaklaşık üç saniye için mutlu olmuştum. Ama onlar gider gitmez, oradan yeniden nefret etmeye başlamış ve iki hafta daha acı çekmiştim.

Bir yanım burada, insanların beni biraz anlayabildiği yerde kalmak istiyor. Ama gitmem gerektiğini biliyorum. Tatilim bitti ve yeni kampçılara yer açma zamanı geldi.

Allie olayı konusunda ne yapacağıma hâlâ karar vermedim. Belki ona telefon ederim. Belki onu kırk beş günlüğüne buraya, Doktor Katzrupus'la konuşmaya gönderirim. Benim dayandığım kadar dayanabileceğini sanmıyorum. Bahse girerim, doktor onu iki haftada çözer. Sır tutamaz o.

Artık saklayacak sırlarımız olduğundan değil. Benimkilerin hepsini söyledim sanırım. Yani pek çoğunu söyledim. Büyük olanlarını. Bazı şeyleri de kendinize saklamanız lazım, yoksa insanların sizi tanımaya çalışmasının bir anlamı kalmaz.

Az kalsın unutuyordum. Bugün Sevgililer Günü. Allie'yle birbirimize hep, gerçek sevgililerimiz olmadığı için sırf kendimizi iyi hissedelim diye saçma sapan hediyeler veririz. Ama aynı zamanda da birbirimizi gerçekten önemsiyoruz. Önemsiyorduk? Önemsiyoruz? Bilemiyorum.

Bu, bunu yapmadığımız ilk yıl. Ama ya ona bir sevgililer günü kartı gönderecek olsaydım? Ne yazardım? Belki şöyle bir şey:

SENİNLE KONUŞAMADIĞIM İÇİN ÖZÜR DİLERİM.
SENİ KIRDIĞIM İÇİN ÜZGÜNÜM. ÖZELLİKLE YAPMADIM.
SEN BENİM EN YAKIN ARKADAŞIMSIN VE YİNE ÖYLE
OLMANI İSTİYORUM. ŞU ANDA BAŞKA BİR İNSAN
OLDUĞUMU BİLİYORUM, AMA UMARIM BANA BİR ŞANS
DAHA VERİRSİN. SANA ANLATACAK ÇOK ŞEYİM VAR.

SEVGİLER,
JEFF

Böyle bir şeyi asla gönderemem. Fazla vıcık vıcık. Ona sarılmaktan bile kötü. Ama yine de Allie, böyle bir şeye kanar. Belki işe yarar. Ya da belki yırtıp atar. Bunun cevabını artık gerçekten bilmiyorum.

Annemle babamdan, eve giderken kart almak için durmalarını istesem çok tuhaf karşılarlar mı acaba?

MICHAEL THOMAS FORD

İlk kitabı *100 Questions & Answers about AIDS: What You Need to Know Now*'u (AIDS hakkında 100 Soru & Cevap: Şimdi Bilmeniz Gerekenler), Amerikan Kütüphaneler Birliği (American Libraries Assosiaction – ALA) tarafından En İyi Gençlik Kitabı'na aday gösterilen yazar, 1968'de ABD'de doğdu. Yazdığı bu ilk kitap, gençlere yönelik HIV eğitim programlarında yaygın bir şekilde kullanıldı. Lambda Edebiyat Ödülü'ne ise ilk kez, 1996'da yayımlanan *The World Out There: Becoming Part of the Lesbian and Gay Community* (Orada Bir Dünya: Lezbiyen ve Gey Topluluğunun Bir Parçası Olmak) adlı kitabıyla aday gösterilen Ford, sonraki yıllarda aynı ödüle on kez daha aday gösterildi. 2003'te yayımlanan ilk yetişkin romanı *Last Summer* (Geçen Yaz) ile kariyerinde yeni bir evreye geçiş yapan yazar, aynı yıl En İyi Romantik Kitap dalında yine Lambda Edebiyat Ödülü'nü kazandı.

Günümüzde eşcinsellik temalı edebiyatın en üretken yazarlarından biri olan Ford, bugüne dek gençlere ve yetişkinlere yönelik 50'ye yakın kitap yayımladı. Bugünlerde başarısına, modern bir vampir öyküsü olan "Jane Austen" dizisiyle devam ediyor. Dizinin ilk kitabı *Jane Bites Back* (Jane Tekrar Isırıyor) 2009'da, ikinci kitabı *Jane Goes Batty* (Jane Kafayı Yiyor) 2011'de yayımlandı.